قداس الخونة

مهند الحيد

قداس الخونة: نعمة اليأس

Traitors Requiem, Volume 1 قداس الخونة

Muhannad Alhayd

Published by Muhannad alhayd, 2024.

While every precaution has been taken in the preparation of this book, the publisher assumes no responsibility for errors or omissions, or for damages resulting from the use of the information contained herein.

قداس الخونة: نعمة اليأس

First edition. April 7, 2024.

Copyright © 2024 Muhannad Alhayd.

ISBN: 979-8224486694

Written by Muhannad Alhayd.

نقي ومتلألئ، يستعمل الحب والأمل لغسل قلوب
البشر... لا يوجد ما هو أرعب من ذلك.

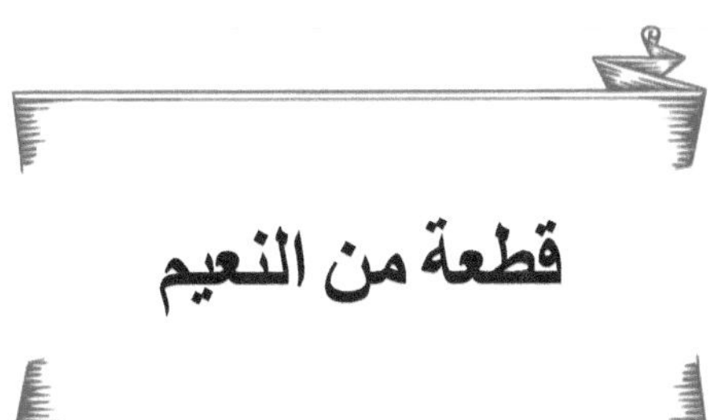

قطعة من النعيم

ثوماس ميلر

لم يعد يقوى على فتح عينيه، كانت أجفانه تصارعانه ليستسلم لإرهاقه، كل ما حوله حينها كان يشجعه على الخضوع، نور القمر المكتمل الذي يخترق النافذة لينير هذه الغرفة الصغيرة، سمفونية الرياح التي كانت تُعزف في ارجاء تلك البلدة النائمة، قليلا وببطء، بدأ يستمع لرسائل جسده التي كانت تحثه على انهاء الحرب والاستسلام، "ان انام.. ان انام الى الابد" كانت تلك اخر فكرة تتأرجح في ذهنه المبعثر، كانت تتأرجح ذهابا وإيابا حتى تعيد ترتيب ما تبقى في ذلك الذهن من أفكار ومشاعر، النوم هو أحد النعم الذي وهبها الله لنا بحق.

ـ استيقظ يا ثوماس! أكنت تستمع لما أقوله؟

وبصرخة واحدة فقط، قتل ذلك المأمور المزعج سلامه الداخلي الذي لم يصل اليه بعد، لكن كيف له ان يستمع له؟ فما عاد يقوى على التركيز، فهو لا يستطيع تذكر اخر مرةٍ حظي فيها بقسطٍ جيد من النوم.

أستمر المأمور بالتحدث اليه بينما كان ينظر اليه، لم يكن يستطيع سماع ما كان يقوله، كان متأكدا بانه كان يهذي عن ذلك السفاح المجهول الذي يفشل بإيجاد أي خيطٍ يقود اليه باستمرار. قام من كرسيه غير مكترثٍ لذلك المأمور العجوز، وأخذ حزامه الذي كان يحمل غمد أسلحته، وقال للمأمور بينما كان يتوجه نحو الباب..

ـ حسنا يا سيدي، أخشى أن التعب قد نال مني، سأعود الى خيمتي، وسأكمل العمل معك غدا.

خرج من عند المأمور مباشرةً دون ان يأخذ موافقته على الرحيل حتى، وقبل ان يمتطي جواده ويرحل الى خيمته الماكثة خارج البلدة، ألقى نظرةً أخيرة على ملصق المطلوبين المعلق على باب مكتب المأمور، ليلقي نظرةً أخيرة على ذلك الشيء قبل خلوده الى النوم.

عشرون ألف دولار، لقد كان مبلغا كافيا لجعل الدولة بأكملها تطارده، لكن تلك الرسمة التخيلية له التي وصفها له الشهود كانت كافية لجعل أي رجلٍ عاقل يقدِر حياته يعيد التفكير بشأن اصطياده، قناع جمجمة الأيل والغطاء الأسود الفاخر القديم، لم يبدو انه شخصٌ قد يريد أي أحدٌ العبث معه، فقد كان ذلك المعتوه معجزةً بالفعل، لم يكن ليظن أحدٌ انه من الممكن ان يتواجد شخصٌ مثله، ان يتواجد سفاحٌ كامل الاوصاف ينفذ جرائمه بأسلوبٍ لا تشوبه شائبة، ثم يعرض جريمته في لوحة فنية مبهرة بقدر كمية وحشيتها ودمويتها متفاخرا بفنه، وليؤكد للسلطات عجزهم أمام هيمنته ودهائه من جديد.

وبعد مغادرته من مكتب المأمور، التقى بنائبه، أدم جرين، الذي كان يمارس دورته الليلية المعتادة في أنحاء بلدة سيكرد فالي، لمح أدم التعب في عيني ثوماس.. يبدو ان المأمور ميلتون أرهقه كثيرا بثرثرته المعتادة

ـ هي ثوماس! كيف تجري الأمور؟

4

نظر اليه ثوماس ولم يبدو متحمسا لرؤيته..

ـ اهلا يا أدم، ليست تجري بأفضل حال ممكن.

ـ ماذا عن لوبيز العجوز؟

ـ ما يزال يبحث عن الرابط المشترك بين جميع من قُتِلوا على يد ذلك الشيء.

ـ وما رأيك انت؟ هل استطعت المساعدة بأي شيءٍ حتى الان؟

قالها أدم بسخرية لاستفزاز ثوماس، لكنه لم يكن من النوع الذي قد يتم استفزازه بسهولة، لذا رد محافظا على أعصابه الهادئة..

ـ لا يهم رأي الصيادين يا أدم، فلسنا إلا أدواتٍ يتحكم بها من هم أمثال المأمور.

ضحك أدم من تشاؤم ثوماس المعتاد، وحاول رفع معنوياته قائلًا..

ـ ابتهج قليلا يا رجل! سيتمكن منك ذلك المسخ بسهولة ان كنت متشائمًا هكذا.

ـ لا تقلق، انه لا يستهدف الا الشخصيات ذو المناصب العالية التي يكرهها الناس بالفعل، لذا سأكون بخير، لكنني مجبورٌ على مطاردته، حتى لو لم يوجد أي أثر فعلي له، مع ذلك.. لن أمانع ان تمكن مني وقتلني، سيسدي لي خدمةً عظيمة.

أصيب النائب بمغصٍ في معدته من أفكار ثوماس السوداوية، كيف للناس ان يؤمنوا بالصيادين بينما كان نخبتهم يعتبرون هذا العمل وسيلةً للانتحار لا أكثر؟

ـ يا للهول يا ثوماس! الم تكن دائما ترغب بمطاردةٍ سفاحٍ يستطيع تنفيذ "الجريمة الكاملة" كما كنت تقول دائما؟

امتطى ثوماس جواده ليسير قليلا مع النائب أدم في طرقات البلدة الخالية المزينة بنور القمر قائلا..

ـ لقد مرت ثمانية أشهر منذ ان تم رصده للمرة الأولى، وقد نفَّذ من بعدها سلسلة جرائم عديدة وبشعة دون ان يترك أي دليلٍ خلفه، وكأنه مخلوقٌ يفوق البشر، أعني لقد كان الامر مثيرا في البدايةِ، لكننا الان نشعر بالعجز امامه، ولا نعرف الرابط المشترك بين ضحاياه حتى الان.

ـ حسنا، لا يبدو انه يقتل من أجل المتعة، لكن حتى مع ذلك، يجب عليك ان لا تفكر بهذه الطريقة يا صاح! لما مازلت تريد الموت؟

صمت ثوماس في حضرةِ هذا السؤال بينما كانا يتجول مع أدم، كانت إجابة سؤاله من المفترض ان تكون واضحة بعد كل ما مر به قبل وبعد انضمامه لنخبة الصيادين، فمن بعد ان حرمه والده السكير كل فرصةٍ سانحةٍ له ليعيش بسعادة، أيقن ان لا مكان له في هذه الدنيا، فقد حرمه من صديقه الوحيد الذي كان بإمكانه ان يريه النور بعد الظلمة الموحشة التي عاش فيها طفولته، كان لينتقم من والده ويطارده حتى يجز عنقه، لكنه مات على أي حال، وبصراحة أدرك أنه يحسده، فقد حصل على خلاصه، بينما مازال هو يصارع كل هذه المصائب دون أي شغفٍ

للمضي قدما بحياته.

لكن كان اغلب الصيادين لديهم تجربة مماثلة، فكما يقول رفيقه أوين دائما.. الصيد نفقٌ مظلم أبدي، لا نهاية له ولا بداية، يسعى الصياد دوما للخروج منه، لكن ذلك لن يحدث أبدا، لأنه لو استطاع الخروج لما وجد نفسه في ذلك النفق أساسا.

متعارفٌ ان الصيادين ليسوا سوى مجرد أدوات، بلا روحٍ ولا رغبات، بلا أهدافٍ ولا مبادئ، ليسوا سوى دمى يحركها من هم أعلى منهم ليموتوا مواجهين المخاطر بدلا منهم، لكنهم لا يرفضون هذه الفكرة أبدا، ولا يقبلونها أيضا، فقد تحتم عليهم ان يختاروا هذا المصير هربا من حياتهم سعيا منهم الى الخلاص منها.

غادر ثوماس الى مخيمه خارج البلدة تاركا النائب أدم وحده، وقد كان على وشك ان يتقيأ من سوداوية ثوماس، يبدو انه من الأفضل له ان يموت ويرتاح فحسب، فمن هم مثله لن يستطيعوا أبدا إيجاد الجمال في هذه الحياة، غادر النائب أدم جرين ليهرب من هالة ذلك ثوماس ميلر، ويعود ليستكمل دورته مع باقي رجاله بالبلدة.

لوبيز ميلتون

أخذ بيرته واستلقى مرة أخرى على كرسيه وكان النعاس قد غلبه هو الاخر، لكن يجب عليه ان يضغط على نفسه قدر المستطاع في هذه المرحلة، فقد تجبر ذلك السفاح المرعب، وبدأ يسبب الرعب والقلق بوضعه تحفه في أماكنٍ متفرقة وسط البلدة دون ان يقدر أحدٌ على رؤيته، وكان صيادو النخبة الذين استدعاهم بلا أي فائدةٍ تقريبا، فكان الصياد يحتاج الى معلوماتٍ يوفرها له المأمور، ولم يملك سوى تلك الرسمة المرعبة المعلقة على باب مكتبه، حتى تصرفاتهم أصبحت لا تطاق، فكان يفكر بخروج ثوماس من عنده بلا أي إذنٍ ولا احترام، ويبدو انه لم يستمع لأي كلمةٍ كان يقولها..

ـ يا لصيادي هذه الأيام..

ها هو تذمره المعروف الذي كان الشيء الوحيد الذي يعطي الحياة لهذا المكتب القديم، كانت علاقة الصيادين معه متوترة لعدم قدرته على استخدام السلاح، فكيف لهم ان يتبعوا شخصًا لا يستطيع حمل مسدس؟ لكن على الرغم من انه لم يكن يجيد استخدام مسدسه، الا انه كان اذكى رجلٍ بالولاية، كان دهاؤه كافيا لاستحقاقه هذا المنصب بعد حله الكثير من القضايا، كما ان بلدته سيكرد فالي شهدت انخفاض حاد في معدلات الجرائم بعد تعيينه كمأمورٍ لها، فكل الخارجين عن القانون يعرفون انهم مهما فعلوا لن يكونوا في أمان طالما كان ذلك المأمور العبقري يبحث عنهم في ارجاء الولاية.

لكن بعد ظهور ذلك المختل تغير الوضع كليا بالنسبة له، كان ذلك الشبح يجعل أدهى رجال الولاية يظهرون بمظهرٍ أحمق ومثير للشفقة، وكان هو على رأسهم، فقد مرت أشهرٌ عديدة ولم يستطع حتى الان إيجاد القاسم المشترك بين ضحاياه، فقد ينفذ سلسلة جرائم لشخصياتٍ غنية وجشعة ويجعل الناس يرونه على انه بطل يسعى الى هدف نبيل، ثم وبدون أي سببٍ واضح ينفذ جريمة بشعة بقسيس الكنيسة ثم يمثل بجثته ويستعرضها في لوحةٍ فنية وكأنه فنان تشكيلي مجنون.

لم يكن يريد التفكير بالأمر أكثر، فقد كان مرهقا جدا، ودون أي مقاومة، استسلم لتعبه ونام على كرسي المكتب. لكن حتى النوم لم يكن مهربا من ذلك السفاح، فلطالما حلم به في الأشهر الماضية، يحلم بنفسه وهو يحاول كشف هويته من خلال الأوراق المتاحة له بالمكتب، او من خلال كابوسٍ مرعب حيث يريد ان يقتله هو عن طريق مطاردته بشكله المفزع، كان يستيقظ من تلك الكوابيس بالصراخ، فكان عجوزا ليحتمل رؤية تلك الجمجمة المرعبة تطارده بهذا الشكل، وكأنه قادر على ارسال التهديدات له عن طريق أحلامه.

ـ سيدي!!

لكن هذه المرة، ما أفزعه من نومه كان صوت نائبه أدم جرين المصاب بالهلع، لقد كانت الشمس قد أشرقت للتو، وعصافير الصباح بدأت بغناء نوتاتها المعهودة، بينما قاطع النائب أدم كل هذا الجمال باقتحامه لمكتب المأمور وتعابير الفزع كانت على محياه، بينما كان يصرخ مناديا باسمه.

قفز المأمور من مكانه وكاد ان يصاب بنوبةٍ قلبية، نظر الى ذلك الرجل الذي أفزعه من نومه وقد كان نائبه أدم جرين، يلتقط أنفاسه بصعوبةٍ بينما يقف عند الباب..

ـ ويحك يا أدم! ماذا بك؟

استغرق أدم عدة ثوانٍ حتى يستجمع أنفاسه من جديد، وقال بينما يتنفس بصعوبة..

ـ يا سيدي.. انه قادمٌ إلينا..

ـ من القادم؟

ـ ديابولو... ديابولو سولتيرو.

أدم جرين

كان يستكمل دورته المعتادة بعد منتصف الليل مع اثنان من رجال القانون في بلدة سيكرد فالي الجميلة بعد ان عاد من رفقة الصياد ثوماس ميلر التعيس، لم يكن هناك أي شيءٍ غير مألوف حينها، فقط صوت صراصير الليل تحت السماء المعتمة التي كان يتوسطها قمرٌ عملاق مكتمل، كغيرها من الليالي المملة التي لا يحدث فيها أي شيءٍ يتطلب القيام بدوراتٍ ليلية حول البلدة، لكنها كانت ليلة جميلة واستثنائية، فكان يعشق البدر المكتمل وسط النجوم البعيدة، كان يسرح في جمال تلك الليلة حتى قطع سكينته صوت امرأةٍ تصرخ وتبكي من مكان ما، لم يكن عليه البحث، فكان الصوت يقترب ويقترب حتى استطاع رؤيتها تجري نحوه بكل ذعرٍ كأنها قد شاهدت شيءً ما، أستمرت بالجري والبكاء نحوه حتى سقطت عند حذوة حصانه..

ـ سيدتي! ما الامر؟

لم تستطع الامرأة ان تنطق بأي حرف، كان الخوف متجسدا في ملامحها وبكائها، كل ما كانت تستطيع فعله هو ان تشير بأصبعها المرتجف الى غرب سيكرد فالي حيث توجد غابةٌ كبيرة، هناك حيث يوجد كوخ أبيها المنعزل، كوخ مأمور البلدة السابق، جيفري ساندلر.

أخذوها معهم الى تلك الغابة، لتريهم الشيء الذي جعلها تصرخ وتركض كل هذا الطريق إليهم، استمروا بالتجول في الغابة، ولميكن هناك أي صوتٍ الا لبكائها وصوت محاولاتهم البائسة في تهدئتها، لتستطيع ان تخبرهم ماذا حدث بالضبط،

وبعد عشرون دقيقة من التوغل في الغابة، وصلوا أخيرا الى كوخ السيد جيفري ساندلر.

كان المكان هادئا ولا يبدو ان هناك أي شيءٍ خارج عن المألوف، فقط كوخ هادئ ينام فيه سيده العجوز منتظرا نعمة الموت ان تبارك له، لكن الامرأة ما زالت تبكي بينما تشير بكل خوفٍ الى بستان الازهار المجاور للكوخ، حيث تتوسطه تلك الشجرة.

لم يكن هناك أي شيءٍ مريبٍ بالمكان، مجرد حقلٍ واسع من الأزهار الجميلة تحت نور القمر المكتمل، وشجرةٌ كبيرة قد يكون عمرها تجاوز المئة عام، التفتوا الى الفتاة من جديد ليسألوها ما المشكلة في المكان بالضبط، لكنها ما زالت تؤشر بإصبعها نحو البستان بخوف دون القدرة على الكلام، ونحو تلك الشجرة بالتحديد.

اتجهوا نحو الشجرة بخيولهم، وكلما اقتربوا منها أكثر كانت الامرأة تبكي أكثر، وعندما التفوا حول تلك الشجرة، جمدوا في مكانهم من هول المنظر الذي شهدوه، وفقدوا القدرة على الكلام مثل تلك الامرأة، لم يسبق لهم ان شاهدو شيئا بهذا الرعب من قبل..

ـ هل يمكن لبشريٍ ان يفعل شيئا كهذا حتى؟!

لوبيز ميلتون

أعطى النائب ورقةً صغيرةً للمأمور، كتب عليها سؤالٌ بالدماء موجةٌ له "هل تخافني أيها المأمور؟" نظر المأمور الى النائب أدم بصدمة..

ـ ما هذا؟! ومن هو ديابولو سولتيرو الذي تتحدث عنه؟

اتكئ النائب على الكرسي المقابل لمكتب المأمور ليستريح من الجري..

ـ لقد كانت هذه الورقة ملفوفةً في فم جيفري ساندلر يا سيدي، يبدو ان ذلك السفاح قد تمكن منه، ونحت اسمه على الشجرة التي تتوسط بستان آل ساندلر (ديابولو سولتيرو)

لم يتمكن المأمور من استيعاب كلام أدم، لكنه قد رافقه الى تلك الشجرة مع أربعةٍ من رجاله ليرى بنفسه ما خطبها وماذا رأى أدم بالضبط، لقد كان متحمسا بعض الشيء، يبدو ان لذلك السفاح المجهول علاقةً بالأمر، وقد أعطاه رسالة مباشرة، مما يعني انه قد يكون هناك المزيد من الرسائل والتلميحات التي قد تمكنهم من الوصول اليه أخيرا.

لكن كان هناك شيءٌ أخر يشغل بال المأمور، فذلك القاتل لا يستهدف عامة الناس، والمأمور جيفري ساندلر قد تقاعد منذ زمنٍ طويل، ستكون مشكلةً كبيرة لو قرر ذلك المعتوه ان يوسع نطاق أهدافه، لكن ما زال السؤال ذاته بلا إجابة، لماذا؟ ما علاقة الضحايا ببعضها؟

ما عاد هناك وقت للتفكير في كل تلك الأسئلة الان، فقد وصلوا الى البستان، حيث الورود الزاهية تتباهى بجمالها تحت ضوء سماء الفجر، وها هي تلك الشجرة الشامخة في منتصف الحقل، لم يبدو ان هناك أي شيءٍ مريبٍ بها من الوهلة الأولى، لكن عندما اقتربوا منها والتفوا حولها انصدموا بذلك المنظر الذي شاهدوه، وكانت ردة فعلهم الوحيدة هي ان ينظروا بتمعنٍ الى تلك التحفة الدموية، فالسكوت في حرمِ الجمال.. جمال.

كان المأمور السابق مصلوبا على تلك الشجرة، مع جزءٍ من جذعها يخترق جسده وكأنه نما وكبر مع تلك الشجرة العتيقة، كانت عينه اليسرى مقتلَعة من مكانها، ووجهه مسلوخا بالكامل، فلم يكن من الممكن التعرف على ملامحه بسهولة، وكان الورد يغطي وجهه بالكامل، ويغطي كل بقعةٍ وجرحٍ قد ينزف في جسمه، الشيء الذي جعل جسده مغطى بالكامل بالورود والأزهار، وكان رأسه متصلا بقرون أيلٍ عظيمة، كانت الأزهار تنموا عليهما، والفراشات تطير وتلعب حولهما، وقد نُقش على جذع تلك الشجرة ذلك الاسم المشؤوم.. ديابولو سولتيرو.

لم يكن المنظر مرعبا وبشعا لهم، بل كان جميلا وفاتنا، فقد انبهروا بجمال هذه اللوحة أكثر من تقززهم بدمويتها، كانت قطعةً من النعيم، لا تشوبها شائبة،

كانت مريحةً للعين، وتسر الناظرين ببهائها، طابع الجمال السوداوي تجسد بكل ما يحمل من معنى في تلك التحفة، لوحة رسمها رسامٌ بذائقة شاعرية رفيعة من العالم الاخر، لدرجة انهم نسوا انها جريمة قتلٍ في حق نفسٍ بريئة.

كان المأمور متحمسا ليشاهد الجريمة التي أعلن بها ذلك السفاح الحرب المباشرة ضده، ويقرر الخروج من جحره لمواجهته شخصيا، لكن اتقان ما فعله هز المأمور وبعث في نفسه الخوف والقلق، كيف تمكن من فعل كل ذلك؟ ما المدى الذي يستطيع ذلك المجنون الوصول اليه حقا؟

انتشر خبر وفاة المأمور السابق للبلدة جيفري ساندلر وسبب موجةً من الرعب للسكان المحليين، فلقد كانوا يظنون بأن ديابولو هذا لا يستهدف الا الشخصيات المعروفة وذات النفوذ الكبير، لكنه استهدف هذه المرة رجلا عجوزا عاجزا وقتله بوحشية بالغة ثم رسم بجسده لوحةً لم يسبق له ان صنع مثلها من قبل. علم المأمور ميلتون بأنه سيواجه اختباره الحقيقي وربما الأخير، فتلك الرسالة المرافقة لتلك اللوحة كانت بمثابة التحدي، او ربما التهديد، كان ذلك يعتمد على كفاءة عقله في مواجهة هذا الشيطان.

ضل المأمور العجوز غارقا في أفكاره ولم يستطع النوم بسلام منذ ذلك الصباح، لم يتخيل قط انه من الممكن ان يتواجد شخص بهذه البراعة، فبالرغم من انه استطاع إيجاد معلوماتٍ تخص ذلك الكائن مثل انه يسمى ديابولو سولتيرو، وانه قد يستهدفه تاليا، الا ان ذلك لم يكن كافيا.

لماذا جيفري ساندلر العجوز هذه المرة؟ لماذا انا؟ ما علاقة فلان وفلان الذين تقتلهم في كل هذا؟ ما هو الرابط المشترك؟ كان الامر يبدو أكبر من مجرد لهوٍ عشوائي، فمن الواضح ان لذلك المختل هدفٌ غامض، وإلا لمَ يستهدف تلك الشخصيات الثقيلة والخطرة؟ بدأت تضاريس الضياع تتكون على ملامحه مع مرور الأيام، يبدو انه عاجزٌ حقا، فحتى الناس بدأوا بفقدان الثقة به، تحول مزاجه الى بحرٍ عكر بزبد البحر، وايامه ماتزال مظلمة بظلام تلك الليلة التي سبقت ذلك الصباح، فلم تشرق له الشمس منذ ذلك اليوم.

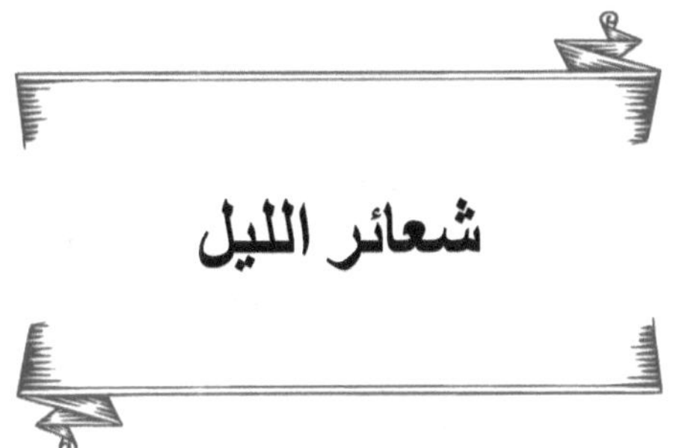

شعائر الليل

جوليا ساندلر

لقد أقترب الشتاء، ولم تزل مشاهد تلك الأمسية الوحشية عن ذهنها، مازالت تقضي غالبية ايامها في مكتب المأمور ميلتون لتكشف له عن بحر معلوماتها حول تلك الليلة ليغوص بها، لكن عمق تلك المعلومات لم يكن كافيا ابدا. كان المأمور ميلتون يحاول ان يخفف عنها أهوال ما شاهدته في أبيها ليجعلها تثق به قدر الإمكان حتى تكشف له عن اية حقائق لم تكن تريد الكشف عنها، فبأخذ ما قالته حتى الان بعين الاعتبار، والدها قد كان مختفيا لمدةِ أربعةِ أيامٍ قبل تلك الحادثة، ولم تتحمل حتى عناء البحث او الابلاغ عن غياب ذلك العجوز الذي بدأ عقله يختفي شيئا فشيئا، وعند وصولهم الى موقع الحادثة قد بدا على الجثة انها ماتزال حديثة بالرغم انه كان مختفيا لأربع أيام كاملة..

ـ حسنا ايتها الانسة ساندلر، سيأتي اليوم اثنان من صيادي النخبة، لذا يجب عليكِ ان تخبريهم بكل شيءٍ تعرفينه، لانهما الوحيدان القادران على اصطياد ذلك الشيء الذي قتل والدك.

لم تكن تبدو انها مهتمة بهما، فمؤخرا فقدت سمعتهم لمعانها، فلطالما كان صيادو النخبة هم أفضل واقوى الصيادين بأرجاء الولايات الأربع على مدى أجيال، لكن بعد ظهور ذلك الشيء، لم يصبح هناك اي فرقٍ بين صيادٍ نكرة وأي صيادٍ آخر من صيادي النخبة، حتى ثوماس الذي كان يلقب بجوليو هذا الجيل لم يستطع إحراز أي تقدمٍ في هذه القضية، لقد كانت إهانة شديدة لهم، ان يوجد مجرم كهذا يتلاعب بهم وكأنهم يؤدون عرض سيركٍ له، بينما لا يسعهم سوى الوقوف مكتوفي الأيدي.

ثوماس ميلر

لقد جزي على صبره أخيرًا بعد شهورٍ طويلة من البحث والتقفي في مطاردة ذلك المختل، لقد قرر ذلك الجبان أخيرًا ان يخرج من جحره ليتحداهم كرجل "ديابولو سولتيرو إذا.." كان ذلك الاسم يتردد في ذهنه متزامنا مع صوت طرق حذوة حصانه متجها الى مكتب المأمور تحت قطرات المطر التي كانت تتراقص فوق قبعته، يفكر بماذا سيفعل بذلك الوغد ما إن يضع يده عليه. دخل الى المكتب ووجد النائب أدم جرين متواجدًا هناك كما هو متوقع، بالإضافة الى رفيقه القديم الذي يُعرف بين الصيادين الاخرين بعجرفته، أوين كوبر قد كان متواجدا عند المأمور بالفعل، يبدو ان تلك الرسالة اعادة شعلة الحماس الى الكثير من

..الصيادين، على رأسهم رفيق دربه في هذه المهنة المشؤومة

ـ لقد تأخرت يا ثوماس، أليس من المفترض أنك استثنائي كما يقولون؟

رحب أوين بقدومه بكل غرور، فلطالما عشق الجميع استفزازه، الا انه لم يكن يكترث على الإطلاق..

ـ مرحبا يا أوين، يبدو أنك صدقت بعض الأطفال الذين يبالغون في تمجيد الصيادين من جديد.

دخل المأمور ميلتون عليهم وكانت بجواره جوليا ساندلر، ابنة الراحل جيفري ساندلر، التي كانت الشاهدة الأولى على ما حدث لوالدها، لم يكن يريد ان يأخذ الكثير من وقتهما الثمين فأعطاهم كامل التفاصيل مباشرةً، فبعد حادثة الشجرة، كل دقيقةٍ من الوقت هي كنز ثمين يجب استغلاله جيدا..

ـ حسنا إذا ما أستطيع فهمه ان ذلك الشيء أصبح يراك عارضا للوحته القادمة.

قالها اوين بكل هزلية، وكأنه كان يعلق على نكتةٍ ساذجة، لم يبدو انه كان يأخذ الامر بجديةٍ على الاطلاق، قام ثوماس من كرسيه وأمسك تلك الورقة التي كتب عليها بالدماء (هل تخافني أيها المأمور؟) وقال في أثناء تأملها..

ـ ماذا عن العجوز ساندلر؟

ـ حسب كلام ابنته انه خرج قبل الحادثة بأربع أيام ولم يعد بعدها.

وجه ثوماس نظراته الى الانسة جوليا وكأنه يرى ذلك المدعو بديابولو سولتيرو فيها، كان من الواضح انها كانت تخفي شيئا ما بمجرد النظر اليها، والى حركاتها المرتبكة، وضع الورقة على الطاولة وتقدم نحوها قائلا..

ـ انسة ساندلر، هل من عادة ابيك ان يخرج الى مكانٍ ما دون اخبارك؟

ـ أحيانا كان يخرج ليصطاد السمك، ولكنه يعود قبل غروب الشمس دائما.

ـ ولمَ لم تبلغي عن اختفائه؟ أعني ان أربعة أيام تبدوا فترةً جيدة حتى يدرك أي أحدٍ ان ذلك العجوز مفقود.

أتفق أوين مع رفيقه الذي كان يستجوب جوليا بقسوةٍ..

ـ هذا سؤال جيد.

قام أدم من مكانه ليوبخ ثوماس على أسلوبه القاسي باستجواب الآنسة..

ـ ما بالك يا ثوماس؟ لقد فقدت والدها للتو، لا يجب عليك ان تقسو عليها هكذا.

سكتت جوليا قليلا لكي ترتب الكلمات في عقلها، لكنها لم تستطع العثور على الترتيب الصحيح، فما كان لها الا ان تصمت، ولا تواجه عينا ثوماس، الذي ملل من صمتها، فوجه كلامه نحو المأمور قائلا..

ـ سيدي.. اظن ان الانسة ساندلر متواطئة في...

قاطعته جواليا بكل رعب بعد سماعها لكلمة "تواطئ"..

ـ هو أخبرني..

لم تكن تريد ان يتم اتهامها بالتورط في جريمة قتل والدها، فبدأت بالتجاوب معهم، فلم يكن من صالحها أبدا ان تستمر بالتكتم الان، خصوصا وان ثوماس يوجه اصابع الاتهام اليها بلا رحمة، واصل أوين استجوابها برفقٍ عوضا عن ثوماس..

ـ من أخبركِ ماذا؟

ـ لقد أخبرني أبي انه سيذهب الى رحلةٍ خارج البلدة، وحذرني من ان أخبر أي أحدٍ عن غيابه.

ـ هل أخبركِ اين سيذهب؟

ـ لا، لكنه قال انه سيقابل شخصا مهما، وكان يحمل ظرفا عليه طبعة بلدة وايت ريفر.

ـ وايت ريفر؟

نظر ثوماس الى شريكه أوين الذي لم يبدو مرتاحا بسماع اسم تلك البلدة، استأنف ثوماس جلسة الاستجواب مع جواليا نيابةً عن رفيقه..

ـ وهل كان لوالدك أي علاقاتٍ او اعمالٍ في وايت ريفر سابقا؟

ـ لا اعرف، فهو دائما كان متكتما حول عمله.

قام اوين من كرسيه ليجمع شتات أفكاره، فلديه ذكرى بشعة في بلدة مزارع القمح الذهبية، حاول ثوماس ان يخفف ثقل الجو على شريكه بتقديم سيجارةٍ له وسأله ان كان مصمما على استكمال التحقيق، فطمأنه أوين..

ـ بكل تأكيد يا ثوماس، لا تقلق بشأني.

في اثناء تلك المحادثة كان المأمور ميلتون غارقا في تفكيره على ذلك الكرسي، تاركا المساحة لهم عسى ان يستخرجوا شيئا من الانسة جواليا، بينما مازال يفكر بوالدها، فلابد ان السيد ساندلر كان يعرف شيئا، شيئا ما في وايت ريفر، ربما معلومةً لم ينبغي عليه ان يعرفها حول ديابولو سولتيرو. حينها، وبعد مرور عدة دقائق من التفكير العميق الذي أخفى أصوات كل من كانوا يتناقشون في مكتبه، أدرك المأمور شيئا حول تلك البلدة.. ظرف من وايت ريفر، بستان من الازهار، وذلك الشيء المتعلق بالأيائل، لم يكن متأكدا من استنتاجه، لكن لم يكن لديهم أي طريقٍ آخر ليسلكوه.

لوبيز ميلتون

جيفري ساندلر لم يكن ضحيةً عشوائية، وكان لموته معنى ورسالةً أراد ديابولو ايصالها في تلك اللوحة، فلا يبدو ان الجريمة ذاتها تمت في البستان، والا لسمعت ابنته صراخه حينها او أي شيءٍ يدل على ان جريمة قتلٍ تحدث بالبستان المجاور. اتجه المأمور مع الصياديّن مباشرة الى مسرح الجريمة حيث البستان، كانت الشجرة ماتزال موجودة مع نفس الاسم المنقوش "ديابولو سولتيرو" وبدأ بشرح الامر لهما..

ـ حسنا، اليكما ما أظنه بشأن ما يريد ديابولو ذاك ايصاله، لقد ذهب جيفري ساندلر الى **"وايت ريفر"**، ثم قُتل وصلُب عن طريق سفاحٍ بقرون **"أيل"** في وسط **"حقل أزهار"**.. يوجد بالقرب من وايت ريفر حقل أزهارٍ مشابه لهذا، ويعرف ذلك الحقل بانتشار حيوانات الأيل والغزلان فيه.

نظر الشابين الى بعضهما البعض في استغرابٍ غير مدركين ما كان يحاول المأمور قوله، فشرح لهم بشكلٍ مفصل..

ـ ما أريد قوله هو أني لا اظن ان كل هذه التشابهات مجرد صدفة، أعتقد ان ديابولو سولتيرو يحاول ان يشير لنا الى شيءٍ ما في ذلك الحقل، لكن كما قلت، هذا مجرد استنتاجٍ شخصي.

ـ وهل سنذهب الى هناك ببساطة بناءً على استنتاجٍ بلا أدلة؟

لم يكن اوين مقتنعا بالترحال الى ذلك المكان لأجل تفسيرٍ كهذا، لكن حاول ثوماس إقناعه، فليس وكأنهم يملكون أي خيارٍ أخر..

ـ أظن ان استنتاج المأمور منطقيٌ بعض الشيء.. فكر بالأمر.. لماذا قد ينفذ ذلك الشيء هذه الجريمة ويأتي بالجثة الى البستان؟ قد يكون يريد ان يرسل رسالةً من نوع ما بالفعل.

ـ لأيزال هذا سببا غير مقنع، أعني لماذا ساندلر العجوز دون غيره؟

لم تكن هناك أي أدلةٍ مباشرة ليقتنع بها أوين العنيد، كان متشائما من تلك البلدة ولا يريد الذهاب اليها لمجرد تكهناتٍ قد تخطئ وتصيب، لم يستطع المأمور إجبارهما على الترحال الى هناك، فسلطته محدودة داخل سيكرد فالي فحسب، كان الخيار خيارهما بالكامل، ولا يبدو انهما متفقان ابدا..

ـ هذا هو الخيار الوحيد الذي لدينا يا أوين، انت محق، لا يوجد أي أدلةٍ على كلامي، فهو مجرد استنتاج، لكن لا يبدو انه هناك أي خطوةٍ أخرى من الممكن ان نتخذها للوصول الى ذلك السفاح، ربما نستطيع ان نجد المزيد من الإجابات حول جيفري ساندلر هناك، وبما انها خارج بلدتي، سيكون القرار لكما.

سرح الاثنان بالتفكير قليلا، اما المأمور فراح يمتطي حصانه ليعود الى

مكتبه في سيكرد فالي ليستأنف عمله، تاركا الامر بيد الشابان ليقررا، لكن ناداه ثوماس قبل رحيله..

ـ ماذا عنك؟ لماذا يريد ديابولو قتلك؟ هل ستكون انت اللوحة هذه المرة؟

ألتفت اليه المأمور، وكان وجهه كافيا ليخبر ثوماس بأنه لا يملك اجابةٍ على سؤاله..

ـ بصراحة، هذا مالم أستطع فهمه وتفسيره.

غادر المأمور عائدا الى مكتبه، وسط رياح الأفكار التي كانت تعصف حول الصياديّن، كان ثوماس يريد المخاطرة بهذه الرحلة، اما أوين ما زال غير مقتنع بالفكرة، فاقترب منه ثوماس وقال في محاولةٍ لإقناعه..

ـ اسمع يا أوين، أتفهم كرهك لتلك البلدة، و لا ألومك على ذلك أبدا، لكننا ان لم نذهب الى هناك، فلن يكون هناك أي شيءٍ نستطيع فعله للقضاء على ذلك المدعو بديابولو، وسنعود مكتوفي الايدي كما كنا نفعل طوال الأشهر السابقة.

كانت نقطة ضعف أوين هي أصرار ثوماس، يعرف بأنه ان أصر على شيءٍ سيفعله معه او بدونه، و لا يبدو بأنه كان ينوي الانسحاب من هذه المهمة، لذا قرر الاستسلام وان لا يحاول حتى الجدال معه، فسبقه بركوب حصانه وقال..

ـ حسنا، دعنا لا نضيع الوقت إذا..

ثوماس ميلر

حزم الرجلان امرهما، وقررا بالفعل ان ينطلقا في هذه الرحلة، تبعد بلدة وايت ريفر ما يقارب اليومين على الاحصنة، لذا حزما امتعتهما وبدءا الترحال الى تلك البلدة مباشرةً في الليل، بالرغم انها كانت ليلةً هادئة تحت السماء الجميلة، الا ان كلا منهما كان مشغولا بمحاولة توقع جميع الاحتمالات الممكنة، كان الجو السائد بينهما غريبا، وكأنهما لم يمضيا السنوات التسع المنصرمة باصطياد المكافآت سويا، كان كلاهما متوترا ومترددًا من مطاردة ديابولو سولتيرو مباشرة، فهما يدركان ان ذلك الشيطان ليس كأي مطلوبٍ قد واجهاه من قبل.

تأخر الوقت بالفعل، وكان يجب عليهما ترك الخيول تستريح، نزل ثوماس من صهوة جواده ليبدأ مراسم التخييم التي لطالما أحبها، ثم جلسا بالقرب من النار وهما يسترجعان كل لحظات حياتهما، كل قراراتهما، اخطائهما وحتى احبائهما، كانا يعرفان ان ما سيواجهانه هذه المرة مختلف كليا عن تجاربهم السابقة، مجرمٌ مرعب يفوقهم ذكاءً، وربما قوةً أيضا. كان ثوماس يتأمل النار وكل ما كان يدور في ذهنه هو صديقه القديم ثيودور مافريك الذي قتله والده السكير قبل سبعة عشر عامًا بسبب جلسة قمارٍ رخيصة على عشرةِ سنتات، كان يرى ذلك الرجل كالقدوة التي لم يستطع والده أن يكونها، كان الرجل الذي لطالما كان مثلا يُضرب فيما يتعلق بالعزيمة، الذي خلصه من ظلمات الفقر والتشرد عندما كان طفلا، لكن يا للعار.. لا يوجد مكان للناس الجيدين في هذا العالم.

في الجهة الأخرى، كان أوين كوبر يقلب قطع اللحم ليشويها على نار المخيم، أشياءٌ كرائحة اللحم ومنظر السماء المرصعة بالنجوم مع رياح الليل العليلة كانت تجعله يشعر بلذة هذه اللعبة المسماة بالحياة، حتى بالرغم انه كان يشعر بأن دوره في هذه اللعبة قد شارف على الانتهاء، الا انه كان يرجو ان يستغل كل ثانية تتاح له لكي يستمتع بها، لا تبدو كلعبةٍ عادلة لكنه حاول ان يستمتع بها قدر الامكان.

ـ أوين! اللحم يحترق!

قطع ثوماس حبل أفكار أوين لينبهه الى قطعة اللحم المحترقة، أزالها من السكين بسرعة وراح يبحث عن قطعةٍ أخرى، يبدو ان ثوماس ميلر ليس الشخص الوحيد الذي كان غارقا بأفكاره بقرب تلك النار..

ـ لا بأس، يوجد الكثير من قطع اللحم الأخرى..

ـ هل تفكر فيها مرة اخرى؟

لم يجب أوين على سؤال ثوماس، بل اكتفى بالتظاهر انه لم يستمع لسؤاله، لكن ثوماس تابع حديثه على أي حال..

ـ لقد قابلتَها لأول مرةٍ في أجواءٍ كهذه، لم تتوقف عن الحديث عنها منذ ذلك اليوم.

ابتسم اوين ابتسامة ممزوجة بالحزن، ابتسامة كان يملؤها الألم..

ـ اجل يا ثوماس مازلت أفكر فيها.. لم انقطع عن التفكير فيها منذ اختفائها.

ـ لطالما اردت ان الأمور سارت على نحو مختلف لكلينا.

ـ أجل يا ثوماس، و انا كذلك.

لم يرد أوين كوبر مواصلة الحديث عنها، بل لم يقوى على ذلك، دخل خيمته الصغيرة تاركًا ثوماس وحده قرب تلك النار، يبدو انه سيكون مضطرا لتناول العشاء وحده الليلة.

قام من مقعده مبتعدا قليلا عن المخيم، راح يستمتع بضجيج هدوء الفراغ الذي يخيم على السهول الخضراء، اقترب من بحيرة كانت بالجوار و القى نظرة فاحصة على انعكاسه بالماء، رجلٌ يافع حليق الذقن، شعرٌ أسود طويل متسيب الى اكتافه، عينان زرقاواتٍ كزرقة السماء، لقد أصبح يشبه والده بالفعل، أصبح يشبه كل شيءٍ كرهه في هذه الدنيا.

لفت انتباهه في تلك الاثناء غزالٌ يقترب الى البحيرة خارجا من بين شجيرات الضفة الأخرى ليروي عطشه، لم يستطع ثوماس ان يُسحَر بجمال هذا الحيوان المسالم دون ان يتذكر ذلك الكابوس المدعو بديابولو سولتيرو، وصورته المرعبة في ملصق المطلوبين المعلقة على باب مكتب المأمور ميلتون بسيكرد فالي، فغادر بسرعة عائدا الى المخيم، فذلك الحيوان قد أمسى نذير شؤم منذ ظهور ذلك الشيء، و عند وصوله اخذ يتأمل خيمته التي كانت بجوار رفيقه، وتذكر أيامه بالصيد رفقة صديقه القديم عندما كان صغيرا، اعتلت ابتسامةٌ صغيرة في وجهه ورفع رأسه الي النجوم محادثًا نفسه..

ـ مازلت أتساءل لو كنت ستأتي معي الى وايت ريفر يا ثيودور.

ثيودور مافريك

كانت الامطار شديدة على ذلك الطفل الذي لم يجد سوى العراء ليأوي اليه لينام بينما كانت معدته تؤلمه من شدة الجوع، لكن قد فات الأوان لسرقة الطعام، ولم يبقَ له الا ان يسمح لجسده بأن يبدأ بأكل نفسه ليسد جوعه. استلقى بجانب الطريق المملوء بالطين وفضلات الخيول، تحت نظرات الناس المليئة بالتقزز والشفقة نحوه، التي ما كانت تزيده الا غضبا وهمجية، كان كل ما يرجوه ان يجتمع تحت سقفٍ واحد مع عائلة محبة على طاولة العشاء، لكن تلك ما كانت الا مجرد أحلام يقظةٍ لا تمت لواقعه بصلة، فهو لا يعلم اين والده الان، قد لا يكون بالبلدة أصلا، بل قد يكون نسيه كليا بالفعل.

توقف المطر وبزغ فجر صباحٍ جديد، افاق الفتى من سباته على ظل شخصٍ واقف امامه، ظن انه أحد أولئك الذينَ يسرقون ما تبقى من سنتاتٍ في جعبة المشردين، قام بسرعه وسحب خنجره متخذا وضعية الدفاع، وملامح الغضب الممزوجة بالخوف مرسومة على وجهه..

ـ اهدأ يا فتى، أتظن انه بإمكانك ان تلوح بخنجرٍ صغير قبل ان اسحب زنادا واحد؟

سحب الرجل معطفه الى الخلف كاشفا عن مسدسه، أدرك ذلك الفتى ان خنجره وحده لن يكفيه ليدافع عن نفسه أمام ذلك الرجل الغريب، لذا ما كان له الا ان يستسلم..

ـ لا املك الا ثلاث سنتات، خذها واتركني وشأني.

نظر اليه الرجل بنظرة تملؤها السخرية، ورحل دون ان يقول له أي شيء، عاود الفتى الجلوس في مكانه، فلم يكن متحمسا لبدء يومه الشاق في التسول والسرقة وربما تلقي الضرب من جديد

وبعد عدة دقائق، عاد نفس الرجل ومعه الكثير من الطعام المعلب، ووضع كل العلب امام الفتى، تعجب المشرد الصغير من هذا الفعل، كان يريد ان يسأله عن هويته ولمَ قد يجلب كل هذا الطعام لشخصٍ مثله، لكن الجوع قد غلب قدرته على التفكير، راح يفتح هذه العلبة وتلك، وبدأ يأكل بكل شراهة، كان مشغولا بالاستمتاع بكل هذا الطعام ولم يلحظ جلوس الرجل بجانبه..

ـ كنتُ لأشتري لك سلاحًا ايضًا، لكن نفدت كل مدخراتي مقابل ذلك الطعام.

انتبه الفتى لجلوس الرجل بجانبه، لم يكن عقله الصغير قادرا على صياغة أي سؤال او جملة ليرد عليه، بينما تابع هو..

ـ حسنا، هذا لا يهم الان، خذ هذا، لدي اثنان منه لذا لا تقلق بشأني.

قدم الرجل مسدسا الى الفتى وسط ذهوله وتعجبه، من هذا الرجل؟ ولماذا قد

يشتري له الكثير من الطعام؟ والان يقدم له مسدسا ملقما بذخيرةٍ كاملة؟

ـ آمل أنك تعرف كيف تستخدم هذا الشيء.

هز الفتى رأسه نافيا ذلك، فلم يمسك سلاحا من قبل، فقال الرجل له بينما كان يفتح أحد علب الطعام ليأكل معه..

ـ حسنا، أليك الصفقة، سأجد الوقت الكافي لتعليمك استخدام ذلك السلاح، وسأطعمك وسأوفر لك مأوى بشراء خيمةٍ خاصة بك، فقط إذا قبلت انت ترافقني.

ـ ارافقك اين؟ ولم تريد ان تساعدني؟

قام الرجل من مكانه مشعلًا سيجارة..

ـ هناك رحلةٌ اريد خوضها، وقد استفيد من وجود احدٍ معي ليرافقني، اما بالنسبة لسؤالك الاخر، فأنت لست مختلفا عني، فأنا افهم شعورك وعشت كما تعيش انت الان، انا أيضا أعيش بالعراء، لا املك الا خيمة صغيرة خارج البلدة، قد تتسع لك حتى اشتري لنفسي واحدةً أخرى.

ـ لكنك قلت ان جميع مدخراتك قد نفدت..

قاطعه الرجل الغريب وهو يصرخ بكل حماسة، جاذبا انتباه المارة نحوهما..

ـ لا تقلق بشأن المال، الم تسمع بصيد المكافآت؟ سأمسك بأحد أولئك الحمقى، واكسب اضعاف ما انفقت للتو!

قام الفتى من مكانه في إشارةٍ على قبوله لعرض هذا الرجل المجهول، فلم يستطع ان يهدر فرصةً كهذه، فما عاد يملك أي فرصٍ أخرى..

ـ هذه هي الروح أيها الفتى! صدقني ستخوض مغامراتٍ رائعة ترويها لأحفادك تحت مدفأة عيد الميلاد، ستصبح بطلا يتغنى به الشعراء في القصائد، وسيتناقل الناس بطولاتك وقصصك، تماما مثل جوليو داستن! والان أخبرني، ما هو اسمك؟

ـ ثوماس.. ثوماس ميلر.

ثوماس ميلر

واخيرا بعد يومين من الترحال الطويل وصل الشابان الى بلدة مزارع القمح الذهبية، لم يطق اوين هذه البلدة ابدا، فمازال يتذكر كيف كانت نظرات الناس له وهو يبحث عن شبح غير موجود، كانوا يرونه كمجنونٍ مثيرٍ للشفقة، يحمل روايةً حزينة في طيّات ما تبقى من عقله.

اتجها مباشرة نحو مكتب وايت ريفر البريدي، ليستعلما عن أي رسالةٍ مريبة كانت قد ارسلت الى السيد جيفري ساندلر، لكن كما هو متوقع، لم يكن هناك أي رسائل موجهه له، لم يضيع الشابان الكثير من الوقت وقصدوا حقل الورود المليء بالغزلان المجاور لوايت ريفر الذي تحدث عنه ميلتون العجوز، وصلا الى هناك وأخذا يتأملا الارجاء، لم يبدو ان هناك أي شيء غريب او لافتا للنظر، مما اثار غيض أوين..

ـ لقد اضعنا وقتنا بكل سذاجة.

امتطى أوين حصانه ليغادر ويعود الى سيكرد فالي، فلهذه البلدة وكل ما يتعلق بها مذاق مرير بلسانه، لكن ثوماس لم يأتي الى هنا ليعود خاوي الايدي، ليس بعد هذه المسافة التي قطعها، ليس بعد كل تلك الأشهر المملة من الانتظار بفارغ الصبر..

ـ انتظر يا أوين، ليس من الحكمة ان نعود ادراجنا بهذه البساطة.

ـ ماذا تقترح إذًا؟ ان نجلس ونتفرج على الغزلان تلهو وتقفز في البستان؟ فكرة رائعة، لكن افعل ذلك لوحدك.

أشار ثوماس الى غابةٍ قريبة من البستان، ونبه أوين أليها قائلا..

ـ ماذا عن تلك الغابة؟ الا ترا انه من الممكن ان يكون فيها أي شيء تركته حوافر ديابولو خلفها؟

نظر أوين الى الغابة بنظراتٍ غير مكترثة، كانت كافية ليفهم ثوماس انه لا ينوي دخولها، فلم يكن أوين مهتما بفكرة ثوماس او بالبحث عن ديابولو سولتيرو بعد الان، لكن مرةً أخرى، ثوماس ينطلق وحده ليفعل ما يريده غير مبالي لرأي أوين وينطلق نحو الغابة وحده، مما اجبر أوين على ان يتبعه على أي حال.

ها هو الفجر يبزغ معلنا صباح يومٍ جديد، ومازال الرجلان يبحثان لعدة ساعات دون جدوى، لكن فقط عندما فقدا الامل واستدارا ليعودا ادراجهما، لمح أوين شيئا ما بالأفق، كان كوخا مهجورا على ما يبدو..

ـ ثوماس، هل يمكنك رؤيته؟ ذلك الكوخ.

استغرق ثوماس عدة ثواني حتى يلمح ذلك الكوخ أخيرا، كان بعيدًا جدا، يبعد عنهم قرابة الميل..

ـ اجل يا اوين إني اراه الان.

انطلقا بكل حذر نحو الكوخ، فآخر ما كانا يأملانه هو ان ينصب لهم ديابولو فخًا خبيثًا بعدما بلغا اقصى مراحل التعب اثناء بحثهما طوال الليل، لقّما سلاحيهما واقتربا من الكوخ ببطء، لكن سرعان ما أدركوا خلوه من أي مظاهر للحياة، وكأن الزمان قد قضى على هذا الكوخ منذ قرونٍ طويلة.

دخلا الكوخ الصغير، ولم يكن يحتوي على أي شيءٍ سوى طاولة بدرجين، فتحا الدرج الأول فوجدا صورةً قديمة من فترة الحرب الامريكية الكونفدرالية، كانت الصورة للمأمور جيفري ساندلر، وكان معه رجلين اخرين، أحدهما هو قسيس كنيسة وايت ريفر بوب هارنستن الذي حوله ديابولو سولتيرو الى لوحةٍ فنية من عصر النهضة قبل عدة أشهر، والأخر هو محافظ بلدة هاي غاردن باتريك هولدن الذي تم اغتياله قبل عدة سنواتٍ تحت ظروفٍ غامضة.

كان يظهر بالصورة ان جيفري ساندلر يمسك برأسٍ مقطوع لامرأةٍ كانت تبدو مألوفة لحد كبير لأوين، بدأ التوتر والارتباك يعاودان الظهور على وجهه لكن سرعان ما هدأ بعدما فكر قليلا "هذا مستحيل، فلقد قابلتها لأول مرة بعد الحرب الاهلية بثمان سنواتٍ كاملة.." هدأه منطقه الداخلي وبعث جرعة لطيفة من الراحة في فؤاده، فتح ثوماس الدرج الثاني، ووجد الكثير من الرسائل والتقارير تخص الحرب الأمريكية الكونفدرالية، لكن ما لفت انتباه الرجلان كانت رسالة مفجعة زعزعت هدوؤهما ورباطة جأشهما، وكادت تجعل أوين يفقد عقله وينهار في وسط الكوخ، كانت رسالة كافية لتغيير نظرتهما الى ديابولو سولتيرو، والى العجوز جيفري ساندلر، والى أشياء كثيرةٍ عن تلك الحرب المشؤومة.

فيونا كلارك

الى سيد الأيائل، من فيونا كلارك..

لقد طال الانتظار يا سيدي.. لكن قد حان الوقت أخيرا.. وقت الخطوة الأخيرة من خطتك المقدسة. سأدلي بشهادتي أخيرا، الشهادة التي وعدتني بأنها ستصل الى الجميع، لكشف حقيقة هذا العالم النتن، والشياطين القذرة التي تتحكم بنا.

كانت القوات الامريكية قد بدأت بالدخول الى فيكسبرغ بعد حصارٍ دام سبعًا وأربعين يوما من اليأس والجوع.. ليتك ترا ما فعلوا يا سيدي، دخلوا ارضنا وعاثوا فيها فسادا، لم يفرقوا بين كبيرٍ ولا صغيرٍ، رجلا كان ام امرأة، ليتك تسمع صرخات المستضعفين حينها يا سيدي، الدماء والجثث في كل مكان، جرائم الاغتصاب والذبح تحدث بالطرقات امام مرأى الجميع، حتى السماء قد تلونت بألوان اللهب المنبعثة من مزارعنا، كان الأمر أشبه بنهاية العالم.

لقد كنتُ هناك يا سيدي، لقد كنت أهرب عائدة الى منزل عائلتي في ذلك اليوم، لأخبرهم بدخول القوات الامريكية، لكن لم يسعني ان فتحت الباب الخلفي قليلا حتى رأيتهم، رأيتهم قد انتهوا بالفعل من اغتصاب والدتي وقطعوا رأسها، رأيتهم كانوا يلعبون برأسها المقطوع ويركلونه هنا وهناك امام والدي الذي كان مقيدا كحيوان الماعز.

لا اعلم ما الذي حل بوالدي، فقد أغلقت الباب مباشرة واختبأت داخل شجيرة بالقرب من البيت، اكتفيت فقط بالاستماع الى الشياطين المتجولة داخل البيت، بالاستماع الى ضحكاتهم واهانتهم المستمرة لابي وانتهاكهم لحرمة جسد امي الميت، استطعت سماع أسماء ثلاثة منهم، مازلت اتذكرهم جيدا، (جيفري ساندلر، بوب هارنستن، باتريك هولدن).

وعندما سنحت لي الفرصة، هربت الى ألاباما، ومنها الى نيويورك في محاولةٍ يائسة للهرب من هذا الماضي البشع، وفي الوقت الذي اكتب فيه هذه الرسالة، هؤلاء الشياطين لديهم مناصب لها احترامها في المجتمع، متناسين جريمتهم البشعة في حق عائلتي.

سأضل أنادي باسمك يا سيدي حتى تحقق وعدك، حتى لا يؤذوا الأبرياء بعد الان وهم تحت ظلك آمنين، حتى يُقدس اسمك في تلك الأرض لنهاية الدهر، فأنت من أخرجت الأطفال الضعفاء من الظلام الأبدي، كما وعدت بإخراجنا."

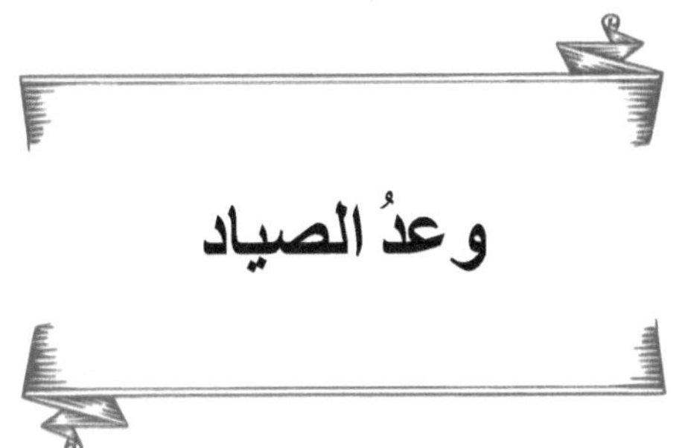

وعدُ الصياد

أوين كوبر

كانت ليلة هادئة، خرج من البلدة مشيا ليبتعد عن ضجيج البشر، ويستريح بمجالسة نفسه بعد رحلةِ صيدٍ طويلة، كان ذلك عندما رآها لأول مرة واقفة بالقرب من حقول القمح، شابة يافعة في منتصف العشرينات، كانت جميلة بما يكفي ليلاحظ ذلك الجمال، رأته حينها ودنت منه مباشرة..

ـ مرحبا يا سيدي، هل تعيش بالجوار؟

ارتبك قليلا، لم يكن يعتقد انها قد تتحدث اليه بهذه الودية بمجرد رؤيته، هل كان دائما بتلك الوسامة؟

ـ لا في الحقيقة.. انا صياد، جئت من سيكرد فالي لأنجز مهمةً صغيرة، وسأغادر عائدا اليها بعد عدة أيام.

ازداد حماسها وشغفها بالحديث معه ما ان علمت انه صياد، فكانت تحترم أولئك اللذين يسخرون أنفسهم دروعا بشرية لحماية من هم مثلها من الناس، وتحب القصص الشيقة التي كانت تروى عنهم..

ـ حقا؟ هذا رائع! لطالما اردت ان اخوض محادثةً مع صياد، فحياتكم تبدو مشوقة، قل لي يا سيدي، كيف هي تجربة الترحال بين القرى والولايات سعيا في صيد المطلوبين وتسليمهم للعدالة؟ واثقةٌ من انه لديك الكثير من القصص لتقولها.

ضحك من براءتها وقال مبتسما لها..

ـ لا اريد ان اخيب ظنكِ يا سيدتي، لكن حياتنا ليست ممتعة كما تعتقدين.

أخذا يتجولان معا بين حقول القمح الصفراء تحت نجوم الليل مبتعدين عن البلدة، تبادل معها قصصه وتجاربه، التي بدت مشوقة لها، كانت الحماسة لقصصه تكاد تنفجر من عينيها الخضراوين، تبادلا طموحاتهما وامالهما، وعندها أدرك أوين الشاب انه بالفعل وقع في حبها، فسألها عن سبب اقبالها اليه مباشرة عندما رأته..

ـ بصراحة يا سيدي.. انا اعرفك جيدا، انت هو الصياد الشاب أوين كوبر، الفتى الأشقر الذي كان يسافر مع جماعة فامبير، اليس كذلك؟

تعجب أوين من كلامها، انى لها ان تعرفه؟ فهو ليس من النوع الذي يسعى خلف مجدٍ او شهرة، فلطالما كان يحث مأمور أي بلدة الا يفصح عن هوية الصياد الذي يسلم فلانا وفلان الى مكتبه، لاحظت استغرابه من جوابها، فشرحت له انها كانت تعمل في الدور العلوي في كوخ مأمور بلدة وايت ريفر، وكانت موجودةً بالأعلى عندما سلم أحد الجثث التي تعود لمطلوبٍ بالأمس، واستمعت اليه وهو يسرد بنوده وشروطه فيما يتعلق عن كشف هويته.

لم يكترث أوين كثيرا بشأن معرفتها لهويته، فقد وقع في حب هذه الفتاة

بالفعل، قضيا أيامه الأخيرة في وايت ريفر معا قبل مغادرته عائدا الى سيكرد فالي، وفي اثناء هذه الأيام تغيرت قناعة جوهرية لديه فيما يتعلق باصطياد المكافآت.

فبالنسبة للصياد، حياته شيء لم يستطع فهمه او الاكتراث له، مجرد نظرة خاوية للمستقبل الذي لا يأمل منه أي شيء، فيبيع نفسه لنقابة الصيادين ليستخدموا روحه وجسده كسلاح مؤقت ضد من يقررون انه يجب عليه ان يموت، وبعد ان يُقتَل او يتقاعد، يتم استبداله بصيادٍ أخر، وتستمر الحلقة بالدوران.

لكن تلك الفكرة زالت من جوف أوين حينما قابل تلك الفتاة وأمضى عدة أيام معها، بدأ بتخيل نفسه يعيش حياةً هنيئة مع تلك الفتاة كزوجةٍ له في كوخ وسط الجبال العالية، كانت تلك الفكرة وحدها كافية لترد له شغف الحياة، لذا قرر ان ينسحب من النقابة حينما يعود الى وايت ريفر مرة أخرى ويطلب يدها للزواج، شاركها تلك الفكرة ووعدها بأن يعود اليها ويتزوجها، تفاجأت من هذا الوعد، فلم تتوقع أبدا ان يطلب يدها أحد أعضاء فرقة البطل فامبير، لذا أخبرته انها ستنتظره بكل شوق، وستعد الأيام والليالي حتى يعود.

كان أوين يغوص في أعماق خيالاته كثيرا منذ رحيله عن وايت ريفر ذلك اليوم، يتخيل حياته مع زوجته وابنائه بعيدا عن أي مشتتاتٍ بشرية أخرى، وبعيدا عن لعنة الصيد التي ظن انها لن تفارقه أبدا. كان دائما ما يشارك خططه وافكاره مع رفيقه ثوماس ميلر، لكن منذ ذلك اليوم لم ينفك عن الحديث عن تلك الفتاة أبدا، بينما كان ثوماس سعيدا لصديقه، سعيدا انه سيخرج من الظلمة الموحشة التي ترافق الصياد.

لكن كل تلك الآمال انطفأت عند عودته الى وايت ريفر مرة أخرى، فعند لحظة وصوله ليفي لها بوعده، بدأ بالبحث عنها هنا وهناك بكل اشتياقٍ، لكنه كان يبحث بلا أي فائدة، فلم يكن لها أي أثر، كأنها اختفت من الوجود، راح يسأل السكان والمزارعين عنها لكنهم لم يروا فتاةً بتلك المواصفات التي وصفها لهم في البلدة أبدا، فتوجه الى مأمور البلدة ليسأله عن فتاةٍ كانت تعمل عنده، ذهبية الشعر، خضراء العينين، وكانت لها وحمةٌ واضحة في رقبتها، كان اسمها فيونا.. فيونا كلارك..

ـ اسف يا بني، لم تعمل عندي أي فتاة بهذه الاوصاف وهذا الاسم من قبل، بل لم يسبق لي ان رأيت فتاةً تشبهها في أنحاء البلدة.

بدأ أوين يغرق باليأس والحزن العميق، بدأ يصدق ان تلك الفتاة لم تكن موجودة من الأساس، وانه كان يتخيل الأمر برمته، ربما كانت مجرد سرابٍ أراد عقله ان يصدق وجوده ليريح شيئا ما بداخله.

لوبيز ميلتون

اكتست بلدة سيكرد فالي بالضباب اثناء نقاشهم الأخير ببستان ال ساندلر، لقد كان الجو السائد من حوله جميلا اثناء تجوله عائدا الى مكتبه، أضواء مصابيح البيوت التي كانت تخترق الضباب الكثيف مكونةً رؤية غير واضحة، الطرق الخالية والهدوء السائد في ارجاء البلدة، ازعاج طَرق حذوة جواده بالأرض ممزوجا بصوت ساعة الكنيسة معلنةً تنصف الليل.

وقف عند عتبة مكتبه ليستريح بجمال الأجواء بينما يدخن سيجارته خارجا، ثم التفت الى الباب ليتأمل تلك الصورة البشعة التي وصفها بعض السكان المحليين له، الذين استطاعوا ان يشهدوا حضوره المرعب.

حسب وصفهم لتصرفاته، كانت حركاته مصاحبة بهدوءٍ ووقارٍ مهيب، يلامس كيان الناظرين اليه، شهد اثنان من المزارعين انه جمد في مكانه عندما

أدرك انهم رأوه، لم يبدِ أي سلوكٍ عدائي او ما شابه، بل ظل واقفا بالأفق دون أي حركة، كانت هالته قادرة على تكوين صمتٍ جميل، كأنه أوقف مشتتات العالم كله ليتأملوه ويتذكروه جيدا، ينظر إليهم باعين جمجمة الايل التي في وجهه، ينظر الى ارواحهم البائسة.

وبينما كان يتأمل صورته المرعبة، ظهر صوت حوافر جوادٍ تطرق في الطرقات لتكسر هدوء المكان، لشخصٍ كان يسير وسط البلدة مقتربًا من مكتبه، تقدم المأمور عن عتبة بابه حاملًا مسدسه الذي لم يستخدمه قط، وصرخ بنبرة يعتليها التهديد في ذلك الظل المقترب..

ـ من هناك؟

لم يرد الخيَّال الذي كان يقترب شيئا فشيئا نحوه، لم تكن الرؤية واضحة بسبب الضباب الشديد فلم يستطع تمييزه، بدأ يلقم مسدسه وسط توتر الأجواء المتصاعد، لكنه قد اقترب بما يكفي بالفعل ليستطيع رؤية هيئته قليلاً..

ـ أوين؟ هل هذا انت؟

توقف الخيَّال مكانه دون رد، بلغ الارتباك أشده على محيى المأمور العجوز فصوب مسدسه باتجاه ذلك الرجل المجهول الذي لم يستطع رؤية أي شيءٍ منه سوى ظله وسط الضباب، وفجأة، تحدث ذلك المجهول الى المأمور بسخرية..

ـ هل تعرف كيف تستخدم هذا الشيء حتى يا سيدي؟

بدت نبرة صوته مألوفة للمأمور، ترجل ذلك الرجل الغريب من جواده ودنى من المأمور ميلتون ليكشف عن نفسه..

ـ أنت..

ـ ضعه جانبا يا سيدي فهذا العيار الناري ليس بلعبة، حركةٌ خاطئة وستجعل بلدة سيكرد فالي تبكي على جنازتك.

انتزع ذلك الرجل الذي كان يرتدي رداءً فاخرا مسدس المأمور المذهول من بين يديه، لم يكن يصدق ما تراه عيناه، انه هو بالفعل..

ـ مرحبا أيها المأمور، لقد مرت مدة طويلة..

جون داستن

"الخوف بالفعل ينبع من الماضي"

كانت تلك هي الجملة المصاحبة في اذهان كل من كانوا يعرفون تاريخه الحافل بالتعاسة والمجازر الدموية، لطالما كان شخصيةً مبهمة، غير واضحة المبادئ، متناقضة السلوك، اعداءه وحلفائه لغزٌ في ذهن كل من أراد التعامل معه.

وحتى بالرغم من انه لا يبدو مؤذيا من الوهلة الأولى، شاب فتي في العشرينات من عمره، حسن الملامح، حنطي البشرة، طويل الشعر، الا انه لطالما سبب التوتر والارتباك في كل محيطٍ تحط قدماه فيه بسبب القصص التي تدور عنه، والكوارث التي شهدتها عيناه، والدماء التي تلطخت بها يداه.

جون داستن، الأمريكي من أصولٍ مكسيكية، ابن البطل المبجل جوليو داستن، والمحكوم عليه بالإعدام في ولاية نيفادا، يظهر فجأة امام عتبة مكتب

المأمور ميلتون وسط الأحداث التي تشهدها البلدة.

كان المأمور مرتعبا من ظهور هذا الشخص فجأةً امامه ومن بين ظلمة الليل، حتى بالرغم انه ابن أحد أعظم وأنبل الصيادين على الأطلاق، كان جون في مستوى أخر من الشر والخبث حسب كل تلك الشائعات والروايات التي تدور عنه.

ظل المأمور يحدق به بلا علمٍ عما يريد، انتبه جون الى ارتباكه من رؤيته، فحاول تلطيف حدة الموقف..

ـ لا تقلق يا سيدي، لم أتي الى هنا لأثير المتاعب، عدت الى هذه بلدة الجميلة بحسن نية.

لم يستطع المأمور ارخاء دفاعه، ان كان دفاعه سيشكل فارقا امامه بالطبع..

ـ ما الذي تريده يا جون؟ لمَ انت هنا؟

اقترب جون الى الباب ورأى صورة ديابولو سولتيرو، ثم ألتفت الى المأمور قائلا..

ـ حبذا لو تسمح لي بالحديث معك بالداخل أيها المأمور، فرحلتي الى هنا كانت طويلة، وبصراحة انا مرهقٌ قليلا..

لم يتجرأ المأمور على رفض طلبه والتسبب له بالإزعاج، فدخل معه الى داخل المكتب، جلس جون داستن قليلا ليستريح ويتأمل مكتب المأمور من حوله، بينما جلس المأمور عند مكتبه منتظرا ان يبدأ جون حديثه، لكنه قام من مكانه مستمرًا بالسكوت، بينما يطلق عينيه لتتفحص ارجاء المكتب، حتى حطت على تلك الأوراق التي كان المأمور يحاول رسم نموذج لجريمة ديابولو بالسيد جيفري ساندلر عليها، تأملها قليلا ثم قال للمأمور ممازحاً أياه..

ـ يبدوا ان ذلك الديابولو يمتلك حسا دراميا فيما يتعلق بجرائمه، لقد اعجبني أسلوبه، سأعترف له بهذا.

ـ لندخل في صلب الموضوع، لمَ انت هنا؟

استدار جون نحو المأمور، ولم يُعجب بتوتره وخوفه منه، وقال بأسى..

ـ أهكذا تكرمون ضيوفكم في سيكرد فالي؟ لقد كانت الشائعات المنتشرة عن هذه البلدة أفضل بكثير.

ـ دعني أحزر، الامر له علاقة بديابولو؟

ضحك جون قليلا، ثم جلس أمام مكتب المأمور من جديد قائلا..

ـ بالطبع يا سيدي، لقد وصل خبر بستان آل ساندلر الى الكنيسة الكاتدرائية، وأرى انه بمقدوري تقديم يد العون فيما يخصه.

اندهش المأمور من رده، هل قطع كل هذه المسافة فقط ليساعد شخصا لا

يستسيغ وجوده؟ تابع جون ولم ينتظر رد المأمور الصامت..

ـ ببساطة اظن انني قادرّ على فهم وتحليل سلوكيات هذا المدعو بديابولو سولتيرو، فقط لو وثقت بي وسمحت لي بالانضمام الى رجالك في هذه المهمة.

كان المأمور يعرف ان جون داستن سيكون بمثابة ورقةٍ رابحة له امام ديابولو سولتيرو، فهو يملك كل المقومات التي تجعله مؤهلا لذلك، فوالده كان أحد أعضاء صيادي النخبة السابقين قبل رحيله، ويعتبر من أعظم الصيادين على الإطلاق ان لم يكن أعظمهم، كان يعلم ان جون قد ورث مهارات والده بالسلاح، ودهاء عقله فيما يتعلق بتعقب المجرمين، لكن جون كان شخصية مختلفة كليا عن والده البطل، عاش حياة مختلفة عنه، ولا يبدو انه يتبع القيم نفسها، فهل حقا يمكن الوثوق به؟

لم يكن المأمور يريد ان يضيع هذه الفرصة أبدا، حتى لو كان جون خطيرا جدا ليعمل معه، سيكون مفيدا ضد ديابولو سولتيرو، لكن المأمور كان يحتاج ان يأخذ منه ميثاق الأمان، ويعرف دوافعه الحقيقية..

ـ سيكون من دواعي سروري العمل معك، لكن فقط أخبرني، ما الذي ترجوه من كل هذا؟ ما الذي تسعى اليه بالضبط؟

مشى جون نحو النافذة متأملا البلدة التي يعانقها ضباب الليل، ثم تغيرت نبرته وقال للمأمور..

ـ انت تعرف ان الأمور كانت بغاية السوء بالنسبة لي في نيفادا، هنالك أمر بإعدامي ساري حتى هذه اللحظة في تلك الولاية، لكنني لست هنا لأناقش معك مسألة استحقاقي للموت من عدمها، كل ما ارجوه بعد كل هذا ان تكتب خطابا الى تلك الولاية بمساهمتي في حل هذه القضية، لعلهم يسقطون عني حكم الإعدام.

بدت أسبابه مقنعة بالنسبة الى المأمور الذي هم بالتفكير بالأمر، بينما تابع جون..

ـ كل ما يهمني حقًا هو ان أخلق بيئةً مسالمة لابنتي الصغيرة، لقد عانت الفتاة بما يكفي، ولا اريدها ان تكبر وهي ترا حبل المشنقة يلوح حول رقبة والدها، أرجوك يا سيدي فكر بالأمر.

أبنة؟ هل جون يملك أبنةً حقا؟ لم يسمع المأمور أي شيءٍ عن كونه أبًا لفتاةٍ ما، بل لم يعرف انه قد تزوج أبدا، فقد كان يبدو صغيرًا ليكوّن عائلة، لكن حتى مع ذلك، أصاب جون وترا حساس في فؤاد المأمور، فهو يعرف شعور الاب تجاه أبنائه، فلطالما كان نائبه الشاب أدم جرين بمثابة الابن له. بالإضافة، لم يكن يعلم عن هذا الجانب من شخصية جون داستن، فكانت القصص تصوره على انه وحشٌ ضاري، يقتل كل من يحاول استفزازه او مواجهته بلا أي رحمة، لكن

عندما قابله وجها لوجه، أدرك انه ليس الا ابًا محبًا، مستعد للمخاطرة بحياته بمواجهة أخطر سفاح بالولاية، ليهنئ بسلامٍ رفقة ابنته..

ـ حسنا يا جون، لقد أخترت ان أثق بك، لكن أرجوك لا تجعلني أندم.

ـ شكرا يا سيدي، ان هذا يعني لي الكثير، سأبذل قصار جهدي.

ـ حسنا، أليك كل ما نعرفه حتى الان...

ثوماس ميلر

عم الصمت بذلك الكوخ بعد قراءة ثوماس لتلك الرسالة المرسلة "لسيد الغزلان" قرأ اوين الرسالة مجددا ليتأكد من اسمها، فيونا كلارك.. محبوبته التي اختفت قبل سبع سنواتٍ بلا أي أثر، التي ظن انها من وحي خياله، لم تكن وهما او سرابا، كانت حقيقة، لم يكن مجنونا أبد. كانت مشاعره متضاربة، بين سعادةٍ ورجوع للأمل وحزن مما خاضته تلك الفتاة المسكينة التي لم يتحمل عناء البحث عنها حتى..

ـ اوين! ركز، مازلنا لم ننتهي بعد.

سحب ثوماس رفيقه من بحر أفكاره قبل ان يفقد عقله، طوى الرسالة ووضعها في جيبه، قد تكون تلك هي اول المفاتيح لحل لغز ديابولو، فزع أوين وقال لثوماس في هلع..

ـ ثوماس، تاريخ كتابة الرسالة كان قبل أربع سنواتٍ من الان، بينما كان اختفاؤها قبل سبع سنوات تقريبا، ظننتها ميتة، لا، بل ظننتها وهما، قد تكون عانت الكثير كل تلك المدة، لربما كانت تنتظر عودتي اليها، وانا استسلمت.. استسلمت وظننتها وهما.

كان أوين في حالةٍ يرثى لها، لم ينفك عن لوم نفسه على خذلان فيونا، أمسكه ثوماس ورجه قليلا ليتمالك أعصابه..

ـ اهدأ يا أوين! هذا ليس خطأك، لكن الغريب أنك قد قلت ان الجميع أنكر وجودها، وانهم لم يسمعوا بها أبدا، يبدو ان لتلك الفتاة لغزا أخر خاصًا بها، وما مازلنا بعيدين عن حله.. من الواضح ان فيونا كانت جزءا من شيءٍ أكبر، وهذا الشيء قد يبدو ان له علاقة بديابولو سولتيرو، اذ ان الرسالة كانت تظهر استنجادها به، فمن غيره عساه يكون سيد الأيائل؟ وذلك الشيء عن خطته المقدسة.. يجب ان يعرف المأمور بالأمر، سيعرف ماذا علينا ان نفعل تاليا.

لم يرد أوين ان يتأخر أكثر بترك الأمور للمأمور، بل كان يريد ان يستكمل التحقيق بنفسه الان..

ـ قد تكون على قيد الحياة، يجب ان نعثر عليها!

ـ ما الذي تهذي به يا أوين؟ مازلنا نملك ذلك الديابولو لنقلق بشأنه.

ـ اليس من الواضح انها جزءٌ كبير من مهمة العثور عليه؟ بالطبع سيقودنا البحث عنها الى هوية ديابولو الحقيقية! لا نستطيع الانتظار أكثر حتى نوصل كل هذه الأوراق للمأمور!

ـ نحن لا نعلم حتى إذا كانت حيةً ام لا!

أشتد النزاع بين الاثنين، ضجيج شجار هما كان كافيا لطرد حيوانات الغابة

القريبة من المكان، سكت ثوماس قليلا وأخذ نفسا عميقا ليهدئ نفسه وألتفت الى أوين وحاول محاورته بالمنطق..

ـ أليس من الغريب ان ديابولو يعطينا كل هذه الأوراق والأدلة فجأة وبكل بساطة؟ انظر حولك.. هذا الكوخ فارغٌ تماما، لا يوجد به سوى هذه الطاولة حاضنةً كل هذه المعلومات الثمينة عن ضحاياه، صور ورسائل بالإضافة الى شهادة فتاةٍ مفقودة، ماذا يعني هذا بالنسبة لك؟

فكر أوين بكلام شريكه، يبدو ان ديابولو يريدهم ان يسلكوا طريقًا محددًا بالقصة ليحققوا له غايةً معينة، ويبدو انه ينجح في ذلك. اقترب ثوماس من أوين، ووضع كفه على كتفه وقال..

ـ لقد كانت مهمتنا ان نذهب الى وايت ريفر ونبحث عن أي شيءٍ له علاقة بديابولو سولتيرو، لقد نجحنا.. انجزنا مهمتنا، هيا نعود الى سيكرد فالي، واثقٌ من ان لوبيز العجوز سيعرف ما يجب علينا ان نصنع تاليًا.

هدأ أوين قليلا وتمالك أعصابه، وابتسم في وجه ثوماس..

ـ حسنا يا شريكي، دعنا لا نضيع الكثير من الوقت، لنعد أدراجنا الى سيكرد فالي.

جمعا كل الأوراق والصور وخرجا من الكوخ، كان الصباح قد حل بالفعل عند خروجهما، فلم يشعرا بمرور الوقت في الداخل، خرجا من الغابة مرورا بالبستان المليء بالغزلان، لم يرتاحا لرؤية هذا الكم من هذه الحيوانات حولهما ابدا، شعرا انهما مراقبان منه عن طريق تلك الغزلان، كأنها كانت عيونًا له في كل مكان.

"على كل من يمضي حياته باصطياد الوحوش ان يحذر أشد الحذر.. حتى لا يغرق بنشوة القتل، ويتوحش أكثر منهم"

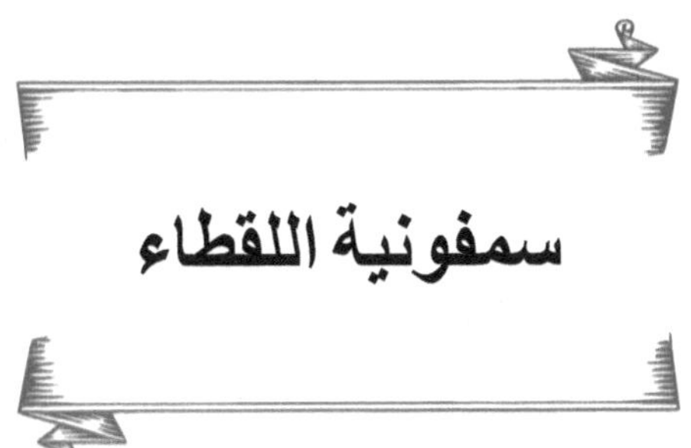

سمفونية اللقطاء

ثوماس ميلر

كانت تلك الرحلة بمثابة خطوة عملاقة، لكن لم يكونا واثقين لصالح من بالضبط، هما؟ ام لديابولو سولتيرو؟ قررا تجاهل التحليلات للان، وتركها لعقل المأمور العبقري، ففي لحظاتٍ كهذه كان يعرف ماهي الحركة الصحيحة التي يجب اتخاذها. عادا الى سيكرد فالي وتوجها مباشرةً نحو مكتب المأمور ميلتون، وعندما دخلا الى المكتب، جمد ثوماس في مكانه عند مدخل المكتب عندما رآه، كانت جوليا تقدم له الشاي بينما كان جالسا امام مكتب المأمور بكل بساطة، تلاقت اعينهما، وبدأ الغضب يستشيط في نفس ثوماس شيئا فشيئا، بينما استمر جون بالنظر اليه بكل هدوء وكأنه لم يهتم لحضوره.

ـ ما بالك يا ثوماس؟ لمَ توقفت أمامي فجأة؟

دخل أوين خلف ثوماس ليرى ما الذي جعله يتجمد مكانه فرآه جالسا هناك، يحتسي الشاي في هدوء، ولا يبدو انه كان يكترث لوجودهما، ازداد التوتر في الغرفة بشعور ثوماس بالاستفزاز، وبدأت جوليا تستشعر الهالة الفظيعة المحيطة به، فتراجعت الى الخلف، بينما كان ثوماس يحاول جاهدا منع نفسه من سحب مسدسه في وجهه..

ـ أنت.. ثوماس ميلر... الصياد الذي خلف والدي.. أليس كذلك؟

كان ثوماس يستشيط غضبًا أكثر فأكثر، ذكر جون لوالده كاد يفقده رباطة جأشه، كان يحسد شيئًا ما فيه، شيءٌ لطالما أراد الحصول عليه..

ـ لماذا.. أنت هنا؟

لم يكن جون يريد أن يسوء الوضع أكثر من ذلك، فحتى هو ليس أحمقًا ليجعل ثوماس البارد يخسر رباطة جأشه، فثوماس لم يحصل على لقب "جوليو هذا الجيل" عن فراغ، لذا قام من كرسيه ليرد عليه بطريقةٍ ملائمة لمكانته، ورد على سؤاله قائلا..

ـ لمَ انا هنا؟ دعني أفكر.. اه أجل، لأن ذلك المدعو بديابولو سولتيرو، سيموت على يدي.

حاول أوين الوقوف بين شريكه الغاضب وجون داستن، ليقطع الاتصال البصري المخيف الذي كان بينهما، لكن ثقل اسم هذين الاثنين كان مرعبًا، فكيف له ان يتجرأ ان يقف في طريقهما؟ ان قرر هاذان الاثنان سحب سلاحيهما، فسيموت كل من في هذا المكتب قبل أن ينتهي الأمر، لذا اكتفى بالوقوف امام الانسة جوليا ليحميها من أي كارثةٍ قد تقع.

من لا يريد ان يشهد هذه الملحمة؟ ابن أعظم صيادٍ في التاريخ ضد أعظم صيادٍ اليوم، كل واحدٍ منهم مستعدٌ ليحرق البلدة بأكملها حتى لا يخسر أمام الاخر،

لكنهما اكتفيا بالنظر الى بعضهما بكل عدائية، ولم يتجرأ أي واحدٍ منهما على أخذ الحركة الأولى، لانهما في الحقيقة كانا خائفين أيضا، خائفين من بعضهما، فثوماس يعلم جيدًا ما فعله جون وما هو قادرٍ على فعله، وجون يعلم جيدًا كيف أصبح ثوماس الصياد الأكثر مهابةً في البلاد.

ولحسن الحظ، عاد المأمور قبل ان يشتعل مكتبه بالنيران، وينهار لثقل حضور ذلكما الأثنان، رآهما واقفين في مواجهة بعضهما، بينما كان أوين يحاول حماية الانسة جوليا احترازا من أي كارثةٍ قد تقع، فصرخ عليهم..

ـ فليهدأ الجميع الان!

التفت ثوماس بغضب الى المأمور الذي كان يصرخ في محاولةٍ بائسة لأخذ زمام الأمور..

ـ نهدأ؟ و هل تملك تفسيرا منطقيًا لتترك شخصًا مثل هذا القاتل يتسكع في مكتبك؟

ـ لقد جاء جون من الكنيسة الكاتدرائية ليقدم يد العون فيما يتعلق بقضية ديابولو، شخص مثله سيفيدنا بقوة لاصطياده، بالإضافة الى ان جون ليس مجرما او مطلوبا في هذه الولاية.

تراجع ثوماس قليلا، ونظر الى جون الذي مازال واقفا مكانه وينظر اليه بحذر، ثم أشار بأصبعه اليه قائلا..

ـ أعلم جيدا ان الحيلة التي خدعت بها هذا المأمور الاحمق لن تنطلي عليّ أبدا، ان فكرت فقط بتكرار ما فعلته لتلك العصابة، فسأقتلك دون أي تفكير، حتى لو كان ذلك أمام هذا العجوز.

نظر اليه جون نظرةً مملوءةً بالاستعلاء، وقال بنبرةٍ حازمة في وجه ثوماس الذي كان فاقدا لأعصابه..

ـ كل ما يهمني هو مصلحة ابنتي الماكثة بالكنيسة الكاتدرائية، إذا كان الإمساك بذلك الشيء سيسقط عن عنقي حبل المشنقة، إذا فأنا مستعد لفعل كل ما يلزم للقضاء عليه، حتى ان اضطررت لإحراق هذه البلدة بأكملها، فقط حينها يمكنني العيش حياةً مسالمة مع فتاتي الصغيرة.

عاود المأمور ميلتون الانضمام للمحادثة مخاطبا ثوماس ليهدئ الأوضاع قبل ان تشتد من جديد، فكلهم لديهم مشكلة أكبر ليقلقوا بشأنها..

ـ لو كان جون يخطط لأذيتنا، لاستطاع قتلي دون ان يعلم أي أحدٍ قبل عدة أيام، لقد اتيحت له الفرصة لذلك، لكن لديه غايةٌ أكبر من ذلك، مثلنا جميعا، لذا يجب عليك ان تعمل معه، وتترك كل خلافاتكما خلفكما قليلا حتى نقتل ديابولو، أن كنت تريد ان أضاعف مكافأتك بعد نهاية كل شيء إذا لك هذا، لكن أخشى اني

أحتاج كليكما في هذه القضية.

حبس السكوت حلق ثوماس بعد ان ضعفت حجته امامهم، وراح يجلس على الاريكة الموجودة بنهاية الغرفة وقال..

ـ لا يهم، لكن أعلم أني واضعٌ عيني على كل تحركاتك.

ـ سيكون شرفا لي العمل معك.

هدأت الأمور قليلا، ثم سلم أوين جميع الرسائل والصور التي وجداها في الكوخ المهجور للمأمور العجوز، الذي بدا عليه التفاؤل والامتنان لكنز المعلومات التي حصلوا عليها..

ـ أحسنتم يا رفاق، سأقرأ كل هذه الرسائل والتقارير وأتفحصها جيدا، ونظرا لكثرتها قد يستغرق هذا بعض الوقت، لذا سأستدعيكم لاحقا لاجتماع بعد نهاية تلخيصي لكل استنتاجاتي، يمكنكم المغادرة الان، لكن لا تبتعدوا من البلدة، وخذوا حذركم.

غادر الجميع من المكتب، منتظرين نهاية بحث المأمور في كل تلك الأوراق واستخلاصه للمفاتيح الأساسية التي ستحل لغز ديابولو سولتيرو، حتى ذلك الحين، عليهم توخي الحذر، فقد يكون ذلك المجنون قريبا منهم، وينصب عينيه عليهم، منتظرًا الزلة التي ستهوي بهم في الهاوية.

لطالما كانت التناقضات بين جون وثوماس غريبة، وكأنهما خلقا ليكون كلٌّ منهما نظيرًا للآخر، ربما كان من الطبيعي ان لا يتوافق شخصان مثلهما، فثوماس ابن سكيرٍ كان يسرق زجاجات الخمر من الحانات ليغرق أكثر في سكرته، بينما جون كان أبن الصياد الراحل جوليو داستن، بطل الابطال الذي أحبه الصغار قبل الكبار.

وحتى في نشأتهما كان تناقضهما لغزا يدور بالأذهان، فبالرغم من خلفية والده الاجرامية، نشأ ثوماس وكبر بين الصيادين، على عكسِ جون الذي قاده حظه السيء لينشأ بين العصابة التي اختطفته بعد مقتل والده، عصابة توم بيل الوحشية.

وفيما يتعلق بمنظور هم للحياة، كان ثوماس ينظر الى أيامه القادمة دون أي تطلع لما تخفيه من مفاجئات، بل بدا عليه اليأس والتشبع من الحياة، ويطارد الموت والخلاص، بينما كانا يهربان بعيدا عنه، كان ذلك واضحا في مظهره، كلامه، وحتى تصرفاته كانت توحي بذلك.

اما جون فكان يملك نظرةً مختلفة، فبالرغم من حياته التعيسة، والالم المصاحب له باستمرار، الا انه كان دائما مقدرا وممتنا، لولادته في هذا العالم، فعشر دقائق من التجول وسط هذه الطبيعة البديعة، والاستمتاع برؤية تلك

الحيوانات الجميلة تلعب وتقفز هنا وهناك كانت كافية لترد اليه روحه، وتشعره بجمال الحياة ودفئها "قد يكون البشر قساةً بالفعل، لكن لا يمكنك انكار جمال هذه الدنيا" كانت تلك هي الجملة التي كان يستمتع بترديدها لمن هم أمثال ثوماس التعيس، لا عجب ان يكره الاثنان بعضهما بشدة.

لكن حتى بالرغم من كل تلك التناقضات، كان هناك تشابةٌ واضح يصعب وصفه بينهما، كأنهما نوتتان مختلفتان لسمفونيةٍ واحدة، مثل الشمسِ والقمر، فبالرغم من انهما متباعدان ويظهران في أوقاتٍ مختلفة، الا انهما سيلتقيان حتما في نقطةٍ ما، ليكونا ذلك الجمال المسمى بالكسوف.

أدم جرين

عاد النائب من دورته الليلية المعتادة في البلدة، لقد أصبحت الطرقات خاليةً تماما بمجرد حلول الليل، فبعد مقتل المأمور السابق جيفري ساندلر، ما عاد أحدٌ يتجرأ على الخروج ليلا بلا سبب، فالجميع أصبح ضحيةً محتملة لذلك المخلوق، لذا لم يكن هناك أي سببٍ لاستكمال الدورة أكثر من ذلك، وقرر ان يمضي الليلة جوار المأمور. دخل الى مكتبه وجلس امام المأمور بينما كان يكتب استنتاجاته حول الخطابات والرسائل التي حصل عليها من ثوماس وأوين، وكما هو الحال، حثته طبيعته الفضولية ان يلقي نظرةً على ما يكتبه المأمور عن قرب..

ـ أجل أيها المأمور، عليك بذلك الأيل!

توقف المأمور عن الكتابة ونظر اليه قليلا بانزعاج ثم عاود الكتابة قائلا..

ـ تبدوا في مزاج جيد يا أدم...

ـ هل أبدو كذلك؟

ـ لا، اعتقد أنك لطالما كنت هكذا.

تمدد أدم على كرسيه قليلا، ثم عاد لمضايقة المأمور من جديد..

ـ أذا.. هل تستعد لإطلاق رصاصةٍ قاتلة في جمجمة ذلك الشيء؟

كان أدم يتهكم على عدم مقدرة المأمور على استخدام الأسلحة بطريقة غير مباشرة، توقف لوبيز عن الكتابة، ليتفرغ قليلا لنائبه الثرثار..

ـ هل تعلم يا أدم، لطالما تساءلت عما تخطط لفعله تاليا!

فهم أدم تلك الإشارة، وقال للمأمور بينما يتمدد على كرسيه بضجر..

ـ حسنا، فهمت.. سأنقلع الى الخارج.

ـ لم أكن أعني هذا.

عاد أدم الى كرسيه بعدما أوشك على الرحيل ليستمع الى ما لدى المأمور ليقوله

ـ ما أعنيه هو.. ما الذي تريد فعله بعد نهاية كل هذا، تعرف انه لا يمكنك ان تعلّق مصيرك بي دائما.

لم يتوقع النائب أدم سؤالا مفاجئا كهذا في مثل هذا الوقت، لذا أعطى المأمور إجابةً مختصرة..

ـ هذه الفكرة لم تخطر ببالي.

ـ لا أريد ان اضغط عليك، لكن اظن أنك يجب ان تبدأ بأخذ حياتك الشخصية بعين الاعتبار، فلم تعد صغيرا، وأصبحت الأمور مختلفة عما كانت عليه بالماضي.

مازال أدم لا يملك إجابةً تفصيلية لهذا السؤال، ولم يملك الوقت للتفكير بإجابته على أي حال، فقال للمأمور الذي كان يحتسي قهوته بينما ينتظر إجابةً منه..

ـ من اين اتى كل هذا، ليس من عادتك ان تهذي بكلامٍ كهذا من العدم، أحدث شيءٌ ما؟

قام المأمور من كرسيه متجولا بالغرفة، واقترب من صورة ديابولو سولتيرو المرعبة، وقال لنائبه بنبرةٍ أبوية..

ـ أتعرف يا أدم.. منذ ان ألتقيتك لأول مرة وانا أرى فيك كل شيءٍ جيد، بصراحة حتى انا لست اعرف كيف أشرح ما اعنيه حقا بكلامي هذا بالضبط،

لكنني متأكدٌ أنك تعرف ما أقصده.

التفت المأمور الى نائبه مستكملا حديثه..

ـ أترى، نحن نمضي أعمارنا القصيرة في مطاردة شيءٍ ما، لم أكن اعرف ماكنت أطارده طوال حياتي حتى الان، أولئك المطلوبين؟ القوة؟ المال؟ السمعة؟ كانت تلك ستكون حياةً بائسة بلا معنى، لكن مهما حاولتُ التهرب من الواقع او اختلاق الاعذار أكتشف انني لطالما عشت لأجل الاخرين متناسيا نفسي.

مشى المأمور مقتربا من أدم وجلس امامه عند الكرسي الاخر المقابل لمكتبه وتابع..

ـ لقد علمتني معنى ان يكون المرء أبًا، وسأكون مدينًا لك طوال حياتي لذلك، لكن يجب عليك ان تمضي نحو الامام، لا تقع في نفس خطئي طالما مازالت الفرصة متاحةً امامك، لأن الندم وقتها لن ينفعك أبدا، وستكون متحسرا على الفرص الكثيرة التي أضعتها، ما أحبذ ان تفعل هو ان ترحل بعيدا من هنا بعد نهاية ديابولو، كون أسرة وعش حياةً سعيدة، بعيدا عن ضجيج المطلوبين والقانون، أنت في غنى عن كل ذلك الان يا بني.

لم يتوقع أدم هذا الطلب المفاجئ من المأمور، أن يقرر مصيره بعد نهاية كل هذه الأحداث كان شيءً في غاية الصعوبة بالنسبة له، عجز عن الكلام والتفكير، فهو يعلم ان المأمور على حق، لكن كان هنالك جزء منه لم يرد ذلك، جزءٌ يريد ان يمضي عمره بالكامل الى جانبه. رفع أدم رأسه نحو المأمور، ولم يكن قد نجح في اتخاذ قراره او إيجاد ردٍ مناسب له وقال له والضياع يتخلخل في صوته..

ـ بصراحة يا سيدي، كان هذا مفاجئا، لا أظن أني على استعداد لتحديد قراراتي وخططي الان.

بل كان على اتم الاستعداد، لكنه لم يرد ذلك، كان مايزال يريد ان يكون هناك، ان يكون جالسا امام المأمور على ذلك المكتب يحكي له احداث يومه بعد دورةٍ طويلة، ويتبادلان القصص والنكات بينما يستمتعان بالبيرة معا، بالفعل.. لطالما كان التغيير هو الكابوس الحقيقي للإنسان.

قام لوبيز مغادرا الى غرفة نومه لينهي يومه، لكنه توقف والتفت الى أدم جرين الغارق في أفكاره..

ـ أسمع يا بني، أنت تعلم ان هناك سيناريو واحد فقط لنهاية معركتنا مع ديابولو سولتيرو، من يصمد أخيرا حتى النهاية سينجو.. وأنا على يقينٍ تام انه مستعدٌ ليحرق البلدة بأسرها ليدمرنا جميعا ان احتاج ان احتاج لذلك.. حسنا، دعنا نؤجل حديثنا في هذا الموضوع لوقتٍ لاحق، فغدا سنعقد الاجتماع عند غروب الشمس، احرص على احضار جميع من لهم علاقة بالقضية، ماعدا الانسة جوليا ساندلر،

فلن يعجبها ما سأقوله.

دخل المأمور الى غرفة نومه، وترك نائبه أدم وحده في المكتب ليقرر ويخطط لحياته وحده، لكنه أختار ان لا يشغل باله بالأمر ليركز على ديابولو سولتيرو، وغادر المكتب.

لوبيز ميلتون

غربت شمس اليوم التالي، وجمع أدم جرين الصيادَين بالإضافة الى جون داستين ليحضروا اجتماع المأمور الذي وصفه بالسري، وقد حث المأمور الجميع على عدم الإفصاح عن أي معلومة لاي احدٍ خارج المكتب، وقد بدا جادا عندما قال ذلك، جلس الجميع في المكتب صامتين لكيلا ينتهي بهم الأمر بالشجار مرةً أخرى، بينما كانوا ينتظرون خروج المأمور من غرفته ليبدأ الاجتماع.

دخل المأمور وبيده عدة أوراق وجلس على مكتبه مباشرةً لكي يبدأ الاجتماع بسرعة، بينما التف الأربعة حوله ليسمعوا ما توصل اليه..

ـ شكرا لحضوركم جميعا، لقد قضيت الأسبوع المنصرم في قراءة الخطابات والوثائق التي أحضرتماها لي، وتفحصت كل زاويةٍ في الصور مرارا وتكرارا، وتأكدت من كل الرسائل ومصادرها، حسنا.. لن أطيل عليكم، أليكم اهم ما استنتجته وعرفته حتى الان بخصوص ديابولو سولتيرو..

- الاسم (ديابولو سولتيرو) اسمٌ أسباني، ويعني (الأيل الشيطان) وهذا وصفٌ منطقيٌ له.
- توجد عدة رسائل من مصادر مختلفة مجهولة، ويبدو ان ديابولو سولتيرو منع وصول هذه الرسائل الى الأشخاص المعنيين، وأغلب الرسائل التي أشارت الى ديابولو ذكرته باسم سيد الأيائل.
- تورط معظم ضحايا ديابولو سولتيرو بجرائم متعلقة بالحرب الاهلية بالإضافة الى جرائم فساد مختلفة.
- جيفري ساندلر تلقى الظرف من ديابولو سولتيرو بنفسه.
- كان جيفري ساندلر على علمٍ بأنه سيذهب لمقابلة ديابولو سولتيرو شخصيًا ليلة خروجه الى وايت ريفر.
- تورط محافظ بلدة هاي غاردن الراحل باتريك هولدن وقسيس كنيسة وايت ريفر السابق بوب هارنستن ومأمور سيكرد فالي السابق جيفري ساندلر بجرائم حرب ضد السكان المحليين في فيكسبرغ اثناء الحرب الاهلية.
- تورط المدعوة فيونا كلارك بالتواصل مع ديابولو سولتيرو، وبما انه لا يوجد أي دليلٍ على موتها حتى الان سيتم اعتبارها على قيد الحياة حتى يتم اثبات عكس ذلك، وستكون مطلوبةً للعدالة.
- معظم ضحايا ديابولو سولتيرو كانوا في تواصلٍ مع هويته الحقيقية.
- ديابولو سولتيرو موجود في ارجاء بلدة سيكرد فالي بالفعل.

● ديابولو سولتيرو يتبع (خطةً مقدسة) منذ زمنٍ طويل ويبدو انه بدأ بمراسم اختتامها بالفعل.

● يمتلك ديابولو سولتيرو فلسفته الخاصة فيما يتعلق بالعدالة، وكل جرائمه وافعاله كانت بناء على ما قرر هو بنفسه انه (ضروري) في سبيل تحقيقها.

أنتهى المأمور من سرد ما توصل اليه للرفاق، لكن أوين لم يعجبه ما قرره المأمور بشأن محبوبته فيونا كلارك، وفي لحظة غضب، صرخ على المأمور بكل استياء..

ـ ما هذا بحق الجحيم؟ مطلوبة للعدالة؟ نحن لا نعرف حتى ما مرت به اثناء اختفائها، كيف تجزم انها متواطئة معه؟

حاول المأمور تهدئة أوين المنفعل عليه بالقيام من كرسيه ليواجه غضبه..

ـ نحن مضطرين لفعل هذا يا أوين، ان كانت حية يجب ان نحضرها للتحقيق، فهي بالطبع تعرف من هو ديابولو سولتيرو، وان كانت بريئة، سنعرف ذلك بكل تأكيد.

بدا على جون الانزعاج من تصرفات أوين العاطفية، فمال بجسده نحو أوين الواقف بجانبه ووضع يده على كتفه قائلا..

ـ أسمع يا هذا.. ان كنت تظن ان هذه قصةٌ رومانسية من نوع ما فأنصحك بالانسحاب من هنا، ألا ترا ان الموضوع أكبر بكثير من مجرد تلُك الفيونا؟

تدخل ثوماس بسحب رفيقه الى يساره ليصبح هو بجانب جون وقال له بنبرةٍ حادة..

ـ أنت محق، دعنا نركز على ما هو أكبر منها.

ـ لك ذلك.. يا جوليو هذا الجيل.

لم يُعجب المأمور بتصرفاتهم وشجارهم الصبياني، فصرخ عليهم ليتوقفوا عن الشجار..

ـ نحن نتعامل مع سفاح يعرف جيدا ماذا يفعل! الا يمكنكم ان تخرسوا وتستمعوا الى ما أقوله، ذلكُ الوحش يريد قتلنا جميعا!

لم يسبق لهم ان شاهدوا المأمور يصرخ بكل غضبٍ هكذا، فالتزموا الصمت ليكمل حديثه، وبعد ان هدأت الأوضاع استأنف المأمور حديثه..

ـ حسنا لدينا المحافظ باتريك هولدن في الجهة الاخرى، لقد كنت أعمل معه قبل ان أغادر هاي غاردن وآتي الى هنا، لم أكن أتوقع ابدا انه ارتكب شيئا بهذه الفظاعة من قبل، ربما قد كان و غدًا متكبرا بالفعل، لكنه لم يكن يبدو عليه انه يستطيع إيذاء دجاجة، لكن عند التفكير بالأمر، لقد أصبح الامر منطقيا بعض

الشيء، يبدو انه تعرض لشيءٍ ما هدده بخسارة كل شيء، مما قد يفسر انتحاره قبل رحيلي الى سيكرد فالي.

تعجب ثوماس من حديث المأمور، انتحار؟ لم يسمع ابدا ان المحافظ قد انتحر، أقترب من المأمور متسائلا..

ـ مهلا أيها المأمور، انتحر؟ ألم يُعلن أن شخصا مجهولا اغتاله؟

ـ لا يا ثوماس، لقد انتحر قبل رحيلي لأعمل كمأمورٍ لسيكرد فالي، كان الامر غريبا وغير مفهوم، لذا تم الإعلان عن اغتياله لتجنب أي اشاعات قد تصدر من العامة.

كان لأدم الكثير من الذكريات والتجارب عندما عمل مع المأمور ميلتون بجوار المحافظ باتريك هولدن في صغره، لكن رغم ذلك قد تم إخفاء موضوع انتحاره عنه أيضًا، مما جعله ينطق أخيرا بعد سكوته طوال الاجتماع محاولا فهم كلام المأمور..

ـ يا سيدي، هل تعني انه هناك احتمال ان يكون السيد باتريك هولدن متورطا مع ديابولو سولتيرو؟

ـ اجل يا أدم، من الواضح ان ديابولو كان يتلاعب بشخصياتٍ مهمة مثل المحافظ باتريك هولدن عن طريق ابتزازهم، ثم يتخلص منهم عندما لا يكون بحاجة إليهم.

بدأ الجميع يدرك خطر ديابولو سولتيرو الحقيقي، وما هو قادرٌ على فعله، فقصر المحافظ هولدن يعتلي الجبال، والرجال المسلحين يحرسون المكان بشكلٍ مكثف طوال الوقت هناك، لكن كل تلك الحراسة لم تمنع ذلك الشيطان من الدخول وغرز مخالبه في رقبة المحافظ، وان استطاع التوغل في قصر المحافظ واختراق دفاعاته بسهولة، فلا يوجد ما أراد قتل المأمور في مكتبه القديم هذا.. لكن كان هناك شيءٌ مريب أشار له ثوماس بقوله

ـ لكن يا سيدي.. لماذا قد يستهدفك ديابولو من الأساس؟ بل لماذا مازلت حيًا حتى الان؟ لأننا متأكدون الان أنه يستطيع قتلك بسهولة ان أراد ذلك، فما الذي ينتظره؟

ـ أنت محق يا ثوماس، وهذا ما جعلني أظن ان استهدافه لي ليس سوى وسيلةٍ لجذب انتباهنا الكامل اليه، ما انا متأكد منه الان.. هو ان لديابولو هدفٌ مختلف يريد تحقيقه في هذه البلدة، ولسوء الحظ لا أملك أي فكرةٍ عما يريد الوصول اليه.

وضع جون يديه على مكتب المأمور وامال جسده اليه كأنه بدا متعبا، اخذ شهيقا ثم رفع رأسه وقال للمأمور متسائلا عن الخطوة القادمة..

ـ حسنا يا سيدي، ماذا يجب ان نصنع تاليا؟

كان المأمور متشائما بشأن خطته، كان يعلم ان ديابولو يسبقهم بخطواتٍ عديدة، فقام من مكتبه ليمشي مقتربا منهم وقال لهم بلا ثقة..

ـ كل ما سنفعله تاليا غير مضمون وقد يكون محفوفا بالمخاطر، نحن نسير بالضبط على المسار الذي رسمه لنا ديابولو سولتيرو، لقد أخذ الحركة الأولى ضدنا بالفعل، فقد كان يريد منا ان نعثر على كل هذه الخطابات والرسائل، لست متأكدا بشأن ما يتوقع منا فعله تاليا، او كيف نستطيع ان نفاجئه بحركةٍ لم يحسب حسابها، لذا لا أستطيع ان اضمن سلامة أيا منكم.

أخذ المأمور الرسالة التي شهَدت فيها فيونا كلارك بكل الجرائم في حق عائلتها، ووضعها أمامهم على المكتب قائلا..

ـ مهمتنا الأساسية هي ان نعرف مصير فيونا كلارك، لقد قالت انها هربت من الحرب الى ولاية ألاباما ومنها مباشرةً الى نيويورك، مع ذلك.. قابلها أوين في وايت ريفر بعد عشر سنواتٍ من حصار فيكسبرغ، يجب ان نعرف كيف وصلت الى نيويورك وماذا كانت تفعل حتى ينتهي بها المطاف في وايت ريفر، الطريقة الوحيدة لتستطيع قطع كل تلك المسافة الى نيويورك هي عن طريق القطار، لذا يجب ان نرسل أحد ما الى محطة ألاباما المحلية ليستفسر عن اسم فيونا كلارك و..

ـ أنا سأفعل!

قاطع أوين شرح المأمور لخطته مرشحا نفسه لإنجاز تلك المهمة، نظر الجميع نحوه باستغراب، ثم أعاد كلامه من جديد مؤكدا على إصراره بالذهاب الى ألاباما قائلا..

ـ سأذهب الى ألاباما وسأبحث عن أي دليل يقودنا اليها، لن تشكل هذه المهمة صعوبةً لي، فقد اعتدت على الترحال في ارجاء البلاد بأكملها في الماضي.

لم يشعر المأمور انه بالمزاج المناسب لمجادلة أوين حول قراره المتهور، فسمح له بالذهاب على أي حال..

ـ حسنا يا اوين، ان كنت مصرا.

لكن ثوماس لم يكن مرتاحا لترك رفيقه يذهب هناك وحده، لذا عرض على المأمور ان يذهب معه، ويرافقه الى قلب ديكسي قائلا..

ـ حبذا لو ذهبت معه، فنحن معتادان على الترحال سويةً.

ـ لا، يجب ان اذهب بنفسي!

رفض أوين مرافقة ثوماس له بعدائيةٍ غريبة، مما سبب بعض التوتر في المكتب، حاول ثوماس ان يسيطر على رفيقه، وسأله ان كان متأكدا من ذلك، فقد كان قلقا من ان يقع بالعديد من المتاعب وحده، لكن أوين زاد عدائيةً ورد عليه

بقوة..

ـ أستطيع الاعتناء بنفسي، لست بحاجتك معي طوال الوقت.

كان الجميع متفاجئا بشأن النزاع الحاصل بين الرفيقين، كان أوين ينظر الى ثوماس بغضب، بينما ثوماس استمر بالتواصل البصري معه، كان أكثر شخصٍ يعرف رفيقه من بينهم، وكان يعرف ما سيؤول اليه الامر ان استمرا بالجدال، لذا قرر ان لا يزيد الوضع سوءًا..

ـ حسنا يا أوين، أتمنى لك التوفيق.

وجه أوين كلامه نحو المأمور مباشرةً بعد انسحاب ثوماس من النزاع قائلا له..

ـ هل يمكنني الذهاب الان؟ لا يمكننا تضييع الكثير من الوقت.

كان المأمور قلقا أيضا على أوين، فقد شعر ان عجلته قد تقوده الى المتاعب، لكن ما عساه يقول له؟

ـ حسنا يا أوين لكن خذ حذرك..

خرج مباشرة من المكتب نحو مخيمه ليحزم أمتعته وينطلق الى ألاباما، بينما تبقى جون وأدم وثوماس بالإضافة الى المأمور لينهوا هذه الجلسة، جمع المأمور كل الأوراق، وأعلن انتهاء الاجتماع لرجاله..

ـ حسنا، أرى ان نكتفي بالعثور على أي دليل يقودنا نحو مصير فيونا كلارك للان، لا يمكننا ان نتسرع بينما تكون اليد العليا لديابولو، وتذكروا جيدا، ديابولو قد يكون بالبلدة بالفعل، توخوا حذركم، وان اشتبهتم بأي أحد، أبلغوني لنجتمع ونناقش أمره سويا، لا تتصرفوا من تلقاء أنفسكم، أكرر.. لا تتصرفوا من تلقاء أنفسكم! واحرصوا ان لا تخرج أي معلومةٍ من هذا المكتب الى العامة، فلو عرف الناس الدوافع الحقيقية لديابولو سولتيرو سوف يعتبرونه بطلا شعبيا.

خرج الجميع من المكتب عالمين بأن حياتهم لن تعود كسابق عهدها قبل دخولهم له، منهم من كان يأمل ملاقاة حبٍ قديم، ومنهم من كان يريد عيش حياةٍ هادئة مع من تبقى من عائلته، ومنهم من أراد أن يختار القدر الذي يريد عيشه. لكن كل تلك الأفكار والآمال تبخرت، وتوحد هدفهم الان بأن لا يفقدوا حياتهم، وينجوا من ظل ذلك الكابوس، فحتى ثوماس الذي كان قد فقد شغف الحياة ردت اليه رغبة النجاة من جديد، بعبارةٍ أخرى، شعر الصياد الأشد رعبا من بين كل الصيادين أخيرا بالخوف، فالشيطان صار يعزف نوتات قداس الموت في ارجاء البلدة.

"ربما قد تتساءل.. ما الذي يفعله سيد الأيائل في هذه الأرض المذمومة؟"

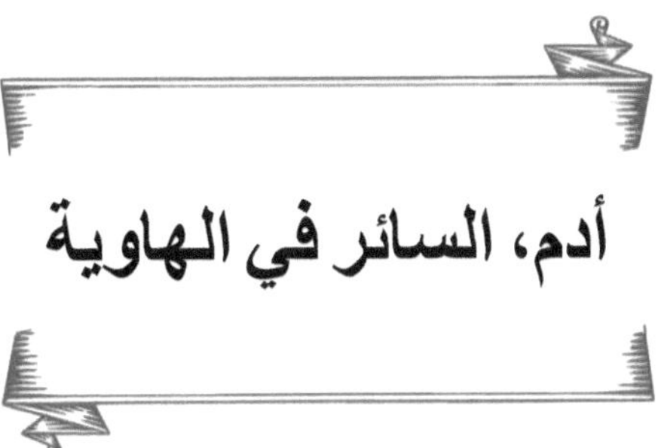

أدم، السائر في الهاوية

لوبيز ميلتون

هاي غاردن، تلك البلدة الصغيرة التي تتوسط الجبال الشاهقة، بمبانيها الفاخرة التي تبدوا كأنها من العصر الفيكتوري القديم، لطالما عُرفت تلك البلدة على انها من البلدان المخصصة للأغنياء، فلا تتوقع ان ترا أي مشردٍ بملابس بالية، او حانةٍ رخيصة بجدرانٍ خشبية هرئة بين بنايات البلدة الراقية.

لكن بالطبع، لم يكن الوضع الداخلي لها كمظهرها الخارجي المهيب، فكان محافظ تلك البلدة السامية باتريك هولدن لا يبدو على طبيعته مؤخرا، فأصبح يعين رجلين ليحرسا غرفة نومه في الليل، وأمر بتكثيف الدورات الليلية لرجال القانون، تحسبا لوقوع كارثةٍ ما، بالرغم ان البلدة لم يسبق لها ان شهدت أي جرائم او سلوك عدواني بين السكان المحليين.

وفي ليلةٍ من ليالي تلك البلدة الباهرة طلب المحافظ من مساعده ديفد ان يستدعي ذلك الرجل الذي أتى من نيفادا ليعمل مع مأمور البلدة كمحققٍ مساعد، ذلك الرجل المدعو بالسيد لوبيز ميلتون المحترم.

حضر لوبيز ميلتون الى مكتب المحافظ الذي لم يرى مثله قط، جدران متقنة البناء يزينها لونٌ أحمرٌ داكن، مع لوحات فنية داخل إطارات مرصعة بالذهب الخالص، اما طاولة المكتب، فكانت من خشب الأبنوس المتميز بلونه البني الغامق الذي يكاد يسوّد كالفحم، أما الأرضية فكانت من الفرش الأسود الفاخر الذي لا تتصوره الا في قصور روايات الأطفال الخيالية.

ـ هل ستضل واقفا هناك أيها السيد ميلتون؟

سرعان ما عاد لوبيز الى ادراكه بعد ان ضل واقفا هناك مندهشا بتفاصيل هذا المكتب الصقيل، الذي لم يتخيل وجود شيءٍ مثله أبدا..

ـ عفوا يا سيدي.

قام المحافظ من كرسيه ليصافح المحقق لوبيز ميلتون ويرحب به، جلس لوبيز امام المحافظ الذي كان يبدو وكأنه جالسٌ على عرش ملكٍ مبجل، الا ان المحافظ نفسه لم يكن أي شيءٍ يشبه الملوك، بالرغم ان له نفوذ على ثلاث محافظاتٍ غير هاي غاردن، لكن كان ذلك بسبب علاقاته وثرائه الفاحش، لا بسبب انه أهلٌ لتسري كلمته على كل تلك المحافظات والقرى، لم يكن السيد ميلتون يستسيغ هذا المحافظ، لذا أراد انهاء مقابلته مع المحافظ والرحيل بسرعة..

ـ حسنا يا سيدي المحافظ، لمَ قد أنال شرف استدعائك لي؟

نزع المحافظ نظارته وشبك أصابعه ببعضها ودخل في صلب الموضوع مباشرة..

ـ حسنا، لن أضيع وقتك، أريد ان أعينك كمأمورٍ لبلدة سيكرد فالي أيها السيد

ميلتون.

اندهش لوبيز مما قاله المحافظ، انى له ان يكون مأمورًا لبلدةٍ ما وهو لا يجيد حتى استعمال الأسلحة النارية؟ فرفض طلبه مباشرة..

ـ لا أريد ان أخيب ظنك يا سيدي، لكن لا أظن أني الشخص الصحيح لتأدية هذا الواجب، فأنا لا أستطيع استخدام مسدسي لأحمي نفسي، فكيف لي أن أحمي بلدةً كبيرة بأسر ها؟

ـ لكن لديك ما هو أهم من ذلك..

أشار المحافظ بأصبعه على رأسه وأكمل..

ـ الا وهو العقل يا لوبيز، أنت تملك العقل، لقد سمعت عن مساهماتك في حكومة ولاية نيفادا، وسمعت من المأمور قصصا عن دهائك بحل القضايا وإيجاد أشرس القتلى والمجرمين، ولقد أعجبت بما سمعت عنك، بالإضافة، ليس عليك ان تقاتل في الجبهات لأمامية، سيكون لديك رجالٌ يتبعونك، ونائبٌ يملي عليهم ما يفعلونه بتوجيهاتك انت.

نظر لوبيز في ارجاء الغرفة ولم يكن يبدو عليه الاقتناع بكلام المحافظ، لم يكن يملك أي طموح ليكون مأمورًا، فهو يكره هذه الفكرة، ولا يريد ان يتحمل مشقة الاعتناء ببلدةٍ كاملة..

ـ لا أعرف يا سيدي، لقد كان ذلك مفاجئا. يحتاج المرء ان يأخذ عدة أيام للتفكير بقرار كهذا.

كان يحاول ان يخرج من مكتب المحافظ بحجة "التفكير بالأمر" لكنه كان سيغادر البلدة ويرجع الى نيفادا، فعمله هنا قد انتهى بالفعل، ولم يقبل بالعمل في هاي غاردن الا لأن مزرعته العظيمة قد ذبلت بسبب الحرب الأهلية، ولم تعد مصدر دخلٍ يكفي لتغطية حاجته هو ولقيطه أدم جرين.

تمدد المحافظ على كرسيه، وأشعل غليونه، اخذ يقلب بالرسائل المبعثرة امامه حتى اخرج ورقةً فارغه، جهز ريشته بتغميسها بالحبر مستعدا لكتابة خطاب التعيين وسط تعجب لوبيز من هذه الثقة، كأنه يتوقع منه ان يقرر هنا والان، وقال بينما يدخن غليونه..

ـ أنت الشخص المناسب لهذه المهمة يا لوبيز، بلدة سيكرد فالي تحتاجك أنت، يمكنك ان تشترط ما تريده في المقابل، وان اردت، يمكنني تعيين ذلك الفتى كنائب لك، سيكون لديه مكان ملائم لينام فيه وستكون مكانته عالية في مجتمع البلدة، وسيكون ذو احترامٍ بين الناس.

نظر لوبيز الى المحافظ هولدن، وبدا مقتنعا هذه المرة، تلك ستكون فرصة لا تفوت من أجل مصلحة الشاب أدم جرين، كما انه يجيد استخدام الأسلحة النارية

ويعشق قصص الصيادين القدامى أمثال جيري ماكدونا وجوليو داستن والبطل فامبير، لذا تيقن انه سيكون بخير، بل سيكون مسرورا أيضا للانتقال الى سيكرد فالي.

لكنه شخصيا لم يكن يريد ذلك، لم يكن يريد أبدا ان يكون مأمورًا، ولا تحمل مشقة الاعتناء بأمن بلدةٍ كاملة، بالإضافة الى السعي خلف مطلوبين بمكافئة بخسةٍ مقابل رؤوسهم الفارغة، فكان هذا يبدو كمضيعةٍ للوقت والجهد..

ـ آمل ان تتخذ قرارك بسرعة أيها السيد لوبيز، فبلدة سيكرد فالي بلا مأمورٍ في الوقت الراهن.

كان المحافظ على عجلةٍ غريبة من أمره، ولم يكن يعطي أي فرصةٍ للوبيز ليفكر مليا بالأمر..

ـ ماذا عن المأمور الحالي لسيكرد فالي؟

ـ السيد جيفري ساندلر أصبح عجوزا الان، لذا كان ينبغي عليه ان يتقاعد.

ما كان للوبيز الا ان يقبل طلبه، واضعا مصلحة الفتى أدم قبل مصلحته هو، فكان أمره مهما بالنسبة له أكثر من أي شيءٍ آخر..

ـ حسنا يا سيدي، سأوافق على عرضك، لكن كما قلت، ستوفر كل شيءٍ لي ولنائبي أدم كما وعدت.

ـ رائع! سأكتب وأرسل خطاب تعيينك الى سيكرد فالي الان، وسيتم تعيين أدم جرين كنائب لك، سيستغرق الأمر بضعة أيام حتى تتم الموافقة من حكومة الولاية، حتى ذلك الحين يمكنك ان تستمتع بآخر أيامك في البلدة، شكرا لك.

خرج لوبيز من مكتب المحافظ متوجها الى أدم لينقل له الاخبار السارة، وبعد ثلاث أيامٍ قبيل رحيلهما الى سيكرد فالي، أستدعى مأمور هاي غاردن السيد لوبيز ميلتون الى مكتب المحافظ فورا، وقال له انها حالة طارئة، وعندما وصل رآه جالسا هناك، متمددا على كرسيه، وقد فارق الحياة.

تم استدعاء لوبيز ليحقق فيما حدث للمحافظ بالضبط، لكنه عندما أقترب من جثمانه أدرك انه لا يوجد هناك أي شيء ليحقق في شأنه، كانت هناك قارورة مريبة تحتوي على سائلٍ لزج شفاف، وإبرةٌ صغيرة على الطاولة، بينما كانت عينا المحافظ مفتوحتان على أشد اتساع لهما، وهنالك رغوةٌ بيضاء تخرج من فمه، بالإضافة الى نزيفٍ من أنفه وأذنيه. المحافظ باتريك هولدن، ولسببٍ ما.. قد أنتحر عن طريق حقن نفسه بالسم.

أدم جرين

كان يخوض في أحد دوراته المعتادة بالليل، ومازال عقله عالقا في محادثته الأخيرة مع المأمور، علم ان وقته مع لوبيز ميلتون شارف على الانتهاء، فلن تكون الأمور كما كانت في سابق عهدها بعد ان ينتهي أمر ديابولو سولتيرو، لو كان الامر بيده لأبقى الأمور على ماهي عليه لما تبقى من الدهر، لكنه مؤمن باستحالة هذا، عرف ان هذا اليوم سيأتي، ولطالما ظن انه مستعدٌ له، لكنه أدرك الان انه كان مخطئا.

لفت انتباهه عن أفكاره شخص ما كان يتجول مترجلا في وسط الطرق الخالية، هل هو مجنون؟ كيف يجرؤ على الخروج ليلا بينما شبح ديابولو يحوم بالأرجاء؟ أقترب منه لكنه سرعان ما اكتشف انه جون داستن، ابن ذلك الصياد الذي كان لوبيز يقص عليه قصصه قبل عدة سنوات، "لابد انه يمتلك الكثير من القصص ليحكيها ايضا حتى يهابه معظم العامة هكذا" كانت تلك الفكرة التي تخطر في باله عندما يراه دائما.

أقترب النائب جرين من ذلك الفتى متسائلا عن كمية عدم الاكتراث الذي يملكها هذا الاحمق ليتجول غير مباليا للخطر الذي يعرض نفسه له، لكن بحسب ما يقوله الناس عنه، قد يكون جون يشكل تهديدا حقيقيا لديابولو سولتيرو تماما مثل ثوماس، لذا ربما سيكون بخيرٍ على أي حال. صرخ عليه أدم من بعيد متظاهرا انه لا يعرفه، ربما كان يريد ان يفرض شخصيته على جون بطريقةٍ ما..

ـ أنت يا هذا! ما الذي تظن أنك فاعلٌ بهذا الوقت المتأخر من الليل؟

ألتفت جون ليرى من هذا الذي قاطع جولته الهادئة تحت سماء الليل المزينة بالنجوم. "اوه.. انه ذلك النائب.." لوح جون بيده الى النائب ليدعوه الى الانضمام اليه، وقف النائب مكانه قليلا متسائلا إذا كان ينبغي عليه ان يذهب ليتجول مع شخصٍ مثل جون داستن، ذلك الشاب الذي يشاع عنه أنه أباد عصابةً كاملة بأبشع طريقةٍ ممكنة، لكن مظهره وتصرفاته حتى الان كانت توحي انه لا يبدو الى شابا طبيعيا، ليس هناك ما يجعله يبدو خطيرا حقا. قرر النائب ان يقترب من جون أكثر ليواجهه متظاهرا انه لم يميزه بعد، وعندما وصل اليه قال..

ـ اوه.. انه أنت يا جون، ما الذي تفعله في هذا الوقت من الليل؟

نظر جون الى أدم الذي مازال يمتطي حصانه أمامه وقال له بنبرةٍ متعبة توحي بأنه لم ينم منذ مدة..

ـ لا شيء، فقط استمتع بهدوء البلدة، وجمال سمائها، آمل انني لم اسبب أي متاعب يا سيدي.

ـ الأمر ليس هكذا.. لكنك تعرف الأوضاع الحالية، ليس من الامن التجول ليلا

وظل ديابولو يخيم على البلدة.
ضحك جون قليلا من كلام النائب الذي توتر من قهقهته المفاجئة ثم قال..
ـ يا إلهي، هل أنت قلق بشأني يا سيدي؟ المعذرة فلا أستطيع تذكر اخر مرة قلق أحد فيها على سلامتي.
كانت تحيط به هالة هادئة ومريحة، لم يتوقع ابدا ان شخصيته قد تكون بهذه الودية بعد كل الاخبار التي سمعها عنه والشائعات التي تدور حوله..
ـ أعني سيكون من المؤسف بالطبع ان نخسر رجلا ينوي مساعدتنا في التخلص من ديابولو سولتيرو، فنحن أمل البلدة الأخير أمامه.
ابتسم جون بامتنان في وجه أدم لخوفه على سلامته، ودعاه للتجول قليلا معه..
ـ لا تقلق بشأني يا أدم سأكون بخير، ما رأيك ان تنزل من على فرسك وتنضم ألي في هذه الأجواء الهادئة، فقد تعبت رقبتي من النظر اليك بالأعلى.
بالرغم من كل ما كان يسمعه عنه، الا انه كان بالفعل يريد ان يتقرب منه ويتعرف عليه أكثر، فكان يبدو شخصيةً مثيرةً للاهتمام، بالإضافة الى انه ابن ذلك الصياد الذي لطالما حلم ان يكون مثله، فالواقف امامه الان قد ولد وعاش بداية حياته بين أحضان ذلك البطل، انها فرصة ذهبية لا يجب ان تضيع هباءً، لذا تشجع ونزل من على فرسه وراح يتمشى مع جون في ارجاء البلدة الخالية.
كان الجو لطيفا مصاحبا لنسمة هواء خفيفة، كان جون يستمتع بالجو السائد على البلدة بينما أدم غرق بالتفكير حول مستقبله من جديد، وبينما كان يستمتع بنسمات الهواء التي كانت تجعل شعره يتراقص مع نوتات الهواء، رفع جون رأسه عاليا وأشار الى السماء..
ـ هل تستطيع رؤية تلك الثلاث نجوم المتتاليات يا أدم؟
ـ أجل، ما بها؟
ـ يوجد أمامهم نجمةٌ ساطعةٌ، تلك النجمة تسمى بنجمة الشمال.. أن صادف وأضعت الاتجاهات، ستدلك النجوم على الطريق الصحيح، أليس هذا جميلا؟
ـ يبدو هذا مثيرا للاهتمام..
ـ أجل بالفعل.. لقد علمني أبي على تحديد الاتجاهات عن طريق النجوم عندما كنت صغيرا، كان من الرائع تعلم أشياءٍ كهذه.
أستغل أدم ذكر جون لوالده، وسأله..
ـ كيف كان؟
ـ من؟
ـ والدك.. لقد كنت أسمع الكثير من القصص عنه عندما كنت صغيرا.

أبتسم جون لسؤال أدم، فكان يحب التحدث عن والده، حتى رغم انه لا يذكر الكثير عنه، رفع رأسه قليلا وقال..

ـ حسنا، لا أذكر انني رأيت جانبه الذي كان يظهر به في تلك الحكايات، فقد اعتزل الصيد ليتزوج أمي قبل ان ينجبني.. لكنه كان حريصا على ان يكون أبا صالحا، كان يعلمني أشياءً بسيطة قد يعلمها أي أبٍ لأبنه، لكن ذلك لم يدم طويلا.

ـ أجل.. لقد كان رجلا عظيما.

اقتربا من مزارع البلدة وحضائرها، وبدأت رائحة المواشي تمتزج مع نسمات الرياح الباردة. من الأشياء التي سمعها أدم من المأمور عن جون أنه يمتلك ابنة، لم يصدق الامر في البداية وظن ان جون يخدعه، فكان يافعا جدا حتى يكون أبا، فسأله عند اقترابهما من أحد الاسطبلات..

ـ هل تعلم؟ لقد قال لي المأمور أنك تملك ابنة..

ابتسم جون ابتسامةً حزينة ينبع منها الحنين عندما ذكر أدم ابنته ورد عليه قائلا..

ـ أجل.. يونا الصغيرة، كم أتمنى ان تكون بجواري دائما، لكنك تعرف كيف تسير الأمور أحيانا.

ها قد جائه التأكيد من جون بنفسه الان، أراد عدم تصديق ذلك لكن ملامح جون التي أبداها عند ذكر صغيرته بدت صادقة..

ـ آمل ان ينتهي أمر ديابولو على خير وتجتمع بها مجددا، كم تبلغ من العمر الان؟

ـ أظن انها قد بلغت الحادية عشر بالفعل..

ـ الحادية عشر؟! منذ متى وأنت متزوجٌ يا جون؟

ـ لا أذكر بالضبط، لقد فقدت الشعور بالزمن منذ وفاة زوجتي، لكنني كنت صغيرا.

يبدو انه هنالك الكثير مما لا يعرفه أدم عن جون بالفعل، فقد صدمه بمعلومتين بسيطتين، لم يكن هناك أي كلامٍ عن كونه متزوج قط، ربما لم يرتكب تلك المجزرة حقا، فلا يبدو أنه من النوع الذي قد يرتكب شيئا فظيعا كهذا بينما يملك عائلة ليعتني بها.

بالرغم انه كان يصغره سنًا، الا انه تسائل ماذا كان جون ليفعل في حالته، ماذا سيفعل لو اضطر لتغيير حياته بأكملها وترك العديد من الأشياء خلفه ليبدأ من جديد؟ بالتأكيد انه قد عاش موقفًا كهذا كونه أبًا، عادت ملامح الحيرة والضياع في وجه أدم، لكن جون لاحظ خطبا ما في أدم هذه المرة، وكأن هناك شيئا يشغل تفكيره، فحاول ان يجعل النائب يبوح بما في خاطره..

ـ لا تبدو مرتاح البال يا سيدي.. هل هناك ما تود إخباري به؟

لم يرد أدم على سؤاله، ففهم جون انه لا يريد الحديث عن ذلك، لذا عاد لينظر الى الطريق متناسيا الامر، لكن أدم كان يصارع تردده، لم يكن متأكدا إذا كان من الصواب ان يفصح عن خواطره، خصوصًا لشخصٍ يجهل عنه الكثير مثل جون داستن، لكنه لم يجد سبيلا أخر، وأختار ان يبوح بما في قلبه له..

ـ في الحقيقة.. لقد أخبرني لوبيز انه ينبغي عليّ ان أعيش حياتي لنفسي وان لا أعلق مصيري به، حسنا، أعرف انه على حق، لكني حقا لا أريد ذلك، أريد ان تبقى الأمور كما هي عليه، لكنه يظن ان المطاف سينتهي بي مثله، بصراحة لست أدري.. أظن ان ما أشعر به هو "الخوف" من المستقبل.

توقف جون عن السير بعدما أنهى أدم حديثه، أخذ ينظر الى النجوم مجددا، ربما لتخبره بالطريق الصحيح لأدم..

ـ لا اظن انه على حق يا أدم.

ـ ما الذي تعنيه؟

نظر جون الى أدم مجددا..

ـ لدي نظرة مختلفة للأمر.. خذ الامر كعلاقة الاب وابنه، في اللحظة الذي يولد فيها الابن، يكون الاب على استعدادٍ تام لتسخير حياته بالكامل لأجل ابنه، وسيفعل ذلك بناءً على اختياره هو، لا طلب ابنه، ولا بأس في ذلك، فهذه هي فطرة الأب.

مشى جون قليلا ليسبق أدم ثم تابع حديثه..

ـ كما ترا، هذا ما فعله والدي "البطل" لي في السابق، لقد ضحى بحياته فقط لأعيش أنا.. وأنا أيضا مثالٌ حي أمامك على ذلك..

التفت جون الى أدم الواقف خلفه..

ـ أخبرني يا أدم، هل سمعت يوما بمذبحة توم بيل؟

ـ أجل، انها تلك الاشاعة التي تقول أنك..

ـ تلك ليست إشاعة يا أدم، بل حقيقة، كل ما يقال عنها كان حقيقيا، لقد دمرت عصابة توم بيل بالفعل وذبحت كل فردٍ حي فيها من رجالٍ ونساء، وحتى كبار السن، بينما كانت النيران تأكل في ومخيماتهم، وجثثهم تطفو في محيطٍ من الدماء.

أرتعد أدم من كلام جون، وخطا خطوة نحو الخلف احترازا منه، بينما تابع جون حديثه مبررًا..

ـ لكن لم يكن أحدٌ يتحدث عن دوافعي والمحفزات التي جعلتني أقوم بما قمت به، لقد كان يشاع ان الغرض هو "الانتقام" يا للصبيانية... فالحقيقة كانت انني كنت

أريد الهرب مع زوجتي وابنتي بعيدا عن تلك العصابة لنعيش حياةً مسالمة فحسب، لكنني كنت أعلم انهم سيقتلوننا جميعا ليقطعوا نسل عائلتي الى الابد في اللحظة التي أهرب فيها، لذا كان الحل الوحيد امامي هو ان أبيدهم عن بكرةِ أبيهم، ولا أبقي فيهم باقية.

اقترب جون ببطءٍ من أدم بينما تابع..

ـ لكن ماذا في ذلك إذا؟ هل سيلومني أحد لأنني خلصت الولاية من أبشع وأقذر عصابةٍ وجدت على الاطلاق؟ قد أكون بالغت كثيرا.. لكن فعل الأشياء السيئة للناس السيئين أمرٌ جيد، الا تظن ذلك؟ هذا ما اسميه "أعمالٌ قذرة، لأهدافٍ نبيلة" فقد يفعل أي رجلٍ شيئا كهذا ان كان في سبيل حماية عائلته..

وقف جون امام أدم الذي بدأ يفكر بكلامه الذي بدا منطقيًا له بعض الشيء وأكمل..

ـ كما ترا يا أدم، لقد خاطرت بكل شيء ونسيت مصلحتي تماما في سبيل حماية أشخاصٍ مقربين مني، فلا ضير في ان نفني حياتنا لغيرنا ونتخذ أصعب القرارات لأجلهم ان أردنا ذلك، ففي النهاية سيتحتم علينا فعل ذلك بطريقةٍ او بأخرى صدقني، بقائك بجانب المأمور ميلتون هو اختيارك أنت، ليس اختياره هو، لذا لا تشغل بالك في التفكير بالأمر، فأنت من سيقرر بالنهاية.

سرح أدم يفكر في كلامِ جون قليلا، استجمع شجاعته لينظر الى عينيه وقال له محتجا على كلامه..

ـ وماذا لو كان يرفض ان أكون بجانبه؟ ماذا لو أراد إبعادي عن جواره فحسب، ربما قد يكون اتخذ قراره الخاص به بالفعل؟

مشى جون من أمام النائب ليغادر المكان قائلا..

ـ حسنا، ذلك قراره هو، لكن تبقى قرارك أنت، عليك ان تثبت له ان لك حق الاختيار أيضًا، وأنك ستختار الطريق الذي تريده بنفسك، أنت محظوظ.. فالفرصة سانحةٌ بالفعل أمامك بوجود مجنونٍ كديابولو سولتيرو، واثق من أنك ستكون أحد اهم أسباب القضاء عليه.

توقف جون فجأة، ثم ألتفت الى النائب الواقف خلفه بنظراتٍ حازمة كأنه يبصر ما في أعماق قلبه، وقال..

ـ تذكر دائما يا أدم، اتبع رغباتك، وثق بحدسك، والأهم من كل ذلك ان تبحث عن الحقيقة بنفسك، وستجد الإجابة هناك.

ثم مضى في طريقه تاركا أدم خلفه يتفكر في كلامه، لقد شجعه لفعل ما يراه صحيحًا، الان على أدم ان يختار الطريق بنفسه، وهو يعلم جيدًا انه سيتحمل مسؤولية كل ما سيحدث له تاليًا.

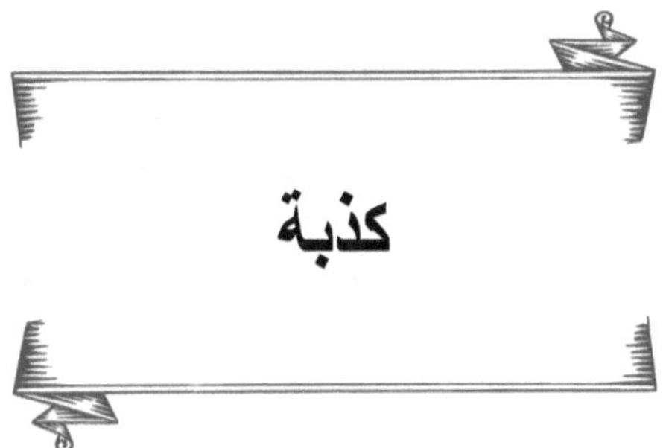

كذبة

ثيودور مافريك

سيكرد فالي، تلك البلدة الصاخبة التي لا تنام، في كل ليلة يجتمع سكان البلدة في الحانة الكبيرة ليمضوا الليلة بأكملها في الشرب والقمار والرقص، جميع السكان كانوا يبدون مستمتعين بالوقت الذي كانوا يقضوه معا، غناء النساء العذب، رقص السكارى من الرجال في منتصف الحانة، عزف أنامل صاحب البيانو الذي لا يبدوا انه أقل ثمالة من الرجل المجاور، وبالتأكيد ذلك الرجل الذي يتقيأ امام الحانة إثر إفراطه بالشرب.

اما هما فكانا مشغولان بالصيد كعادتهما، حيث عادا من رحلةٍ لصيد أحد الحمقى المطلوبين وسلماه لنائب المأمور ساندلر العجوز، حصلا على قدرٍ لا بأس به من المال، ومازال الليل الطويل أمامهم، فاقترح ثيودور على ثوماس ان يقضيا الليلة رفقة الجميع بالحانة، ويستمتعا بوقتهما، لكن ثوماس لم يكن معتادا على تلك الأجواء المملوءة بالخمر والقمار، فمازال صغيرا ليفهم المتعة الكامنة في كل هذا..

ـ لا أدري حقا.. ما الممتع في ان ترا الجميع يتصرف بجنونٍ أساسا؟

ضحك ثيودور من حماقة ثوماس الصغير وضربه على ظهره بينما قال ضاحكا..

ـ يا لك من مغفل يا ثوماس، أفضل طريقةٍ لتكافئ نفسك بها بعد يومٍ طويل من العمل الشاق هي ان تصاب بالجنون، لا تقلق جميعنا لنا مرتنا الأولى في شيءٍ ما، مثل تلك المرة التي اصطدت فيها أرنبا ببندقية خرطوش.

ـ لا داعي لتذكر قصةٍ قديمة فقط لتسخر مني..

ـ حقا؟ هل كنت أسخر؟ لقد كنت أضرب مثالًا فحسب.

لم ينتظر ثيودور قرار ثوماس وانطلق وحده الى الحانة، وقبل ان يبتعد التفت وصرخ على الفتى الصغير من بعيد..

ـ اسمع! إذا أتيت معي، سوف أعلمك كيف تضاعف الدولارات في جيبك.

مضى ثيودور في طريقه تاركًا الفتى وحده ليفكر بالأمر، فالمال هو كل ما يحتاجانه ليواصلا ترحالهم بين المحافظات، سيكون من الرائع ان استطاع مضاعفة ما في جعبته، لكنه أنتبه وسط تفكيره ان ثيودور قد رحل بالفعل غير مبالي به..

ـ أنتظر يا ثيودور سآتي معك!

دخل الرفيقين الحانة التي كان يملؤها الصراخ والضحك والغناء، أنتبه ثيودور لطاولة القمار الرباعية التي كانت تنتظر شخصا ليكملها، لقد حان الوقت ليبهر ثوماس بمهاراته من جديد، أمال ثيودور جسده نحو ثوماس وقال له بصوتٍ

عالٍ ليستطيع سماعه وسط كل ذلك الصراخ والعزف..

ـ أسمع يا ثوماس تلك هي جلسة قمار، راقبني كيف أخرج من هذه الحانة ثريا، لكن قبلها أحضر لي زجاجة من البيرة من عند ذلك الرجل الواقف هناك.

جلس ثيودور عند تلك الطاولة بينما راح ثوماس يشق طريقه بين هذا وذاك نحو مسؤول الحانة ليحصل على زجاجة البيرة الخاصة بثيودور، كانت الحانة مزدحمةً بشكلٍ فضيع، ولصغر حجمه، كان من الصعب ان يمر بين أرجل الحاضرين دون ان يتعرض للركل عن طريق الخطأ من الرجال الذين كانوا يرقصون وسط الحانة الصاخبة.

وبعد ان وصل أخيرا، رأى أحد الصيادين يلهو مع النساء، وكان في يده زجاجة كبيرة من البيرة، يبدو بأنه أحد الصيادين الكسالى، لم يلقِ بالًا له وراح للبائع ليحصل على بيرة رفيقه أخيرا.

وبعد ان استعد للغوص بين أرجل السكارى من جديد، صرخت النساء صرخةً هزت أرجاء الحانة، ثم تجمهر الجميع حول طاولة القمار تلك، بينما كان هناك رجلٌ يهرب مسرعًا نحو المخرج الخلفي، أنه يعرف ذلك الرجل، إنه والده.

لم يكن ثوماس يمتلك الوقت ليتساءل عما يفعله والده هنا، وهرع مسرعا نحو طاولة القمار، وعندما وصل أخيرا اليها بعد مروره أسفل المتجمهرين، جثا على ركبتيه من هول المنظر الذي كان يراه، رفيقه الذي أخرجه من أهوال الفقر واليأس، مستلقٍ أمامه على الأرض مضرجا بالدماء، بينما كانت هناك سكينٌ مغروزٌ في أعماق صدره، وعندما بدأت دماء صديقه الذي أمضى سنواتٍ بالضحك والبكاء معه تتدافع نحو ركبتيه، لم يكن للفتى الصغير إلا أن يبكي وينهار من اليأس والقهر بجانب جثة رفيقه، ليغرق معه في دمائه.

كانت الجولة الأولى، عشر سنتات.. قتِل صديقه مقابل عشر سنتات، أمام ذلك الصياد الذي لم يقم بأي ردةٍ فعل لشدة سكرته، لقد كان القاتل هو أحد المشاركين في تلك الجلسة، وكان ثملا حينها، وهرب نحو الباب الخلفي مباشرة بعد الجريمة.

عرف ثوماس ان والده هو القاتل، فهو يعرف طباعه اللعينة، أقسم ان يصبح صيادا فقط ليطارده ويذيقه من العذاب الذي اضطر هو لمواجهته طوال طفولته بسببه وبسبب إدمانه على الشرب، وبالرغم من ذلك الدافع التافه، الا انه لم يكن هناك أي حامل سلاح لم يكن يخشاه، لكن لم يدم هذا الشغف الغاضب النابع من كراهية قلبه طويلا، فبعد تعيينه كصيادٍ بمدة وجيزة، وصله خبر وفاة والده بشجارٍ في إحدى الحانات بأحد القرى النائية، ووجد نفسه لا يملك أي سببٍ أخر للعيش، فقد سخر حياته كلها مطاردا لذاك الرجل السكير فقط.

ـ يبدو أن غضبي ومشاعري لم تكن ذو قيمةٍ على أي حال، إذ أن الدنيا

ستدور من تلقاء نفسها، وسيسقى كل ساقٍ بما سقى.. يبدو انني لن أجد معنى لحياتي أبدا.

ثوماس ميلر

جالسا هناك وحده، لا سعيدا، ولا حزينا، لا هو، ولا أحد، في المكان نفسه الذي قد كان في يومٍ من الأيام زاخرا بالبشر، والان أصبح خاليا من مظاهر الحياة، بظهور شيطان العدالة المتعطش لتحقيقها، يتأمل تلك البقعة التي ألتقط فيها رفيقه أنفاسه الأخيرة بينما كان يغرق في دمائه.

أخذ يتخيل انه قريبا سيكون في ذلك المكان، طريحا على الأرض بينما يقف ديابولو على رأسه ليتأكد بأن تكون جمجمته هي أخر شيءٍ سيراه، ثم يجتز رأسه، او يحوله الى معلمٍ فني وهو حي، ليموت بألمٍ وببطء، في لحظةٍ ما كره تلك الفكرة، ولكن ألم يكن ذلك ما أراده دوما؟ هل أصبح بالفعل يشعر بالذعر؟

دخل جون الى الحانة ليكسر وحدة ثوماس، توقف في وسطها وأخذ يطالع إرجائها متسائلا.. هل هذه هي نفس تلك الحانة التي كان باستطاعتك ان تسمع ضجيج زبائنها من على بعد أميال؟ الان أصبحت خاوية، كأنها هجرت من البشر، لتبكي الأمطار على جدرانها، دون وجود روح لتسمعها.

جلس جون بجوار ثوماس، وخطرت في باله محادثة ثوماس الأخيرة مع أوين الذي رحل الى ألاباما مؤخرا، فحاول فتح حوارٍ مع ثوماس..

ـ أتعلم.. انتما متعجرفان، هذا الشيء واضحٍ لأي شخصٍ يملك عقلًا، لكن لم أتخيل ان اراكما تتنازعان هكذا، هل كنتما كذلك دوما؟

اخذ ثوماس رشفةً من بيرته ورد على سؤال جون دون ان ينظر اليه..

ـ لطالما كان اوين هكذا.. لا شيء جديد، يريد ان يعثر على الأمل الذي يهرب به من حياة الصيادين، الشعور بأن يفقد هذا الأمل ويُسحب من جديد الى ظلمة الصيد يجعله خائفا ويتصرف بهذه الطريقة، انه هكذا دائما، أنتم فقط رأيتم جزءً من شخصيته الطبيعية.

أخذ جون يقلب الزجاجة الفارغة التي امامه مقلبا معها أفكاره، "أمل، ها؟" يا لها من أفكارٍ طفولية، فلم تكن تتوافق مع فلسفته الخاصة..

ـ الأمل كارثةٌ يا ثوماس.. انه كافي ليقود المرء نحو الجنون.

ضحك ثوماس وأخذ رشفةً أخرى من البيرة، يبدو انه وأخيرا أتفق مع هذا الغر في شيءٍ ما، تنهد جون قليلًا، وكان يبدو عليه النعاس..

ـ وهل تظن ان أوين ذاك قد يزيد الأمور سوءًا بذلك الامل؟ أخشى انه سيزيد الأمور سوءًا بتهوره.

ـ آمل ان لا يتسبب بمقتله فحسب.

أسند جون ظهره نحو الطاولة يفكر بعلاقة ثوماس وأوين، ثوماس كان عقلانيا رغم تشاؤمه، لكن أوين قد تقوده مشاعره وتفاؤله غير الواقعي الى الهاوية، وقد يسحب كل من معه اليها أيضا، ألتفت جون الى ثوماس، كان واضحا عليه انه مثالٌ حي على تلك الفكرة، فمن الواضح ان أوين قد قاده الى الكثير من المآزق، مما جعل جون يضحك قليلا..

ـ مضحكٍ كيف تستهزأ بنا الحياة أحيانا عن طريق إيهامنا ان الأمور تتحسن، بينما هي في الواقع تزداد سوءًا، قد يملك أوين الكثير من التجارب في هذا الأمر، آمل ان لا يكون هذا ما يحدث معنا جميعا الان.

وضع ثوماس بيرته على الطاولة مبديًا شيئا من الاهتمام بثرثرة جون النعسان حول الحياة وصديقه أوين، ألتفت له لينظر اليه أخيرا..

ـ أخشى أني قد أطلب منك توضيح ما تهذي به.

ـ بيت قصيدِ ما كنت أقوله.. هو أنني أظن ان أوين يقود نفسه الى ديابولو سولتيرو مباشرةً، ظنا منه ان سيلاقي حب حياته فيونا كلارك، وقد يقودنا جميعا اليه.

ـ وهل ستشكل مواجهة ديابولو سولتيرو مشكلةً بالنسبة لك في حال حدث ذلك؟

ـ "أربع ولاياتٍ يوحدها الخوف من ثوماس ميلر" هذه الجملة التي تكتب في الجرائد باستمرار لتصفك أنت، أما أنا... فأنا لستُ صيادًا حتى، بل مجرد نكرة، أخشى أني لا أملك جر أتك بعد كل شيء، لكن هل حقا ستحاول تجاهل ما قلتُه للتو يا ثوماس؟

لم يكن لثوماس أي ردٍ على تكهن جون، كان يعرف انه على حق، فلطالما سببت حماقة أوين وتسرعه المتاعب لنفسه ولكل من حوله، لكن حتى مع كل المشاكل التي وقع فيها بسببه، كان من المحزن له رؤية رفيقه يفشل ويؤذي نفسه مرارا وتكرارا..

ـ هذه الحياة كما ترايا ثوماس، يجب ان تستعد لخيباتها، وهذا شيءٌ لم يستطيع صديقك الجاهل ان يدركه بعد.

شرب ثوماس بيرته بأكملها دفعةً واحدة، وقد بدا التعب يرتسم على وجهه من كل ما يحصل منذ ظهور ديابولو سولتيرو، ترك الصمت المهيب يخيم في الحانة لبعض الوقت ليستمع كلاهما الى غناء الرياح، ثم قال بنبرةٍ يائسة..

ـ الحياة في مجملها بلا جدوى، فقط تعاسة ويأس على نطاقٍ واسع، نحن الصيادين نعرف ذلك دون غيرنا.. الأمر أشبه بالعقيدة لو سألتني.. فما خرجنا من بطون امهاتنا الا لنموت بالنهاية، نجبر على البقاء مع بعضنا، والتعامل مع الناس ومشاكلهم، مما جعلني أتيقن ان القلوب مملوءة بالحقد، لا بالحب والخير كما يزعم الشعراء في قصائدهم، لقد رأيت ناسا تُظلم وتموت على أسذج الأسباب، مهما حاولتُ كصيادٍ نخبة.. او حتى كثوماس ميلر ان أصنع الفارق، ينتهي بي المطاف بجعل الأمور تزداد سوءً، انت محق.. أوين لن يدرك ذلك أبدا، أتعرف لماذا؟ لأنه دائما يحاول ان يحارب الأقدار التي لا يمكن تغييرها، دائما ما كان يحاول اختراق القواعد ليحصل على ما لا ينبغي عليه الحصول عليه، الأمر أشبه بسمكةٍ صغيرة تحاول ان تسبح عكس تيارات النهر الجاري.. فلو سألتني عن الأشياء القليلة التي أؤمن بها.. سيكون من ضمنها حقيقة ان نهاية أوين كوبر ستكون في غاية البشاعة.

لم يتوقع جون ان يشاركه ثوماس فلسفته ونظرته لهذه الدنيا، لقد كان ثوماس يائسا حقا، ولا يبدو حقا انه ينوي ان يعطي نفسه فرصةً أخرى، لكن ما جذب انتباهه حقا بحديثه، هو عدم إيمان ثوماس برفيقه أوين، وفقدانه الأمل فيه تماما، بالرغم من كل ذلك، طبيعة جون كانت تعارض ما يظنه ثوماس بشدة، لذا أبدا تعابير الرفض لكلامه، تمدد على كرسيه، ومسح النعاس من عينيه بينما قال لثوماس..

ـ يا إلهي.. هذا يبدوا حزينًا.. بل مثيرٌ للشفقة في الحقيقة، هل تستطيع الشعور بالسعادة حتى بينما أنت محملٌ بهذه الأفكار والمعتقدات الساذجة؟

ـ وفيما سيفيدني كوني سعيدًا؟ ألا ترى ان كل العظماء لم يكونوا سعداءً؟ أنا وأنت... مجرد نكرتين، لسنا أفضل منهم في أي شيء.

ـ قد تستطيع اقناعي بهذا لو نظرت الي.

وجه ثوماس نظره لجون بكل اشمئزاز وغضب، كان جزءٌ من جون يمثل كل شيءٍ أراده ثوماس، حتى بالرغم ان ذلك الجزء ضاع منه في النهاية، لكنه لن يُحمل حسرته على شخصٍ وغد مثل والده، الذي كانت كراهيته له تشتعل من عينه بينما ينظر الى جون..

ـ أنظر لنفسك.. أبن صيادٍ عظيم، يمجدون والدك باستمرار في كل مكان.. القصص، القصائد، وحتى خطابات الشخصيات المهمة، شخصٌ مثلك لن يعرف أبدا ما يعنيه أن تخذل من أقرب الناس لك، ان تتحسر على خيبةٍ لا تستطيع تغييرها، الخيبة التي بسببها بدأتُ حياتي ملقى في الشوارع، بينما كان أبي يبيع نفسه كالكلاب للحصول على بعض الكحول، يمكنك الاستمرار في ذلك ان

أردت.. تستطيع العيش في خيالاتك وأوهامك، لكن لا تشركني بالأمر.

أشاح جون بنظره عن ثوماس، لم يكن يحتاج ان يعترف بالأمر، كان واضحا انه يحسده لامتلاكه أبًا كجوليو داستن، كان جزءٌ كبيرُ من كراهية ثوماس له هي بسبب تمنيه الحصول على ما حصل عليه جون، حتى بالرغم انه لم يعش معه طويلا على كل حال، لكن أليس هو من "خلف" وتكنى بذلك البطل في النهاية؟

ـ نحن لا نقرر كيف وأين نبدأ حياتنا يا ثوماس، لكننا نستطيع ان نقرر اين ينتهي بنا المطاف.

كان هدوء جون وردوده التي تحمل حسًا شاعريًا وحكيما لا يزيد ثوماس الا غضبا واستفزازا، فكان الوحيد القادر على اختراق بروده وزمام أعصابه، لكن هذه المرة ثوماس بدأ بفقدان رباطة جأشه حقًا، فأخذ زجاجة بيرته، ورماها على الجدار لتتنكسر، ثم صرخ في وجهه..

ـ حقا؟ يا للأسف! فرفيقي لم يختر ان يموت مقابل عشر سنتاتٍ لعينة عن طريق سكين والدي الثمل أمام ذلك الصياد الجبان!

نظر اليه جون بكل هدوءٍ، كان يحاول ان يختار كلماته بعناية، لكيلا يجعل الوضع يشتد أكثر مما هو عليه الان، ولم يبدي أي ردة فعلٍ جسدية، بينما ثوماس كان يستشيط غضبا من برودته هو الآخر، وفي وسط الأجواء المشحونة سأله جون بهدوء..

ـ أنت تتكلم.. عن ثيودور مافريك.. أليس كذلك؟

سماع اسمه من لسان شخصٍ مثله كان إهانةً عظيمة بالنسبة له، وفي لحظةٍ من الغضب الاعمى، لكم ثوماس جون على وجهه وأسقطه أرضًا، وسحب مسدسه ووجه على رأسه قائلا..

ـ وكيف للعين مثلك ان يعرف اسمه؟

أخذ جون يلتقط أنفاسه بعد تلك الضربة المفاجئة التي طرحته أرضا، لم يكن يظن ان ثوماس يمتلك قوةً جسدية كهذه، رفع رأسه ونظر اليه بكل حزمٍ ووقف غير مبالي بالمسدس الموجه على رأسه..

ـ أعرف اسمه لأنني أعرف كل شيء.. فلقد كنت هناك، واقفًا بجانبه في تلك الليلة التي تناثرت فيها دماؤه على وجهي، هل تظن أنك تعرف ما حصل يا ثوماس؟ ام مازلت تريد ان تعرف الحقيقة؟

كان كلام جون الممزوج بهدوئه وثقته مز عجا لثوماس، لكن كان يبدو بأن جون يعلم أشياءً مهمةً جدا قد يريد ثوماس سماعها..

ـ ما الذي تهذي به بحق الجحيم؟

مسح جون الدم الخارج من أنفه الذي كان ينزف جراء لكمة ثوماس..

ـ إذًا كان ذلك هو والدك.. بالتفكير بالأمر، فأنت حقا تشبهه كثيرًا.

ظل ثوماس واقفا دون قول شيء، منتظرا ان يكمل جون حديثه، لكن كان هناك شيءٌ ما يحصل له، كانت يده ترجف بينما كان يوجه المسدس على جون، وكانت غصة القلق والتوتر عالقةً في حلقه، كأنه بدا خائفا من شيءٍ ما، هل كان خائفا من الحقيقة؟

ـ يا إلهي.. هل ظننتَ ذلك حقا يا ثوماس؟

تغير أسلوب جون بعد تلك اللكمة، وأصبح يحاول ان يتلاعب بمشاعر ثوماس ليفقده صوابه، لم يكن خائفا من المسدس الموجه عليه، بل كان مستمتعا برؤية ثوماس البارد يفقد أعصابه هكذا، فثوماس ليس أحمقا لتلك الدرجة حتى يرديه قتيلا ويصبح المشتبه الأول بكونه ديابولو سولتيرو، لم يعد ثوماس يحتمل ألاعيب جون، فهدده قائلا..

ـ أخبرني ما الذي حدث بالضبط ان كنت تريد ان ترى ابنتك مجددا!

ـ أنت ترجف يا ثوماس، تبدو خائفا من شيءٍ ما، أرى انه من الأفضل ان تبقى جاهلا حول الحادثة، فلا أظن أنك تريد أن تعرف.

أطلق ثوماس رصاصةً بجانب رأس جون ليؤكد على جدية موقفه، لم يرد جون بدوره ان تسوء الأمور أكثر من هذا، فقد حصل على نشوته باستفزاز ثوماس على أي حال..

ـ أعرف من هم أمثالك يا ثوماس، فالخوف لديك ينبع من الماضي فقط، لأنك لم تعتد تكترث بالحاضر ولا المستقبل، لكن ان أردت ان تعرف فاليكن إذا، لكنك الوحيد الذي سيتحمل العواقب، عواقب فضولك وسعيك للحقيقة.

زادت رجفة ثوماس بشكلٍ ملحوظ، كان هو أيضًا يشعر بذلك، كان يشعر بالخوفِ من شيءٍ ما، شعر ان جسده كان يريد ان يبقى جون صامتًا، لكن عقله كان فضوليًا جدًا، لذا قرر تجاهل خوفه وأمر جون أن ينطق بسرعة..

ـ فقط تكلم..

ـ لك ذلك.. قبل سنين طويلة، زررنا أنا وفرانكلن هذه البلدة، واتجهنا مباشرةً الى الحانة، كانت ليلةً صاخبة، ولأن فرانكلن كان سيئًا في القمار، أراد ان يعلمني لمَ يجب ان لا أقامر أبدا، لذا جلس على تلك الطاولة وكنت واقفا بجانبه لأشاهد لأمتعض من سوء مستواه، حينها أنضم ثيودور الى الجلسة، لقد كان مقابلا لذلك الرجل.. كان مقابلا لوالدك، بدأنا لعب الجولة الأولى، عشر سنتات، وسأعترف.. كان رفيقك ماهرا بحق، أستطاع ان يفوز بالجولة بسرعة، لكن الرجل المجاور له والذي كان مقابلا لنا أنا وفرانكلن لم يكن سعيدا أبدا بهذه النتيجة، فاتهم ثيودور بالغش، رفض ثيودور ادعاءه وأمره ان يمتثل لقوانين اللعبة، لكن كان ذلك الرجل

ثملًا بما فيه الكفاية ليفكر بالحماقة التي كان سيرتكبها، وفي لحظةٍ سريعة سحب سكينه وغرزه في قلب ثيودور.. مازلت أتذكر ذلك اليوم جيدا، تناثرت الدماء بغزارة على وجهي، وفي لمح البصر هرب جميع من كان مشاركا في تلك اللعبة. إن كنت تظن ان والدك هو الفاعل، فوالدك بريء تماما.

أفلتت يد ثوماس ذلك المسدس تلقائيا، لم يصدق ما قاله جون أبدا، لكن كان كلامه منطقيا، فقد رأى والده يركض من الكرسي المقابل لثيودور نحو المخرج الخلفي، أي انه ليس من الممكن أن يكون هو من طعنه.

كل تلك السنوات التي قضيها في تكوين ذلك الكره والحقد تجاه والده كانت مجرد كذبة أراد هو بنفسه تصديقها لا بسبب ما حدث وما لم يحدث، بدأ بالتفكير حول حياته لبرهة، هل كان ذلك يستحق كل هذا العناء حتى؟

ـ والان بت تعرف الحقيقة يا ثوماس.. لا، لطالما كنت تعرفها، أليس كذلك؟ فبالرغم من اننا جميعا قد هربنا، لكنك أخترت ان ترى والدك يهرب فقط وتصدق انه هو الفاعل، هل حقًا كنت تكرهه يا ثوماس؟ أم أنك أردت ان تبحث عن سببٍ لتكره والدك، فتحمله اللوم على كل ويلاتِ حياتك؟

فتح جون باب الحانة ليغادر المكان تاركًا ثوماس غارقا بأفكاره حول حياته من جديد، لكن ألتفت اليه قبل خروجه قائلا..

ـ أتعلم يا ثوماس؟ قد يكون والدك قد تبنى أفكارا مشابهه لأفكارك فيما يتعلق بالحياة، فانتهى به المطاف على ما أصبح عليه.. يا للسخرية، تستطيع ترك الناس يخدعونك بكل تلك الألقاب لتظن أنك شيء ما لست هو فعلا، لكن لا تغتر بنفسك أمامي، ففي النهاية.. أنت مجرد أنسان... أنت مجرد صياد.

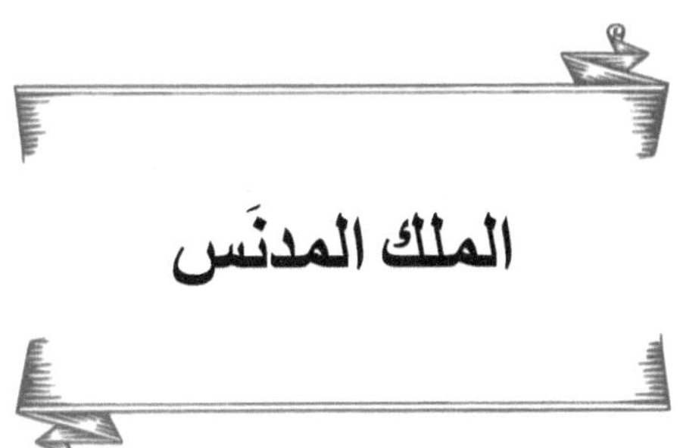

الملك المدنَس

باتريك هولدن

فتح الستائر لينظر الى القمر المكتمل من مكتبه اعلى الجبال، كانت ليلةً مظلمة على بلدة هاي غاردن التي تلامس القمر، جلس على مكتبه يقلب تلك الأوراق والرسائل، كان أغلبها رسائل لطلب العون والمساعدة بشأن الطعام من السكان المحليين بالقرى التي كان نفوذه يسيطر عليها، فكانت رياح الشتاء تدمر محاصيلهم لتبقيهم جوعى خلال الأشهر الباردة، ليواجهوا خطر الموت من الجوع والبرد، لكنه لم يكن يريد ان يشغل باله في مشاكل هؤلاء الحمقى، فمن هم حتى يتجرؤوا على ان يملوا عليه ما يفعل؟ سحقا لهم.. فليموتوا ميتة الكلاب، فلديه أمورٌ أهم ليهتم بها..

ـ فريدريك!

مازال يقلب بالأوراق وكأنه يبحث عن ورقةٍ معينة على وجه التحديد، يبحث عنها متلهفا بينما يسيل لعاب الجشع والطمع من فمه.. ها هي ذا، وثيقة نقل جميع أرباح تجارة القرى التي يسيطر عليها الى جيبه..

ـ فريدريك!

فماهي الا بضعة أشهر، وسيصبح أغنى رجلٍ بالولاية.. ماذا عن تجارة تلك القرى؟ سيكفيهم خمس الأرباح، من الأفضل لهم ان يقدروا كرم السيد هولدن الذي أظهر بعض الجود لحيواناتٍ عديمة الجدوى مثلهم، فمن هم أمثالهم لا يستحقون العيش أساسا..

ـ اللعنة يا فريدريك! أين أنت؟

وصل فريدريك الى مكتب المحافظ هولدن أخيرا بعد الصراخ باسمه بغضب..

ـ أجل يا سيدي.

ـ خذ هذه الوثيقة وأرسلها الى حكومة الولاية، أخبرهم انه قد تم التوقيع عليها من قبل السيد باتريك هولدن.

ـ أجل يا سيدي.

هذه هي الحياة، اما ان تستغل قوتك، او ان تصبح كأحد أولئك العبيد، فمن لا يستغل الفرص بالشكل الصحيح، سيستحق عواقب تقديم مبادئه التافهة على مصلحته الشخصية مهما بلغت قذارتها، ذلك هو نظام العالم الجديد.

غادر مكتبه متجها الى غرفة نومه، فلا يحتاج الى ان يرهق نفسه بالعمل، سيكون دائما هناك من سيحظى بشرف انجاز عمله عنه، فجميع من هم بالبلدة خدمٌ له، لذا كان يفضل ان يعطيهم سببا ليستحقوا به المال.

أنهى طقوس الاستعداد للنوم، وجلس على السرير ليقرأ عدة صفحات من

كتابه المفضل، وعندما انتهى اطفئ مصابيح غرفته الذهبية، ووضع رأسه على تلك الوسادة الحريرية، لكن ما ان وضع رأسه على الوسادة حتى صدر ضجيجٌ مريب من مكتبه، خرج الى المكتب المستنير بضوء القمر ليتفقد من ذا الذي كان يعبث فيه، لكن لم يبدو انه هناك أي شيءٍ غريب، تصور انه قد تخيل الامر فحسب، وعندما أستدار ليعود الى غرفته، لفت انتباهه ظلٌ ما واقف في زاوية المكتب بلا أي حركة، لا يتذكر انه وضع تمثالا في تلك الزاوية..

ـ من هناك؟

بدأ الخوف ينبض في قلب المحافظ، ذلك التمثال لم يتحرك ابدا، ولم يبدي أي ردة فعل، استجمع شجاعته وسار ببطء نحو المصباح الموجود على طاولة المكتب، وعندما اشعله وجده واقفا هناك.. كان واقفا بثبات، كان مجرد رجلٍ أرعن.

تظاهر المحافظ بالغضب الشديد رغم خوفه من استطاعة ذلك الشخص الى الدخول الى مكتبه دون ملاحظة الحراس له، وقال في محاولةٍ لإخافته..

ـ من أنت؟ وكيف تجرؤ على اقتحام مكتبي؟ هل تعرف من أنا أيها الغر المتعجرف؟

مازال ذلك المجهول ملتزما بالصمت كوسيلةٍ للرد عليه، وبعد لحظات تقدم من مكانه ببطء نحو المحافظ، يبدو ان ادعاء المحافظ بالغضب لم يهزه ولو قليلا، وفي أثناء اقترابه نحو المحافظ، كسر صمته أخيرا وقال..

ـ أنا؟ أنا لستُ الا شخصا يحاول ان ينجو بطريقةٍ ما.. لمَ قد تهتم لمن أكون؟

تراجع المحافظ في خوف، شعر بالتهديد من ذلك الرجل القادم نحوه، ما باله لا يكترث بمكانته ومنصبه؟ حاول المحافظ إخافته من جديد، لكن خانته نبرته المرتعبة بينما قال..

ـ أنت ترتكب حماقة.. أستطيع ان آمر بقتلك.. هل تدرك ذلك؟

لم تكن تهديدات المحافظ تشكل فارقا في جوف ذلك الرجل الذي استمر في التقدم نحوه ببطء، وعندما أقترب من المحافظ المستند على جدار المكتب من الخوف، قال له..

ـ أنت لا تريد ان تقتلني بعد يا سيدي المحافظ، صدقني عندما أقول ذلك.

كان المحافظ يخشى على حياته الثمينة، ولم يرد الموت أبدا، ليس من شخصٍ كهذا، أستغل المحافظ الزاوية المكشوفة له من جانب ذلك الرجل وهرب مسرعا نحو الباب لكن كان ذلك الرجل أسرع بكثير ليمسك به ويرميه نحو طاولة المكتب من جديد، أقترب المجهول من أمام المحافظ المرمي على الأرض، ووضع يده في جيبه بينما كان المحافظ يترقب بخوف ما سيخرجه ذلك الوغد من جيبه، لقد

كان يرتجف خشية ان يخرج مسدسا ويرديه قتيلا، لكن ما أخرجه من جيبه كان أسوأ بكثير من ذلك. أخرج الرجل صورةً للمحافظ مع كلا من بوب هارنستن وجيفري ساندلر أثناء حصار فيكسبرغ، بينما كان جيفري يمسك برأسٍ مقطوع لسيدةٍ من السكان المحليين.

عندما رأى المحافظ تلك الصورة ضاعت منه الكلمات، لقد عاد كابوس الماضي ليطارده أخيرا، لطالما ظن انه قد نجى منه منذ زمنٍ بعيد، لكنه أدرك انه مخطئٌ الان، كان المحافظ يحارب دموعه لكيلا يبدو بمظهرٍ مثيرٍ للشفقة أكثر مما هو عليه الان أمام ذلك الرجل، الذي يحمل الصورة الوحيدة الكفيلة بتدمير حياته بالكامل، وعندما رد لسانه إليه، سأله وهو يشهق محاولا ان لا يبكي..

ـ كيف حصلت على هذه الصورة.. من أنت؟ ماذا تريد؟

نظر الرجل الى المحافظ باستياء، وركله في معدته ركلةً قوية بما فيه الكفاية لتجعل المحافظ يتقيأ عشاءه، اقترب الرجل من المحافظ الذي كان يئن متألما من الركلة، وجلس عند رأسه وراح يشد لحيته باتجاهه، وسأله بغضب..

ـ هل تذكر أسمائهم؟ ام ان منصبك هذا أنساك؟

ذرف المحافظ الدموع أثناء محاولته تذكر اسم تلك العائلة، لكنه لم يكن يعرف أسمائهم من الأساس، هز رأسه الى الرجل وهو يرتجف، فصفعه على وجهه وأمسكه من ياقته بينما بدأ المحافظ ينوح كالأطفال من الخوف..

ـ أنهم آل كلارك أيها اللعين.. هل تستطيع تذكر صرخاتهم وتوسلهم؟

بدأ المحافظ بالبكاء والنحيب كالأطفال، مما أثار حنق الرجل من منظره المثير للشفقة، فصفعه مرةً أخرى وصرخ في وجه..

ـ أجب عندما أتحدث أليك!

حاول المحافظ ان يبتلع غصته، ويستجمع أنفاسه ليخرج صوتا من جديد، وفي وسط تأتأته وتلعثمه، نطق أخيرا متوسلا الرجل ليصفح عن حياته..

ـ أنا أسف.. أرجوك لا تقتلني.. سأفعل أي شيء.. فقط اعفو عن حياتي.. أتوسل إليك..

قام الرجل من عند رأس المحافظ المثير للشفقة عندما سمع توسله، وبدأ يقهقه بشكلٍ غريب، كانت قهقهة مرعبة لا تبشر بالخير أبدا، وعندما سكت أخيرا، قال للمحافظ الذي كان جاثيا على قدميه..

ـ العفو.. يا لها من كلمةٍ ثقيلة لتخرج منك أيها المحافظ.

تمشى الرجل في أرجاء المكتب وجلس على الطاولة وتوكئ بكوعه عليها قائلا..

ـ لا رغبة لي في أموالك، في الحقيقة لا أرغب ان تفعل لي أي شيء.

بالكاد استطاعت قدما المحافظ ان تحملاه أثناء ارتجافه، وسأل الرجل بينما كان يمسح دموعه..

ـ إذا ماذا تريد؟

اعتدل الرجل من وضعيته على الطاولة، ثم رد على سؤال المحافظ المسكين..

ـ إليك ما ستفعله، وأصغي جيدا لأني لا أنوي ان اعيد كلامي مرةً ثانية، ستكتب خطابًا الى بلدة سيكرد فالي لتعيين ذلك الرجل القادم من نيفادا المسمى بلوبيز ميلتون كمأمورٍ لها، لا يهمني ما سيتعذر به، أعثر على طريقةٍ لأقناعه، كاستخدام ذلك الشاب الذي يرافقه مثلا لا أدري تلك مهمتك أنت، لكن يجب ان ينتهي المطاف به كمأمور البلدة، وستكتب شيكًا مزيفا بخمسين ألف دولار ولن توقع عليه، وسترسله بالبريد الى العنوان الذي سأكتبه لك، هل كلامي مفهوم؟

اوماً المحافظ رأسه كالكلب المطيع قائلاً..

ـ أجل يا سيدي، سأفعل ذلك بكل سرور.

قام الرجل من الطاولة، بعد ان كتب عنوان إرسال الشيك المزيف للمحافظ، ثم التفت اليه..

ـ أنت تعرف ماذا سيحل بك ان فشلت في شيءٍ بسيطٍ كهذا، صحيح؟

ـ أجل سيدي..

ـ جيد، إذا انتهى عملي هنا لليوم، لكني أعدك أنك ستراني مرةً أخرى، وأعلم ان رجالك لن يفيدوك بشيء لو حاولت ارتكاب أي حماقة، لذا من الأفضل لك ان تبقي الأمور سلسةً بيننا، وبالنسبة لذلك المدعو بفريدريك، فلن تراه مرةً أخرى، وتلك الوثيقة لن تصل الى الحكومة أبدًا.

خرج من الباب الامامي بكل بساطة غير مبالي بالحرس المنتشرين بالأرجاء، تاركا المحافظ متجمدا مكانه، أدرك ان عواقب جرائمه التي ظن انه هرب منها قد وصلت أخيرا، وأن حياته على وشك الانقلاب رأسا على عقب بسبب ذلك الرجل الغريب، لكنه لم يفهم طلباته الغريبة، لمَ قد يريد أحدٌ شيكا مزيفا لا فائدة منه؟ ولما يريد تعيين لوبيز ميلتون بالذات كمأمور لتلك البلدة؟ كانت لديه الكثير من الأسئلة، لكن ما كان له الا ان ينصاع لأوامره ليحافظ على سمعته، بل ليحافظ على حياته بالأصح.

أوين كوبر

ألاباما، تلك الولاية الرطبة ذات الشتاء الدافئ، جنة الهضاب وطيور اليلوهامر، وأشجار الصنوبر الشاهقة التي تزينها وتعطيها ذلك المظهر الباهر، فبالرغم انها قد عانت الكثير من الصعوبات والكوارث جراء الحرب الامريكية الكونفدرالية لاعتمادها على الزراعة في اقتصادها بشكلٍ أساسي، الا ان الولاية الملقبة بقلب ديكسي استطاعت ان تتجاوز هذه المصاعب وحافظت على جمال طبيعتها الخلاب، وقوة مزارعها واقتصادها.

دخل أخيرا حدود الولاية عن طريق رحلة القطار الطويلة والمملة، لم يكن يسعه التفكير ليتأمل جمال أزهار الكاميليا الباسطة على وديانها، فكان مشغولا بدغدغة مخيلته باللحظة التي سيلتم شمله ثانية مع حبيبته المفقودة فيونا كلارك، تلك الفتاة الجميلة التي كادت ان تنجيه من كوابيس الصيد، التي اختفت بكل غموض وسط ظروفٍ باعثة للشك، كاختفائها فجأة دون ترك أي أثر او كإنكار مأمور وايت ريفر انها قد عملت معه في وقتٍ من الأوقات، وإنكار السكان لوجودها كليا.

لماذا اختفت؟ ولماذا ينكر الجميع انها قد وجدت في يومٍ ما؟ هل هي حية؟ هل مازالت تتألم؟ ربما قد خرجت من البلاد بأكملها، او ربما مضت قدما وتزوجت رجلا آخر.. لا، لقد وعدتني انها ستنتظرني، لكن ماذا لو ظنت أني قد فارقت الحياة؟ والاهم من كل ذلك، كيف انتهى بها المطاف لتستنجد بديابولو سولتيرو؟ ما الذي قد يجعل فتاةً بريئة تستنجد بالشيطان نفسه؟

الكثير من التساؤلات كانت تدور في رأسه المتكئ على نافذة المقطورة، أملٌ مرتقب ممزوج بالخوف، فلم يستطع تصور العثور عليها ميتة، او ان لا يعثر عليها من الأساس، فكان يخاف ان تعاد دائرة اليأس تلك من جديد، وينتهي به المطاف بتجرده من الاماني والطموحات كرفيقه ثوماس ميلر الذي أعلن استسلامه منذ زمنٍ طويل، وان يستمر بالمشي داخل ذلك النفق الابدي ولا يلقى النور أبدا حتى يموت أخيرا وسط ظلمة الصيد، ولن يتبقى له الا برد ذلك النفق ليشعر به.

وصل أخيرا الى المحطة، وأخذ نظرةً سريعة على المكان، لم تكن المحطة مزدحمة، وكان القطار شبه خالي من الركاب، نزل وراح يسأل العاملين هناك مباشرةً عن فتاةٍ شابة كانت تدعى فيونا كلارك أتت الى هنا لتستقل قطارًا الى نيويورك اثناء حصار فيكسبرغ.

كان من الطبيعي ان لا يتمكن أحد من اجابته وتقديم المساعدة له في شأنها، فكيف لهم ان يتذكروا فتاةً محددة استقلت قطارا من هنا قبل ستة عشر عاما؟ جلس

ليستريح قليلا لكنه لم يفقد الامل، فقط يحتاج لراحةٍ قصيرةٍ وسيجارةٍ ليعيد ترتيب خطته، فقد وصل للتو، واثناء ما كان يدخن سيجارته، اقترب منه رجلٌ عجوزٌ يمشي بعكازٍ هرئ وجلس بجواره..

ـ هل تبحث عن أحدٍ ما أيها الشاب؟

لم يكن أوين بالمزاج المناسب للحديث مع عجوزٍ خرف لن يستطيع مساعدته، لكنه أعطاه فرصةً بسؤاله دون النظر إليه..

ـ وكيف يمكنك مساعدتي يا جدي؟

قهقه العجوز قهقهةً بحنجرته المتخشبة إثر مرور الزمن عليها..

ـ أنا مدير هذه المحطة يا بني، لقد عملت هنا لما يقارب الأربعين عاما.. سمعتك تسأل عن فتاةٍ ما جاءت الى هنا اثناء الحرب الأهلية، هيا.. حدثني عنها، ربما أستطيع مساعدتك.

أطفئ أوين سيجارته، والتفت الى العجوز، فقد يستطيع تذكر شيءٍ ما عن فيونا حقا كونه كان يعمل هنا أثناء الحرب..

ـ في الواقع أبحث عن فتاةٍ تدعى فيونا كلارك، هل سمعت بها من قبل؟

أخذ العجوز يعصر عقله بالتفكير في محاولة منه على التذكر، لكن للأسف، لم يكن دماغه قادرا على تذكر الاسماء القديمة، فقد نسى الكثير من الأشخاص الذين كانوا اهم بالنسبة اليه من فيونا..

ـ أسف يا بني، لست جيدا بتذكر الأسماء.

ظهرت تعابير الخيبة على وجه أوين، لقد ظن حقا انه وجدا الطريق الى فيونا، لكن يبدو ان عليه الان ان يبحث بنفسه في ارجاء ولايةٍ بأكملها عن خيطٍ يقوده الى حبيبته المفقودة، التفت الى العجوز وشكره بامتنان على محاولته لتقديم المساعدة، كان أوين بائسا ومحطما جدا، لكن العجوز لم يكن راضيا بترك ذلك الشاب حزينا وخائبا، فوضع يده على كتفه قائلا..

ـ ما رأيك ان تصف لي شكلها؟ ربما أستطيع تذكر ما قد شهدته عيناي من قبل.

أخذ أوين شهيقا وزفيرا، ثم نظر الى العجوز بتأمل وقال..

ـ انها فتاة ذهبية الشعر، خضراء العينين، بارزة الوجنة، ويوجد على رقبتها وحمةٌ واضحة.. أرجوك يا سيدي، قل لي أنك تتذكرها.

سرح العجوز ليسبح قليلا في ذكرياته، حاول الضغط على عقله قدر المستطاع ليتذكر أي شيءٍ حول فتاةٍ تحمل نفس هذه الصفات، وبعد دقيقة من ترقب أوين ومحاولة العجوز ان يستخرج تلك الذكرى، نطق العجوز أخيرا راسما على وجه تعابير التذكر المعروفة..

ـ بالفعل! أتذكر فتاةً بتلك المواصفات بالضبط، وكانت لديها تلك الوحمة على رقبتها التي كانت تطل بين شعراتها الذهبية، كانت ما تزال الحرب الأهلية في أوج ذروتها، وكان يبدو عليها التعب مما شاهدته اثناء الحرب، جاءت الى المحطة من ناحية فيكسبرغ، لكني لا أعرف اسمها، فمن اشترى لها التذكرة كان شخصًا مرافق لها، وليس هي.

قفز أوين من مكانه من شدة الفرح، لقد تذكرها ذلك العجوز بالفعل، لكن مهلاً.. شخصٌ مرافق لها؟ هل كان ذلك المرافق هو ديابولو سولتيرو؟ جلس أوين أمام أقدام العجوز الجالس على كراسي الانتظار الخشبية، وسأله..

ـ من كان مرافقها يا سيدي؟ هل تستطيع تذكره؟

ـ أه أجل بالطبع، لقد كان مشهورا حينها لكني لا أستطيع تذكر اسمه بالضبط.. أظن ان اسمه كان.. شيءٌ ما.. داستن، على ما اعتقد..

تفاجئ أوين من كلام الرجل العجوز، داستن؟ هل كان جون داستن مرافقا لها؟ لكن ذلك مستحيل، فحينها جون كان طفلا صغيرا.. ربما كان والده، جوليو داستن..

قاطع العجوز أفكار أوين وأكمل حديثه..

ـ أذكر ايضا ان نفس ذلك المرافق استقبلها من نيويورك بعد عدةٍ سنين، وكانت قد أصبحت شابةً جميلة، واتجهوا سويا نحو بلدة وايت ريفر بولاية كاليفورنيا.

زاد العجوز الأمور تعقيدا على أوين، فلا يمكن ان يكون جون الذي رافقها لأنه كان مجرد طفلٍ صغير وقت حصار فيكسبرغ، ولا يمكن ان يكون والده جوليو لأنه سيكون قد توفى في نفس سنة الحصار، ولا يمكن ان يستقبلها مجددا بعد عدة سنوات.

على الرغم من تفاقم تعقيد لغز فيونا كلارك وعلاقتها بديابولو سولتيرو، الا ان أوين أصبح يعرف وجهته القادمة للبحث عن عشيقته فيونا، فلا بد ان جون لديه الكثير ليقوله بشأنها. قام أوين من مكانه وكان الامتنان يملأ فؤاده تجاه ذلك العجوز..

ـ حسنا يا سيدي، لقد صرت في غنى عن إضاعة وقتي بالبحث في ارجاء الولاية بأكملها، والفضل يعود لمعلوماتك القيمة، أنا مدين لك حقا.

ضحك العجوز وصافح أوين الممتن، ورافقه الى قطاره العائد به الى كاليفورنيا، وقبيل رحيله أخبره العجوز عن معلومةٍ أخرى تذكرها لتوه قد تهمه..

ـ تذكرت شيئا أخر يا سيدي، كانت تلك الفتاة تحدث مرافقها باستمرار عن شيءٍ ما اسمه ويتني، لا أعرف ماذا كان بالضبط، لكن قد تستفيد من هذه المعلومة

في البحث عن رفيقتك.

غادر القطار بأوين كوبر متجها الى سيكرد فالي، وأصبح في باله المزيد من الأسئلة ليجيب عليها، كعلاقة فيونا مع ذلك الفرد المجهول من عائلة داستن، وذلك الويتني الذي كانت تتحدث عنه باستمرار، لكنه كان مسرورا رغم كل شيء، فقد أحرز تقدما بكل تأكيد، ولم يعد مخذولا خاوي اليدين كما كان يخشى، فكان مؤمنا ان جون سيكون المفتاح لحل لغز فيونا كلارك، فأينما تكون هي الان، فمازالت داخل ارجاء كاليفورنيا.

"لقد انتظرت لوقتٍ طويل.. تساقطت الجثث حتى تكدست من أمامي بينما كنت نائمة.. أثناء انتظاري لعودته، آمالي تبددت، وأحلامي تعفنت.. لكنني متأكدة، أنه سيحقق وعده في النهاية ويعود إليّ قريبًا.. فهو الرجل الوحيد الذي أحببته بحق"

صوت الضريح

ثوماس ميلر

هل كان يعرف تلك السنوات التي كان يشعر فيها بالسعادة؟ ام انه كان ينتظر حتى يُحتضر ليدرك أخيرا ان تلك السنوات السعيدة قد جاءت وانقضت بالفعل؟ لأن هناك شعورا لم يلحظه أبدا، شعور ان حياته قد ضاعت وانزلقت من بين يديه، وكأن الغد لن يأتي ابدا.

ربما أكتسب الحكمة، وحصل على الخبرة أثناء مشواره الطويل بالصيد، لكنه لم يتغير أبدا، او بالأصح.. أتيحت له العديد من الفرص ليتغير لكنه رفضها جميعها، قد يكون ذلك بسبب خوفه من ضياع مشاعر الكره تجاه والده، فلا يجد أحدا يحمله مسؤولية فشله الدائم.

كان الحل أمامه طوال الوقت، لكنه كان يراقبه من بعيدٍ فقط، منتظرا ظهور الطريق الخاطئ ليسلكه، ثم يرمي اللوم على أي شيءٍ سوى نفسه، قد يكون عناده خطيئةً بالفعل، لكن فشله الحقيقي كان رفضه ان يمضي قدما.

ربما حان الوقت ليلتقط تلك الريشة ويكتب فصلا جديدا من حياته المثيرة للشفقة، فربما ماتزال الفرصة سانحةً له ليصحح كل شيء، ليعيد كتابة نفسه، فلم يعد لذلك الشخص أي فائدةٍ ترجى من وجوده. في الواقع، لم يكن هناك فائدة ترجى من وجوده على الاطلاق. الرجل الوحيد الذي تذوق شراسة الصياد ثوماس ميلر الحقيقية.. كان ثوماس ميلر نفسه.

ـ وأنا الذي ظننت أني تخلصت من هذا الكبرياء الصبياني..

لوبيز ميلتون

حضرت له قهوته المعتادة، وجلست امام مكتبه بينما كان يقرأ جريدته اليومية متعقبا أي خبرٍ عن ديابولو، أرادت ان تفتتح الحديث معه حوله لكنها كانت مترددة، فكانت تلك الأفكار المستمرة عن ديابولو سولتيرو مجهدةً جدا للمأمور، ولم ترد ان تزعجه به في فترة راحته، لذا حاولت فتح الحوار بمحادثة بسيطة لتمهد الى موضوع ديابولو..

ـ كيف كانت تبدو نيفادا يا سيدي؟

كان ما يزال يقرأ الجريدة، بينما يحتسي القهوة، فوضع الكوب على الطاولة وقال..

ـ أحيانا أتمنى لو أني لم اغادرها قط، فكنت امتلك كل شيءٍ هناك، العلاقات، الاحترام، المال وحتى الرفاق، كما انها تتسم بطبيعة جميلة، لكن ما عسانا نفعل؟ أحيانا نضطر ان نخطو خارج حدود راحتنا لنمضي قدما.

ـ أجل..

أنزل جريدته قليلا لينظر اليها، كان من الواضح على وجهها ان هناك ما يشغل تفكيرها، لكنها لم تستطع البوح به ببساطة، فطوى الجريدة ووضعها جانبا وسألها..

ـ ما الأمر يا جوليا؟ هنالك شيءٌ تريدين قوله، صحيح؟

ارتبكت الانسة جوليا من حذاقة المأمور وردت في توتر..

ـ في الحقيقة أردت ان اسألك عن ديابولو يا سيدي، هل من أخبارٍ جديدة عنه؟

كان اسم ديابولو مريرا جد على لسانه، مزعجًا لأذنه، لكن كان من واجبه كمأمورٍ ان يجيب على أسئلة الناس بخصوص المطلوبين ويطمئنهم، لذا تنهد في ضجرٍ ورد عليها..

ـ ديابولو يختفي فجأةً كما يظهر فجأة.. سأعترف، وجوده في ارجاء البلدة دون ان يقوم بأي حركةٍ ضدنا شيءٌ يبعث الخوف، فلن ينتظر كل هذه المدة والفرصة سانحةً أمامه الا لأنه يخطط لشيءٍ كبير، فقد أثبت مرارا وتكرارا انه يستطيع اختراق كل دفاعاتنا ضده، لكنه لا يقوم بأي شيءٍ ضدنا، كأنه يستعد لضربةٍ قوية.

لم تكن جوليا من النوع المتشائم من النساء، ولم تتقبل رؤية المأمور قلقا هكذا، لذا قالت له في محاولةٍ للتخفيف عنه ورفع معنوياته..

ـ حسنا انا متأكدة من ان ديابولو سيلقى ما يستحقه في النهاية، فأنا وسكان البلدة نؤمن بك وببقية الرفاق، ما علينا الا ان نحافظ على رباطة جأشنا، وان لا نخاف منه لان ذلك سيزعزع ثباتنا وسيخلق نقطة ضعفٍ ليهاجمها ديابولو.

لم تكن جوليا الخرقاء تعلم أي شيء عن ديابولو سولتيرو، فهي لم تكن حاضرة في ذلك الاجتماع، ولا تعرف دوافعه وأهدافه، بل لا تدري حتى عن جرائم والدها، بل والاسوأ، لا تعرف أبدا ان ديابولو كان مسيطرًا عليهم تماما، وله اليد العليا حاليا في هذه المعركة. لكن ما لفت انتباه المأمور نحو كلامها هو حديثها عن الخوف، فوضع كوبه على الطاولة واستند بأيديه نحوها وقال بكل جدية..

ـ لا يا جوليا، السبيل الوحيد لننجو ممن هم أمثال ديابولو هي ان نخاف منه، يجب ان نرتعد من شخصٍ مثله، ولا نغتر بأنفسنا، فنحن لم نواجه ديابولو بشكلٍ مباشر حتى الان، ولا نعرف الى أي مدى هو خطيرٌ فعلا.

لم تقتنع جوليا بما قاله المأمور، في مواقفٍ كهذه يجب ان يبقى المرء إيجابيا قدر المستطاع، لا ان يرتعد ويتشاءم، خصوصا في موضع القائد حيث المأمور، لذا ردت على كلامه بالرفض..

ـ لكن يا سيدي، الا يجب ان نبتعد عن التشاؤم والسلبية الان؟ خصوصا انت، نحن نعتبرك كقائدٍ لنا.. فلو شرد الراعي تشتت القطيع، اليس كذلك؟ ولا تنسى اننا نملك السيد داستن والسيد ميلر في صفنا، من المحال ان يتمكن منا ديابولو وهم يقفان في وجهه.

ـ عملي يا جوليا هنا هو ان أكون واقعيا، او كما يقول الفلاسفة المغفلون "متشائما" فالآمال الكاذبة هي ما يريدنا ديابولو ان نتبعه، يريدنا ان نتحامق ونغتر بأنفسنا ونستهين به، هذا الكائن غريبٌ تماما، ولا نفهم عنه أي شيء، وسأكون صريحا، لم يسبق لي ان عملت لإيجاد مجرمٍ يمتلك عبقريةً كعبقرية ديابولو، بل أشعر أني لست ندا له، لذا وجب علينا ان نخاف منه ان أردنا النجاة.

أثار كلام المأمور غيظ الآنسة جوليا ساندلر، كان يشعر بالضعف تماما أمام ديابولو، لم تقبل أبدا ان يكون قائدها جبانا، لذا قامت على المأمور وقالت له بغضب..

ـ إذا ما تقوله هو ان نكون جبناء؟ في رأيك ماذا سيقول سكان البلدة عندما يسمعون ما تقوله؟ هل تستطيع تخيل كمية الجزع التي ستعم في الارجاء عندما يعرفون قلة حيلة أملهم الأخير في مواجهة ذلك المختل؟

ـ جوليا..

ـ لا أريد ان يمر أي احدٍ بما مررتُ به، ما ذنبي انا حتى أرى اخر من تبقى من عائلتي يتعرض للقتل بهذه البشاعة؟ لم يكن أبي ليتجرأ على إيذاء أي أحد، بل عاش بعيدا في الغابة لكيلا يسبب للناس المتاعب، وفي النهاية يقتل بهذه الطريقة؟ ذلك السفاح الذي قتله وعذبه يسير بين الناس الأبرياء الان، الناس اللذين يؤمنون

بك ويثقون بأنك ستشنق ذلك الوحش بالنهاية، بينما تجلس هنا وتتذمر، أجمع شتات نفسك وكن رجلا!

ترك المأمور ميلتون الصمت يخيم في انحاء المكتب لتخف هالة الجزع المحيطة بجوليا بينما ينظر في عينيها، ينظر اليها شاعرا بالاسى لمدى جهلها بما يقع فعلا مع ديابولو، فلم تعرفه حق المعرفة حتى الان، وبعد دقيقةٍ من الصمت المريب، قال ردا عليها..

ـ هل تعرفين كم عمري يا انسة جوليا؟ .. سبعٌ وخمسون عاما، هل تعلمين كيف بقيت حيا طول هذه السنين؟ .. الخوف.. كان الخوف هو السبب الوحيد لبقائي على قيد الحياة، وهو السبب الوحيد الذي يبقينا جميعا على القيد الحياة، فهو غريزة في جميع المخلوقات الحية، نعرفها باسم غريزة البقاء.. فالحمقى "الشجعان" هم الذين كانوا يموتون نيابةً عني طوال تلك السنين، هل تعرفين من الذي كان يقرر ان عليهم ان يذهبوا الى المعركة ويموتوا؟ .. أنا، لأني كنت خائفا ببساطة، فأنا لا أستطيع استخدام السلاح ظنا مني أني كنت أخاف حمله لكيلا أقتل روحا فتتلطخ يداي بالدماء، لكن الحقيقة كانت عكس ذلك، فلقد قتلت الكثير من رجالي بنفسي، أحدهم كان صيادا يدعى شون هالواي، لقد كان يقيم بالبلدة قبل ان أرسله ليتقفى أثر ديابولو سولتيرو بأحد مزارع بعض السكان الذين ادعوا انهم لمحوه، لكنه اختفى تماما ولم يتم رصد أي أثر له حتى اليوم، لكن مؤخرا.. وفي أثناء قراءتي للرسائل الذي وجداها أوين وثوماس، رأيت رسالةً بلا مصدر، يبدو انها من صيادٍ يكتب كلماته الأخيرة، لقد كانت رسالةً قصيرة، لكن محتواها كان مفزعًا، مليئا باليأس والانهزام، لقد خطر ببالي شخصٌ واحد حينها، وهو شون الصياد الي أرسلته الى مثواه الأخير، لذا فيداي ملطختان بدماء رجالي والصيادين وغيرهم من الذين دفعوا ثمن جبني، بل مازلت أستطيع رؤية جثثهم في ارجاء هذه الغرفة، وأسمع صرخاتهم وأنينهم بينما يلقون اللوم على عاتقي لقتلهم، كان من المفترض ان احميهم لكني كنت ارسلهم الى مثواهم الأخير بينما انا جالسٌ على مكتبي وأحتسي القهوة، ولماذا؟ ببساطة لأني كنت أخاف ان احمل السلاح فأتعرض لإطلاق النار، فأتألم، فأموت، لذا كنت دائما أختبئ هنا، وأترك من هم أمثال ثوماس ميلر وأوين كوبر ليموتوا نيابةً عني، قد يقولون لي ان هذا هو عملي واني افعل ذلك لأسباب نبيلة ومن أجل المصلحة العامة ومن هذا الهراء في محاولةٍ للتخفيف عني، يا للدناءة، فحتى هم يملكون حيواتًا ويستحقون عيشها، لكن ان كان الأمر يجب ان يسير هكذا فاليكن إذا، سأترك الجثث تتكدس من تحتي لتصعد بي عاليا حتى أصل لباب النعيم.

لم يكن لجوليا أي شيء لتقوله ردا على لوبيز، لم ترد ان تجادله أكثر، فكان

واضحا لها انه يتألم باستمرار بوجود ديابولو او عدم وجوده، لم تكن تعرف ان تلك المحادثة قد تنتهي بهذا الشكل، لكن بعد كل شيء كان المأمور على حقٍ فعلا، فالخوف هو السبيل الوحيد للنجاة من جحيم ديابولو سولتيرو، فأي شخص يغتر بنفسه سينتهي به المطاف ضحيةً سهلة لأنيابه الضارية..

ـ المعذرة يا سيدي، لم أقصد..

ـ لا عليك.. أنسي الأمر فحسب.

عاد لوبيز ليحتسي قهوته ويقرأ جريدته من جديد، محاولا عدم اظهار رهبته امام الانسة، فذكر أمر الجثث وصرخاتها جعلتها تظهر أمامه في انحاء المكتب من جديد، يستطيع سماعهم، تلك الجثث تلومه على موتها بسبب جبنه الان، بينما كان يحاول جاهدا ان لا يبدي أي ردةِ فعلٍ مريبة أمام الانسة. ولوهلة، اقتربت بعض الجثث منه وهي تصرخ عليه بغضب..

ـ لوبيز، بأي ذنبٍ أمرتنا ان نذهب الى الميادين ونموت؟

ـ لوبيز، ماذا عن أطفالي؟ هل اعتنيت بهم بعد ان حكمت بموتي؟

ـ لوبيز، هل سيكون هنالك المزيد لتأمر بقتلهم؟

ـ لماذا ليس أنت يا لوبيز؟ لماذا لا تذهب وتموت انت يا لوبيز؟

ـ لماذا دائما يعود الفضل لك لوبيز؟ لوبيز... لوبيز.. لوبيز، لوبيز!!

ـ لوبيز!

أفاق المأمور فزعا من صوت جوليا التي كانت تناديه ليفيق، لقد حل الليل بالفعل، يبدو انه قد فقد الإحساس بالوقت وغط في النوم، ام ان تلك الأشياء تمكنت من عقله العجوز من جديد، ألتقط أنفاسه، ومسح عرقه الذي اكتسى جسده به اثناء نومه، وقال للآنسة التي كانت قلقة عليه..

ـ أجل يا جوليا.. ما الأمر

ـ هل أنت بخير؟ تبدوا مريضا، فأنت لم تتحرك من كرسيك منذ محادثتنا بظهرية اليوم، هل تحتاج الى ان أحضر لك الطبيب؟

ـ أجل أجل يا جوليا.. أعني لا.. انا بخير، لا داعي لأن يأتي الطبيب.

ـ آمل ذلك، لقد وصلت هذه رسالة من أوين كوبر للتو.

أخذ المأمور الرسالة وقرأها، يبدو ان أوين قد أنجز مهمته بالفعل وهو الان بطريق العودة لسيكرد فالي، كان المأمور متأملا لأي معلومات قيمة يحملها أوين قد تقودهم الى مصير فيونا كلارك، فهي سبيلهم المباشر الوحيد الذي سيقودهم الى ديابولو سولتيرو.

طلب المأمور من جوليا ان تخبر النائب أدم ان يستدعي الجميع فور عودة أوين الى اجتماعٍ سري آخر، فسوف ينتقلون الى المرحلة التالية من مواجهتهم مع

ديابولو المختفي فور عودته. أدرك انه ما يزال عليه ان يرسل عددا من الأرواح الى مصرعها، مما يعني زيادةً في عدد تلك الأصوات والجثث المتناثرة في مكتبه، لكن ان انتهى الامر بهزيمته لديابولو سولتيرو وتخليص البلدة من رعبه، سيقف وسط كل ذلك فخورا في النهاية.

"انهم يعرفون انني أملك كل شيء.. انا أسف يا فيونا.. أقسم انني نادم على كل ما فعلت.. حاولت التكفير عن خطاياي عن طريق إسقاطهم جميعا، لكن قد قضي الأمر، مهما حصل.. يجب ان لا ينجوا بفعلتهم، أنتِ هي أملنا الأخير"

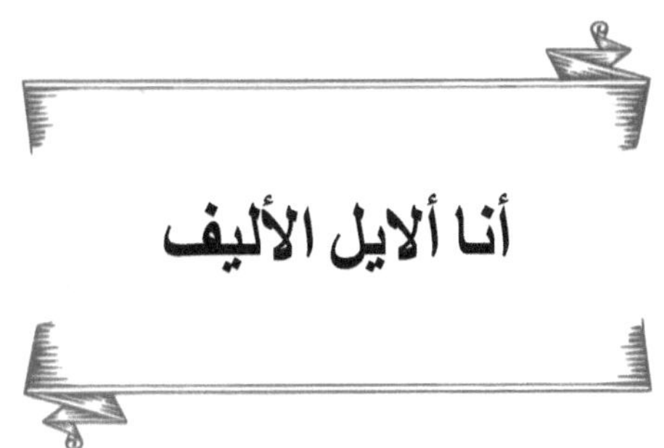
أنا ألايل الأليف

جون داستن

كنيسة القديسة لوسي الكاتدرائية، أكبر وأجمل كنيسة بأنحاء كاليفورنيا، والتي تقع على محاذاة نهر الروسي العظيم، متباهية بطرازها القوطي القديم العائد لما قبل الاستقلال، وعمارتها التي تكاد ان تكون معجزةً حقيقية.

كانت تلك الكنيسة هي المأوى الوحيد له ولابنته بعدما أحرق حفنةٌ من الصيادين الانذال مزرعتهما الصغيرة محاولين قتلهما للحصول على الجائزة المطروحة مقابل رأسه، ولحسن حظه هو وابنته، فتحت الكنيسة أبوابها مرحبةً بهما حيث كان له الكثير من المعارف وأصدقاء الطفولة الذين يعملون هناك ويعيشون فيها، وقد وفروا له ولابنته الصغيرة غرفةً ليسكنوا فيها، وليستطيع جون تربية ابنته اليتيمة في أمان.

كان جون كثير الخروج لإنجاز بعض الاعمال الغامضة، فلم يكن يتواجد كثيرا بالكنيسة، وعندما تسأله صديقته القديمة سيلينا مارسيل عن وجهته يكون رده المعتاد "سأذهب لأحصل على بعض المال الذي يدينه لي البعض" ويغادر مسرعا، وفي بعض الأحيان يستغرق الامر أياما، بل أسابيع حتى يعود جون الى الكنيسة مجددا.

وفي صباح أحد الأيام خرجت ابنته يونا داستن تلعب مع صديقة والدها سيلينا بأحد حدائق الكنيسة، وفي أثناء لعبهما، لاحظت سيلينا وجود جون بأحد زوايا الحديقة ينظر إليهما بعد ان غاب لمدة شهر، قد عاد للتو من أحد رحلاته المجهولة متلهفا ليرى ملاكه الصغيرة، لاحظته سيلينا يقف متبسما اثناء مشاهدتهما، فنادت يونا التي كانت تجري وتلعب بين الأزهار الأرجوانية..

ـ يونا أنظري! لقد عاد والدك!

نظرت يونا الى الجهة الأخرى ورأته واقفا هناك، لم تتمالك نفسها وجرت مسرعة نحوه وهي تناديه متلهفةً لحضن والدها، وعندما وصلت عنده رمت نفسها في أمان ذراعيه، ودفئ صدره.

اقتربت سيلينا من الاثنان اللذان كانا يحظيان بأجمل لحظات عمرهما ورحبت بعودة جون الذي شكرها بحرارة على الاعتناء بابنته الوحيدة، ثم غادرت لتترك الاثنان يستمتعان ببعض الوقت بمفردهما.

جلسا في الحديقة وسط الازهار الارجوانية، يتحادثان عن القصص التي خاضاها طوال فترة ابتعادهم عن جوار بعضهما، وبينما كانت تتكلم عن الوقت الممتع التي كانت تمضيه مع سيلينا لم يتمالك جون نفسه وابتسم ابتسامةً صغيرة لم يستطع اخفائها، بينما كانت عيناه تعانق ابنته يونا التي كانت تضع بعض الأزهار على شعرها، كما كانت تفعل أمها له، انتبهت يونا الصغيرة لابتسامة

..والدها الجميلة وقالت ضاحكة
ـ بابا! لقد ابتسمت!
ـ ما الذي تتحدثين عنه؟
ـ بلى لقد ابتسمت!
ـ ومتى حدث ذلك؟
ـ قبل خمس ثوانٍ.
ـ لا لقد مرت ست ثوانٍ الان، أي أني لم أكن ابتسم قبل خمس ثوانٍ.
ـ لكنك ابتسمت..
ـ تلك لم تكن ابتسامة، بل بسمة، هناك فرق، فالابتسامة تحدث هكذا!
دغدغ جون ابنته لتغرق بالضحك وتتلوى بين الأزهار الباهية، ثم أنتظرها
لتلتقط أنفاسها وتجلس بجانبه من جديد، كان متحمسا لينقل لها الخبر السعيد الذي
أنتظر أسابيع حتى يبشرها به، وبعد ان قامت يونا، توكئ والدها بجانبها وقال لها..
ـ اسمعي يا صغيرتي، هل تريدين ان يكون بابا معكِ دائماً؟
جلست يونا على ركبتيها وتمسكت برداء والدها الفاخر، وقالت له وهي تئن
مترجيةً إياه..
ـ اجل! ارجوك يا بابا لا تغادر، فأنا اشعر بالوحدة هنا.
سحبها جون قريبا من صدره، وقال لها بحماسة..
ـ حسنا إليكِ الاخبار السعيدة، سيغادر بابا قريبا لمهمةٍ أخيرةٍ، وعندما يعود
ستغادرين معه بعيدا خلف تلك الجبال العالية، وسنعيش معا بين السهول
الخضراء الجميلة، ولن يغادر بابا بعدها ابدا.
ـ هل سنعيش هناك الى الابد؟
ـ الى الأبد..
ردد جون بتوقٍ حزين، متذكرا وعده لزوجته الراحلة، الذي قطعه لها عندما
كانا صغارًا في بستانٍ جميل مثل هذا، نظر الى يونا التي كانت نسخةً طبق
الأصل من والدتها، النظر الى وجهها كان كافيا ليحرق قلبه بالحزن على زوجته،
ويثلجه بالراحة والطمأنينة لوجود ابنته العزيزة بجواره، مدت يونا يدها الى يد
أبيها حتى تعانقت أصابعهما، وبدمعةٍ تلألأت على خد والدها، قطع لها وعدا كما
فعل لوالدتها سابقا..
ـ اجل يا عزيزتي الى الابد.
عانقت يونا والدها عناقا طويلا ليته لم ينتهي، شعر جون أن زوجته
تثار كهما ذلك العناق، وبعد ان مسحت يونا دموعها بصدر والدها، راحت تقطف
احد تلك الزهور الارجوانية ووضعتها بين خصل شعر أبيها، كما كانت تفعل مع

أمها الراحلة، عانقها والدها من جديد، ليذكر نفسه بأن يعود مهما كلف الامر،
ليمضي ما تبقى من أبديته بجوارها، ويحقق وعده لأنابيل أخيرا.

أدم جرين

كان ضباب تلك الليلة كثيفا على غير العادة، ولم يكن يستطيع التمييز بين رجال القانون الذين كانوا يرافقوه في دورته وأي شخصٍ مريب قد يتجول في هذا الوقت، لكن لا بأس، فلطالما أحب الضباب، كان لوبيز العجوز يخبره في صغره ان الضباب هو عبارة عن غيومٍ تنزل الى الأرض، لقد كان ساذجا ليصدق شيئا كهذا، لكنه صدقه لأنه أراد ذلك، أراد ان يشعر انه يسير شامخا بين الغيوم لكن الوقت تأخر الان لتخيل أمورٍ كهذه، فقد انتهت دورته بالفعل، وعليه ان يعود ليأخذ قسطا من النوم قبل طلوع الفجر..

- حسنا يا سيدي النائب، لقد انتهى وقت دورتنا نحن ذاهبون الان.

استأذنه رجاله ليغادروا الى منازلهم، فقد تأخر الوقت ومازال الضباب يثقل شيئا فشيئا، ولم يكن هناك مجرمٌ أحمق بما فيه الكفاية ليتسبب بالمتاعب في اجواءٍ يكاد لا يرى فيها شيئا، فأعطاهم الاذن بالرحيل، دون ان يرجع معهم، فهو سيبقى وحيدا في أرجاء البلدة، قلق رجاله عليه، فمن الخطر التجول وحيدا في وقتٍ كهذا..

- ماذا عنك يا سيدي؟ لقد أنتهى الوقت، ولا يوجد أي جدوى من الاستمرار بالدورة وسط هذا الضباب، هل سوف تستمر بالعمل؟

- لا تقلقوا بشأني، سأتجول قليلا فحسب، فأجواء كهذه تستهوي مزاجي.

- حسنا يا سيدي، خذ حذرك.

رحل رفاقه وبقي وحيدا وسط الضباب، يتجول ويتذكر تلك اللحظات الجميلة التي قضيها مع الشخص الوحيد الذي أنعش حياته وبعث فيه الطموح والأمل، لطالما كان لوبيز بمثابة الأب الصالح بالنسبة له، من العار ان لا ينجب رجلٌ مثله أي أبناء ليخلفوه، ويرثوا ذكاءه وقلبه الكبير.

تجول لمدة نصف ساعة، قبل ان يغلبه الملل والنعاس، ربما حان الوقت للرحيل أيضا، فسيعود أوين من رحلته غدا، ويجب ان يكون مستعدا للاجتماع، ألتف بجواده ليعود أدراجه، لكن لفت انتباهه فجأة دخانٌ أسود يتصاعد الى السماء، كان شديد السواد ليميزه بين الضباب، هل هذا حريق؟ لم يكن لديه الوقت ليفكر وانطلق بسرعة نحو مصدر الدخان.

وصل لمنبع ذلك الدخان، وجد نار مخيمٍ صغيرة تشتعل، لكن النار ما زالت لم تلتهم شيئا من الحطب، مما يعني انها قد أشعلت للتو، بدأ الامر يصبح مريبا، فمن يشعل نارا بهذا الوقت ويتركها وشأنها؟ كانت الكثير من التساؤلات تطرح في دماغه، لكن سرعان ما رأى دخانا آخر يصعد الى السماء في الناحية الأخرى من البلدة، هل هذا مقلبٌ من نوع ما؟

أخمد النار التي كان عندها بسرعةٍ وانطلق مباشرة نحو مصدر الدخان الثاني، استغرق بعض الوقت ليصل الى هناك لضيق مجال رؤيته، وعندما وصل كانت النار قد انطفأت بالفعل، كانت نابعة من نار مخيمٍ أخرى، وقد تكرر ما حصل قبل قليل، نارٌ لم تأكل من الحطب شيئا وقد تركت وحدها، لكن تلك النار قد أخمدت قبل لحظاتٍ من وصوله، هل كان هناك شخصٌ يحاول استدراجه؟ ولكن انى لشخصٍ ان يشعل نارين في أماكن متباعدة في البلدة في نفس الوقت؟

كان يحاول ان يفكر كيفما يفكر ذلك المأمور العبقري ليستنتج ما الذي كان يحدث معه بالضبط، كان الهدوء يعم في البلدة ولم يكن هناك أي صوتٍ غريب،

لكن بصره قد لمح مصباحا اشتعل فجأة خلف الضباب، كاشفا القليل من هيئة حامله، الذي كان يقف بعيدا دون حركة..
- من هناك؟
صرخ على ذلك الرجل الواقف بعيدا، لكن ذلك الرجل لم يبدي أي حركة او رد فعل، فصرخ عليه مرةً ثانية..
- انا نائب مأمور البلدة آمرك ان تأتي الى هنا وتكشف عن نفسك!
مازال ذلك الغريب واقفا هناك بلا أي حركة، ولم يكن بإمكان النائب ان يبصر من ملامحه أي شيء، فقد كان بعيدا ويرتدي ملابس سوداء بالكامل، امتطى جواده واخذ يسير ناحيته ببطء وحذر..، وصرخ كرةً أخرى
- هل أنت من أشعل النيران؟
ومرةً أخرى لا استجابة من ذلك الرجل المجهول، توقف حينها أدم في مكانه وأدرك ان الواقف أمامه رجلٌ مشبوه، لذا عليه ان يبلغ المأمور، ولا يتصرف من تلقاء نفسه كما حذره، فاستدار متوجها الى مكتبه.
"ابحث عن الحقيقة بنفسك، وستجد الإجابة هناك" خطر كلام جون في باله،
ماذا لو ذهب ليواجه ذلك الرجل بنفسه ويكشف هويته؟ ماذا لو أمسك ذلك الرجل وسلمه للمأمور؟ هل هذه هي فرصته ليثبت نفسه كما قال له جون؟ التفت الى الرجل مجددا، ووجده ما يزال واقفا هناك، كان يريد ان يمسك به بشدة، بدأ بتخيل تعابير المأمور عندما يسلم له هذا المجهول، ماذا لو كان ذلك هو ديابولو؟ انها لفرصةٌ ذهبية ليمسي بطلا من ابطال الولاية، لكن اليس من الحماقة مخالفة أوامر المأمور والمخاطرة بمواجهة ذلك القاتل؟
كان التردد والتفكير على وشك ان يقوده الى الجنون، كان يتأرجح بين أوامر المأمور وكلام جون عن الثقة بنفسه وبقدراته، كان التفكير يسبب له صداعا، لذا لم يحتمل أكثر، لقم بندقيته وانطلق بأقصى سرعة ناحية ذلك الرجل بدون أي تفكير، لاحظ المجهول تقدُم النائب أدم جرين بسرعة جنونية نحوه، فامتطى حصانا كان بجانبه وانطلق هاربا..
- توقف عندك!
صرخ أدم عليه بينما كان يطارده، لكن حتى بعدما حزم قراره بإمساك ذلك الغريب مازال عقله يفكر بشأن ما كان على صدد فعله، كان هناك صوت بداخله يأمره ان يتوقف في الحال ولا يرتكب أي حماقة، لكنه كان يرفض ذلك الصوت ناصبا الرجل المجهول في مرمى بصره والغضب يشتعل من عينيه جراء كل المتاعب الذي سببها له ديابولو سولتيرو.
استمرت المطاردة حتى خرجا من البلدة الى ظلمة السهول الواسعة، فازدحام

الغابات بالشجر ، حتى دخلا منطقةً نائية، كانت الرؤية تصبح أصعب مع ابتعادهم عن أضواء البلدة، واختباء القمر المنير خلف الغيوم، لكنه كان يستطيع تمييز مصباحه بالأفق، بينما يتحدى العقبات التي تظهر في طريقه فجأةً وسط الضباب من شجرٍ وحفر وصخور.

ومع استمراره لمطاردة ذلك المجهول، بدأ يظهر قصرٌ كبير في ارجاء تلك المنطقة النائية، انطلق ذلك الرجل نحوه بسرعة، وعندما وصل عند عتبة باب ذلك القصر القديم نزل من جواده وجرى مسرعا الى الداخل، وصل أدم خلفه وتوقف ليلقي نظرةً على ذلك القصر، كان كبيرا جدا، وقديما مهترئا كأن البشر لم يقتربوا منه لعصورٍ من الزمن

بدأ صوت عقله بالصراخ محذرا إياه من خطورة ما يفعل، لكنه قطع كل تلك المسافة بالفعل، لا يمكن ان يعود الان، ليس بعدما قطع وعدا لنفسه بان يبقى بجانب المأمور حتى آخر نفسٍ له، فإما الان واما فلا، جهز بندقيته ومصباحه وتقدم نحو ذلك باب القصر.

دخل القصر وراح يبحث عن ذلك الرجل بكلِ حذر ، وأول شيءٍ لاحظه عند دخوله هو رائحة القصر النقية والمنعشة، فرغم قِدمه الا انه كان يبدو نظيفا، ولم تكن هناك أي روائح مزعجة كما كان يتوقع، لكن ما صعب أمر البحث عليه بالفعل كانت خطواته، فقد كانت خطواته تصدر صريرا قويا جراء تآكل الأرضية الخشبية.

كان الدور الأرضي كبيرا جدا وواسعا يسوده الظلام المرعب، لذا اتجه الى الدور العلوي مباشرةً لوجود ضوءٍ ما هناك، بدأ يصعد الدرج الذي كان يتوسط صالةً كبيرة وقد بدأ الخوف أخيرا يسيطر عليه، فكانت رجفة يده تمنعه من حمل بندقيته بثبات، لكن ما عليه الان الا ان يمضي قدما، فلا يوجد عودة الان

صعد الى الدور العلوي ووجد غرفةً كبيرة بابها مفتوح، وكانت مستنيرةً بعدة شموع، اقترب منها ورفع مصباحه لينيرها أكثر، فوجد كرسيا في منتصفها والعديد من الأدوات الحادة المبعثرة في ارجاء المكان، بالإضافة الى بقع كبيرة من الدماءِ الجافة على الأرض.. "يبدو انها غرفة للتعذيب" قال في نفسه وهو يتخيل نفسه على ذلك الكرسي، أيا كان الشخص الذي جلس على ذلك الكرسي سابقا فبالتأكيد قد لاقى مصيرا سوداويا.

بدأ بالتفكير أثناء ما كان يتجول ليستكشف المكان عما يفعله المأمور الان، قد

يكون نائما، او يحتسي القهوة وحده منتظرا عودته الى المكتب ليحكي له ما حدث من غرائب اثناء دورته، حسنا، لديه الكثير ليحكيه الان.

أدرك انه لا يستطيع استكشاف القصر وحده لكبر حجمه، وشدة ظلمته، سيكون من الحكمة العودة الان وإبلاغ المأمور عن كل ما حصل، خرج من تلك الغرفة ونزل من الدور العلوي متلهفا للخروج، وكأنه سيولد من جديد بخروجه، لكنه لاحظ شيئا ما أسفل الدرج، بابٌ غامض يؤدي الى تحت الأرض، ربما يكون قبوا او ما شابه. " هل ينبغي عليّ ان انزل حقا؟" لم يكن يريد ان يخاطر أكثر من ذلك، كان يريد العودة لبر الأمان، لكن صوت جون كان يصرخ في اذنه بشكلٍ غريب..

اتبع رغباتك!)) ماذا كانت رغباته؟ ان تنتهي جائحة ديابولو الى الابد وان)) تعود الأمور لما كانت عليه سابقا، ان يكون المأمور عقلا له، ويكون هو سلاحا للمأمور، كل ما كان يجب عليه ان يفعل هو ان ينزل الى هناك ويخرج برأس ديابولو، وينهي كل شيء هنا والان بنفسه، صحيح؟

استجمع كل ما تبقى في فؤاده من شجاعة، ونزل الى ذلك القبو، كان القبو عبارة عن ممرٍ طويلٍ ضيق لا تُرى نهايته، تقدم بخطواتٍ حذرة في ذلك الممر، كان طويلا ومظلما وباردا بشكلٍ لا يصدق، كان النفق يمتد خارج نطاق القصر بالتأكيد، أستمر بالسير في ذلك الممر، وبعد ان قطع مسافةً لا بأس بها، توقف قليلا ثم ألتفت خلفه، لم يعد يستطيع رؤية البداية الان، أصبح محاطا بالظلام الموحش من الجانبين كأنه يسير في الهاوية، والهاوية ليست سوى الظلام المطلق، لم يفكر كثيرا بالأمر وقرر ان لا ينظر الى الوراء أبدا، حتى اقترب من منعطف في نهاية ذلك الممر الطويل يقوده الى اليمين، وعندما وصل عند ذلك المنعطف، رآه أخيرا..

واقفٌ بلا حراكٍ ومشاعر، كأنه تمثالٌ ميت، بذلك الحضور المظلم الفظيع.. وتلك القرون العظيمة.. ذلك المعطف الأسود.. والهالة المصحوبة بجبروتٍ مرعب، وبالطبع.. قناع جمجمة الغزال الذي يمنحه مظهرا ميتا خالي من الحياة كان يبدو مرعبا أكثر بكثيرٍ مما بدا عليه في تلك الرسمة المعلقة في مكتب المأمور، دبَّ خوفٌ عظيم في روح أدم شل جسده بالكامل، حاول ان يهرب، ان يطلق عليه بالبندقية، حاول ان يصرخ، ان يتوسل، ان يفعل أي شيء.. لكن جسده توقف عن الاستجابة بالكامل في حضرة "سيد الأيائل" كما سمته فيونا كلارك برسالتها، وما زاد شدة رعب أدم وعجزه أمام ذلك المنظر المهيب، انه كان هنالك اثنان منه.. اثنان من ديابولو سولتيرو

ـ هل تخافني أيها النائب؟

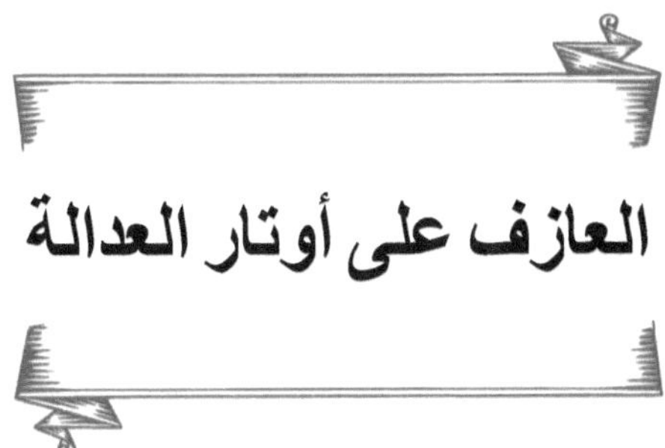

العازف على أوتار العدالة

باتريك هولدن

خرج لوبيز ميلتون من مكتب المحافظ بعد ان عينه كمأمورٍ لبلدة سيكرد فالي، قام المحافظ مباشرةً من كرسيه بعد ان أغلق لوبيز الباب خلفه، وراح يدور ذهابا وجيئةً يفكر بأمر ذلك الرجل الذي اقتحم مكتبه سابقا وطلب منه تعيين لوبيز ميلتون كمأمورٍ لتلك البلدة. كان يفكر بعودته، وما إذا كان سيعفو عن حياته ام لا، او ربما يكون له المزيد من الطلبات الغريبة، او ماذا لو كان يريد السيطرة على محافظاته عن طريقه استغلاله هو؟ كان ذلك ليكون أسوأ بكثير.

وفي وسط دوامة التفكير والخوف، دخل عليه حارسه الذي عينه ليحمي بابه بعد حادثة الاقتحام التي حصلت لمكتبه، ورآه يتمشى في المكتب ويبدو عليه الخوف الشديد، ولم يبدو انه قد لاحظ دخوله..

ـ سيدي، هل أنت بخير؟

قفز المحافظ هولدن من مكانه مفجوعا بظهور حارسه بجواره فجأة، فزجره بعد ان ألتقط أنفاسه بغضب..

ـ اللعنة يا ديفد! اطرق الباب!

ـ لقد فعلت يا سيدي، لكنك لم تجب، لذا دخلت للاطمئنان عليك.

ـ أجل أجل انا بخير.. تبا، هل غادر السيد ميلتون المبنى؟

ـ أجل ياسيدي، غادر للتو.

ـ جيد، اليوم أريدك ان تقف في الدور السفلي، ولا تقترب أبدا من مكتبي، وستبقى على هذه الحال كل ليلة حتى أقول لك خلاف ذلك، هل هذا مفهوم؟

ـ لكن يا سيدي ماذا عن..

ـ أخرس فحسب، ونفذ ما أقول.

غادر الحارس ممتثلا لأوامر المحافظ، فقريبا سيعود ذلك الخبيث، ولا ينبغي لاي أحدٍ ان يرى ما يحمله ذلك الرجل ضد المحافظ هولدن العظيم، ففي تلك المرة بدا المحافظ مثيرا للشفقة وهو ينتحب ويبكي كالأطفال، طالبا الصفح والرحمة من امام قدم رجلٍ لا يبدو أكثر من مجرد قسيسٍ أحمق لا قيمة له، لا يجب ان يقبل بإهانة كهذه مرةً أخرى أبدا.

مرت عدة أيامٍ ثقيلة على المحافظ بينما كان يترقب عودته بخوف، حتى أنتصف ليل اليوم الخامس بعد تعيين لوبيز كمأمورٍ ليسكرد فالي دون ظهور ذلك الرجل من جديد، وقد انقضى موعد نوم المحافظ، لكنه لم يستطع النوم أبدا، فكان يفكر بذلك الرجل طوال ليالي الأربع الماضية، الذي لم ينفك عن الظهور في كوابيسه باستمرار، مازال يترقب اللحظة الذي سيظهر فيها بكل ذعر، كان يتعرق بشدة بالرغم من وصول فصل الشتاء لذروته

يا للهول، لم يشعر بالخوف من أي أحدٍ هكذا من قبل، قام الى النافذة ليشاهد بلدته تحت نور القمر عسى ان يشتت قلقه قليلا.. يا لها من بلدةٍ تلك، هاي غاردن العالية فوق الجبال، التي تكاد تعتلي فوق القمر، كانت حقا تستحق كل تلك المعاملات والعلاقات الفاسدة التي استغلها لينصب ملكا عليها.
في وسط أفكاره لاحظ شيئا ما في غرفة نومه، انعكاس شيء لم يذكر انه قد وضعه في ذلك المكان، لكنه قد أدرك حينها.. ابتلع ريقه والتف ببطء شديد، وراه حينها يقف في وسط الغرفة، فقد رباطة جأشه فور ما راه ينظر اليه بكل برود، تراجع بكل خوفٍ الى زجاج النافذة بينما كان يقول له بتأتأة شديدة من الرهبة.
- م.. مر... مرحبا..م.
- سيدي ...
- أجل أجل، مر.. مرحبا سيدي..
بدأ المحافظ يتعرق بشدة بالفعل، لم يسبق له ان تعرق هكذا من قبل، شعر بغصةٍ في حلقه، وضيقٍ كظيم في صدره، أدرك حينها ولأول مرة ما يعنيه الخوف الحقيقي..
- لقد فعلت ما أمرتني به يا سيدي، لقد أرسلت ذلك الشيك المزيف الى ذلك العنوان كما عينت السيد لوبيز ميلتون كمأمور لبلدة سيكرد فالي.
- أجل أعرف.. لقد رأيته يخرج من مكتبك.
لم يبدو على ذلك الرجل الاهتمام والاكتراث لتنفيذ المحافظ لطلباته، بينما شعر هولدن ان الصمت سيمهد لما هو أسوأ بكثير، لذا حاول ان يستكمل الحديث، لكيلا يسود الصمت المرعب في الارجاء..
- هل كنت متواجدا بالمبنى؟ .. يا سيدي؟
- ليس بالتحديد يا سيدي المحافظ، فعيوني في كل مكان.
أراد المحافظ ان يسأله إذا كان سيصفح عن حياته ام لا، او ان كان يملك أي رغبةٍ أخرى، لكن حضوره كان قويا رغم صمته، لكنه قطع حبل أفكاره بعدما قال متضجرا..
- حسنا أيها المحافظ، تعال الى هنا وقل لي ما تريد قوله.
أقترب المحافظ نحو الرجل بينما كان يرتجف، وسأله بصوتٍ مهزوز..
- في الواقع يا سيدي.. كنت أتساءل.. هل هناك شيئا اخر تريده.. ام.. كما تعلم.. ستعفو عني؟
نظر الرجل الى المحافظ الدنيء بنظرةٍ غريبة، كأنه كان متقززا منه، ومن عجرفته ليسأل سؤالا كهذا، ثم أشاح بنظره عنه وقال..
- العفو؟ لا أدري في الحقيقة.. لكن أظن انني لا أمانع ان اعفو عنك في الواقع.

أيها المحافظ.
- حقا؟ هل انا في امانٍ الان؟
سكت الرجل قليلا، ليزيد من خوف المحافظ، كان يعرف جيدا كيف يتلاعب بمشاعره، وبعد عدة ثوانٍ من ترك سؤال المحافظ بلا إجابة، نطق أخيرا..
- أجل يا سيدي.. لا أمانع حقا، بل لا أظن أني أكترث بك او بحياتك القذرة، لكن لدي سؤالٌ واحد فقط... ان كنت لا تمانع بالطبع.
عاد الخوف والارتباك يعصفان بالمحافظ، فهو بالطبع مدرك للقرارات السيئة التي اتخذها في حياته بحق غيره، فلو سأله أحدا ما سؤالا، بالعادة كان سيكذب ليخرج بأفضل النتائج الممكنة، لكن الكذب الان لن يكون في مصلحته أبدا.. وفي وسط توتره نطق الرجل بعد سكوته من جديد
- لماذا لم تصفح عن عائلة كلارك وغيرهم من السكان الأبرياء في فيكسبرغ؟ فكما تعرف، أنت لست بريئا أكثر منهم.. يا باتريك هولدن.
أدرك المحافظ الخسيس اين كانت تتجه هذه المحادثة، لكن ما زاد خوفه ورعبه

هي تلك النظرات الميتة التي اعتلت وجه ذلك الرجل فجأة، فلم يرى تعابيرا كهذه قط، كانت نظراته كافية لتزعزع كيان اقوى رجاله، ووقف الرجل مكانه يتأمل ملامح المحافظ المرتعدة بحضوره، ثم مسح وجهه بضجر قائلا..
- يا ألهي.. أتعلم يا باتريك.. لطالما كنت أتساءل عن سبب فعلي لكل هذا، فهي اول مرةٍ لي كما ترا، فحتى انا لست أفهم حقا.. لمَ لا أهرب فحسب؟ لا.. بل لمَ أتعطش لملاحقة من هم أمثالك؟ لقد كانت تلك الأسئلة تشغل بالي مؤخرا، ومازلت لا أملك الإجابة حتى الان بصراحة.. لكن يبدو ان هذه هي الطبيعة البشرية على كل حال.. حسنا، اتفهم عدم ادراكك لهذا.. فمن هم امثالك قد باعوا بشريتهم مقابل السلطة والمال واشياء كهذا الهراء، ولن يستطيعوا إدراك شيءً كهذا أيضا..

جثا المحافظ على الأرض من ثقل الموقف عليه، وبدأت عيناه بذرف الدموع من جديد بينما كان الرجل يتابع حديثه..
- بالتفكير بالأمر، تلك الحرب الأهلية أقامها حفنةٌ من الاوغاد لهذه الأسباب المقززة، ومن كان الخاسر الحقيقي؟ نحن البشر... فأغلب من فقدوا حياتهم لم يريدوا شيئا سوى العيش حياةً هانئة مثل ما اردت انا دوما، لكنكم تعذرتم بالحرب لتبرروا قتلكم ونهبكم واغتصابكم لهؤلاء البشر البؤساء.. أظن انني مثلكم.. أجل، انا أدرك ذلك الان.. ففي النهاية يجب ان يتحقق التوازن، ولهذا.. سأتخلى عن بشريتي بدوري، ان عنى ذلك تحقيق العدالة، فسأفعل ذلك بكل

سرور.. ولن أرفض هذا التوازن كما فعلتم، ولن اهتم بقوتكم واعدادكم او حتى نفوذكم، فسأقتلكم جميعا، حتى وان بعثتم من جديد، سأقتلكم مجددا، ومجددا ومجددا دون مللٍ او كللٍ، فاليوم تسقطون للعدالة أخيرا.. ومفهوم العدالة يكمن فقط داخل روحي.

أدرك المحافظ هولدن اقتراب اجله، فلم يبدي ذلك الرجل أي رغبةٍ لتركه يعيش، حاول ان يقف ويهرب، لكن قدماه لم تعد قادرةً على الوقوف، فلم يكن له الا ان يزحف هاربا من الغرفة، بينما كان يصرخ ويبكي لنجدته.

أما الرجل، فكان ينظر اليه وهو يزحف خارجا الى ممرات قصره الحمراء، يا له منظر مريحٍ لعينيه، وقف مكانه قليلا ثم مشى خلفه ببطءٍ لينجز عليه، فلن يستطيع ذلك الجرو ان يهرب بعيدا، كان المحافظ يصرخ بأعلى ما يمكن، لكن لم يكن هناك أي احدٍ ليجيبه فقصره يقع في اعلى قمةٍ ممكنة في هاي غاردن ديفد. النجدة! أي أحد.. أرجوكم!

مازال الرجل يمشي خلفه دون ان ينطق بأي كلمة، تاركا صمته يلتهم المحافظ ويغرقه في الخوف أكثر فأكثر، كانت النهاية عندما وصل المحافظ هولدن الى نهاية الممر، شعر حينها انه وصل أخيرا لنهاية نفق حياته، كل قراراته وأعماله القذرة أوصلته بالنهاية الى هذا المكان، لا المال والسلطة كانت ستشكل فارقًا في نهايته كما كان يظن دائما، ألتفت الى الرجل بينما كان يقف خلفه بكل برود، حاول المحافظ ان يتوسل لحياته، لكن كلماته لم تكف مفهومة من بكائه الشديد، وفجأة نطق الرجل أخيرا محدثا المحافظ...

ـ هل تخافني أيها المحافظ؟

تجمد المحافظ المسكين ولم يسعه التقاط أنفاسه ليجيب على ذلك السؤال، لم ينتظر ذلك الرجل ان يرد المحافظ على سؤاله، فكانت الإجابة واضحة بالفعل، فأخرج إبرةً غريبة من جيب معطفه وأمسك بالمحافظ من رقبته وضربه بقوة بالأرض، ثم حقن تلك الإبرة عميقا في قلبه، وبعد عدة ثوانٍ من تثبيت المحافظ على الأرض، بدأ بالاختناق والنزيف من انفه واذنيه لمدةٍ استمرت ثمان دقائق قبل ان يموت أخيرا. بالتأكيد، كان يستحق أكثر من ثمان دقائق من العذاب قبل موته، لكن ذلك الرجل كان على صدد بدء شيءٍ أكبر، ولم يستطع ان يعطي ذلك المحافظ الكثير من وقته الثمين.

أخذ جثة المحافظ ووضعها على كرسي مكتبه، ورتب الأمور ليبدو وكأن المحافظ قد انتحر، فلم يكن يريد ان يزعج مأمور البلدة بالتحقيق بأمر هذا الوغد. انتهى كل شيء، ولم يبقى لذلك المجهول أي عملٍ في هاي غاردن بعد الان، فقد حان الان وقت الانتقال لما هو أكبر.

خرج الرجل من القصر عن طريق الباب الامامي، وغادر البلدة مباشرةً نحو الجبال، الى الغرب بعد أن حرر أربع محافظاتٍ من جشع باتريك هولدن الى الأبد.

—

ثوماس ميلر

يتجول أثناء نهارٍ سيكرد فالي الدافئ، منتظرا رفيقه بفارغ الصبر بعد ان علِم بخبرِ عودته قريبا، كان مؤمنا انه لن يعود خاوي اليدين لسرعة انتهائه من البحث، وشغفه للسعي خلفها، كان يفكر بعلاقته معها بينما كان يتجول هنا وهناك، فتاةً بالغة الجمال، اختفت وسط أغمض الظروف، واستنكار الجميع وجودها، ان فيونا كلارك لغزٌ محير بالفعل.

وفي اثناء تنزهه، رأى جروا صغيرا يدنو منه وينبح له بودية، فانحنى ليربت عليه ويلعب معه قليلا، وبعد لحظات، اتى صاحب هذا الجرو، لقد كان ولدا صغيرا، ينبض بالحياة والحيوية، انضم الى ثوماس ليلعب مع جروه ثم شكره على الاعتناء به..

وبعدها، سأل الولدُ ثوماس سؤالا بريئا

ـ هل تحب الكلاب يا سيدي؟

جعله هذا السؤال يفكر قليلاً، يحب؟ أجل، يبدو انه لطالما أحَب اشياءً كالكلاب والقطط، لكن لماذا لم يشعر بهذا من قبل؟ لما كان ينبغي لولدٍ ما ان يأتي ويسأله ليفكر بالأمر، ثم يكتشف انه يحب الشعور بهذه الطريقة بالفعل..

ـ أجل يا رفيقي الصغير، أظن أني أحب الكلاب بالفعل.

غادر الفتى بعد ان شكر صياد النخبة من جديد، وتركه ليستأنف جولته الصغيرة، عند التفكير بالأشياء التي يحبها ثوماس، يبدو انه أيضا أحب التجول في أول النهار، مستنشقا رائحة الصباح اللطيفة التي يصعب وصفها، بينما كانت النسائم العليلة تتخلخل بين خصلات شعره، يبدو انه لطالما أحب هذه البلدةَ أيضا، سيكرد فالي الخضراء البهية، التي تتوسط السهول الشاسعة.. هل كان يكرهه كل هذا؟ لم يشعر على هذا النحو إطلاقا، إذا لماذا؟ لماذا يدرك هذا للتو؟ قد تكون الكثير من الأمور اختلفت لو أدرك هذا مبكرا.

قرر ان يترك التفكير بهذا الامر لجلسة طاولة شاي العمة كيرين أعلى تلك الهضبة المجاورة، ليستمتع بشرابٍ دافئ بينما يتأمل سيكرد فالي التي تتزين باللون الذهبي تحت مطلع شمسٍ يومٍ جديد. طلب من العمة كيرين اعداد كوبٍ من الشاي له ثم جلس على تلك الطاولة وقدمت له طلبه بابتسامتها المعهودة، ثم جاءت نسمةٌ باردة قادمة من اتجاه الشمس الذهبية، بينما كان يأخذ اول رشفةٍ من مشروبه الساخن.

"يا إلهي.. لقد فهمت الان" بينما كانت الشمس تنعكس على عينيه لتجعلهما تشعان بلونهما الأزرق، تسائل ثوماس، هل كان الامر يستحق حقا كل هذا الغضب؟ كل هذا الحقد والتشاؤم؟ او حتى الكراهية؟ فما الذي جناه من تجاهله لأمرٍ واضحٍ كهذا؟ يبدو ان هذا ما كان جون يعنيه دائما عندما يردد تلك العبارة "قد يكون البشرُ قساةً بالفعل، لكن لا يمكنك انكار جمال هذه الدنيا" تبا، لقد سمعها بصوته المزعج.. لكن، قد يكون هنالك جمالٌ في هذا أيضا، أليس كذلك؟

فجأةً انتبه الى الآنسة جوليا ساندلر القادمة من الارجاء نحوه، كانت جوليا تنادي باسمه فقام متجهًا اليها، وعندما تقابلا، قالت له باستغراب

ـ من بين كل ارجاء البلدة، لم أتوقع ان تكون هنا أيها السيد ميلر، لقد بحثت عنك في كل مكان.

- حسنا.. من اللطيف ان يبدأ المرء صباحه بكوبٍ من الشاي.. لكن هذا لا يهم الان، ما الأمر يا جوليا؟ ما الذي أردتهِ مني؟
- لقد وصل السيد كوبر من رحلته، وهو الان في مكتب المأمور، وقد أُمِرتُ ان استدعيك.
- أنتِ؟ أليس هذا عمل النائب؟
- لا يبدو ان النائب جرين في البلدةِ الان، لذا طلب مني المأمور ان استدعي الجميع بنفسي.

بدا الامر غريبا لثوماس، ليس من عادة النائب ان يخرج من البلدة في وقتٍ كهذا، وفي ظروفٍ خطرة مثل هذه، سأل جوليا من جديد ليتأكد مما تقوله، لكنها أكدت كلامها من جديد، وان هذا ما أخبرها المأمور به، كان هناك خطبٌ ما بغياب أدم جرين، لم يذكر ثوماس ان النائب كان يخرج من البلدة فجأة ودون إبلاغ أي أحد، كان الأمر مثيرًا للشك، لكنه لم يشغل باله بالتفكير كثيرا، فكان الجميع ينتظره في مكتب عبقري البلدة المأمور لوبيز ميلتون، لذا ما كان عليه الا ان ينطلق الى هناك مع الانسة جوليا.

دخل ثوماس ميلر مع الانسة جوليا الى مكتب المأمور وكان أوين كوبر وجون داستن متواجدان هناك بالفعل، لكن أدم جرين لم يكن حاضرا فسأل ثوماس المأمور عن النائب أدم..

- أين النائب يا سيدي؟
- لا أعلم، قد يكون لديه ما ينجزه خارج البلدة.

أستغرب ثوماس من رد المأمور، انى له ان لا يعلم مكان النائب الذي يعتبره ابنا له؟ وفي أوضاع خطرة كما يحصل الان مع ديابولو سولتيرو؟ أقترب ثوماس من طاولة المأمورِ، وسأله..

- هل حقا من الحكمةِ ان نبدأ الاجتماع من دونه؟
- حسنا، لا يبدو اننا نملك خيارا آخرا..

قاطعه جون داستن الواقف في الزاوية الأخرى من المكتب.

- الا ينبغي علينا ان نبحث عنه يا سيدي؟ قد يكون الامر خطيرا.
- انه محق يا سيدي.

أتفق جون وثوماس على خطورة تجاهل أمر أدم، لكن أوين لم يحتمل الانتظار لاستجواب جون بشأن علاقة اسم عائلته بفيونا كلارك، فقام من كرسيه مخاطبا المأمور..

- سيدي، أرى انه خطأ أدم لتخلفه عن الاجتماع، يمكننا ان ننظر في موضوعه لاحقا، هل يمكننا الان ان نبدأ بما هو مهم؟

أنزعج ثوماس من كلام رفيقه ولم يرق له، فقد بدأ يصبح أنانيا وأكثر عنادا منذ ظهور رسالة فيونا كلارك تلك، ولا يبدي أي اهتمام لمن حوله او لديابولو سولتيرو حتى، كان يعرف ثوماس ان أوين سيغادر ويتركهم ليتعاملوا مع ديابولو من دونه ما ان يجد فيونا، هذه المرة بدأ أوين يثير غضب ثوماس، الذي ألتفت عليه بكل غضب وزجره قائلا..

- ما الذي تقوله يا أوين؟ لقد قطعنا شوطا لا بأس به حتى الان بفضلِ مساهمات النائب جرين، في الواقع كان هو الوحيد الذي يُعرض نفسه للخطر المباشر بدوراته الليلية في البلدة، لذا أظهر له بعض التقدير! كلنا نريد ان نعرف مصير فيونا، لكن إذا كنا سنهمل سلامة بعضنا فسوف نموت جميعا قبل ان ينتهي الأمرِ.

بدت ملامح النزاع تظهر على الاجتماع قبل ان يبدأ، وبدأ الجو العام يتعكر بالفعل بين الحاضرين، لذا قام المأمور من كرسي مكتبه ليهدئهما..

- اهدئا أيها الاحمقان.. لقد اجتمعنا للتو، وانت يا أوين، من الأفضل لك ان تنتبه لكلماتك، فلن اسمح بأي إهانةٍ في حق أدم.. حاليا، سنهتم بما لدينا الان، وبعد الاجتماع سأعمل على إيجاد أدم، هيا يا كوبر، قل ما لديك

نقدم أوين الى وسط المكتب بينما كان ينظر الى جون الواقف بالزاوية، كان ينظر إليه بانزعاج وغيظ، بينما جون كان ينظر اليه باشمئزاز لسلوكه الطفولي، وقف أوين عند رسمة ديابولو، ثم ألتفت الى الجميع قائلا..

- حسنا، يبدو ان فيونا قد قصدت تلك المحطة بالفعل، فقد قابلتُ عجوزا عمِل هناك لأربعين سنة، وتذكر فتاةً بنفس مواصفات فيونا كلارك، لكن كان لتلك الفتاة مرافقٌ ما، أتعرف شيئا عن ذلك المرافق يا جون داستن؟

نظر الجميع الى جون باستغراب، ولم يفهموا ما كان أوين يحاول قوله، فرد عليه جون بكل تعالٍ..

- هل لديك ما تريد ان تقوله لي مباشرةً يا روميو؟

ضحك أوين من جون وسذاجة رده ليستفزه أمام الجميع، وقد نجح في ذلك بعض الشيء، فكان يضحك ضحكةً غرضها السخرية، والتي ازعجت جميع من كان حاضرا، وجعلت ثوماس يرغب بلكم أوين في وجهه كما فعل مع جون قبل عدة أيام، وبعد ثوانٍ من ضحك أوين، قال..

- حسنا، لقد قال لي ذلك العجوز ان المرافق شخصٌ ما اسمه الأخير هو (داستن) هل تعرف أي شيءٍ عن هذا؟

سكت جون قليلا بينما كان الجميع ينتظر ان يبرر موقفه، لكن جوليا دخلت بالحوار دفاعا عنه..

لن يكون من المنطقي ان يكون جون هو مرافقها، فنحن نتحدث عن سنة ـ
1863. سيكون مجرد طفلٍ وقتها.
أجل هذا صحيح، قد يكون والده هو من نتحدث عنه، جوليو داستن ـ.
أكد المأمور نقطة جوليا، وبعد ثوانٍ معدودة تذكر جون شيئا، فتقدم من على
الجدار قريبا من أوين وبقية الحاضرين قائلا..
عند التفكير بالأمر، أذكر فتاةً ما عثرنا عليها انا ووالدي عندما كنا ـ
متوجهان نحو الغرب، قالت انها أتت من فيكسبرغ، كان جسمها مليئا بالكدمات
أثر هربها واختبائها المستمر في الكهوف والخنادق من القوات الأمريكية، لذا
آواها والدي مؤقتا وسمح لها بمرافقتنا معا حتى نمر بأي محطةِ قطارٍ لينقلها الى
أحد معارفه الذي يدير دارا للأيتام في نيويورك.. لقد سافرت معنا قرابة الأسبوع،
كانت تلاطفني وتلعب معي كثيرا وتعاملني كأني طفلٌ صغيرٍ طوال الوقت
بالرغم انها كانت تكبرني ببضع سنواتٍ فقط، وبعدها وصلنا الى إحدى المحطات
التي لا أستطيع تذكر اسمها او اين كانت، واشترى لها والدي تذكرةً الى نيويورك.
كان أوين يتخيل مشهد لعب جون وفيونا معا وتوددهما لبعضهما، مما أثار
حنقه وغيظه اتجاه جون أكثر، وفي اللحظة التي أنهى جون فيها كلامه، عاد أوين
للتحقيق معه بسرعة، دون ان يعطي أي فرصةٍ للمتواجدين بالتعليق على كلامه،
لقد بدأ الامر يصبح شخصيا بينهما..
أجل صحيح، فأنا لست أحمقا يا جون، كنت لأعرف انه سيكون والدك.. لكن ـ
قال لي ذلك العجوز انه بعد قرابة العشر سنوات، عاد نفس الرجل الذي اشترى
لها التذكرة ليستقبلها من نفس المحطة بعد ان عادت من نيويورك، ونحن نعرف
ان والدك قد توفي في نفس سنة حصار فيكسبرغ، فكيف يمكن ان يكون والدك هو
المرافق إن كان سيستقبلها من جديدٍ بعد عشر سنوات؟
لم يكن لجون أي مخرجٍ من كلام أوين، فسكت قليلا، ثم قال..
لا أعرف عما تتحدث عنه.. ـ
لم يكن لجون أي إجابة ليرد بها على سؤال أوين، مما سبب دائرة شكٍ حول
جون، لكن المأمور لم يكن يرى ان هناك أي حجةٍ حقيقية عليه، لذا تدخل لينقذه،
محدثا أوين بالمنطق..
لكن جون ليس من اشترى لها التذكرة عندما كان طفلا، مما يعني انه لن ـ
يكون نفس ذلك الشخص الذي سيستقبلها بعد عشر سنوات، صحيح؟
وافق ثوماس المأمور في كلامه بعد ان فكر مليا بالأمر..
أجل يبدوا ذلك منطقيا، قد يكون هناك جزءٍ غير محلول في قصة العجوز، ـ
لكن من المستحيل ان يكون جون هو من استقبلها.

..انضمت الانسة جوليا للمحادثة مشككةً برواية أوين بأكملها
ـ ماذا لو تخيل ذلك العجوز فقط انه رأى جوليو مرةً ثانية؟ فلا يمكن الاعتماد
.على ما يقوله العجزة هذه الأيام
كان الغضب يستشيط داخل أوين بالفعل عندما ذكر جون ان فيونا قد
"لاطفته" ولعبت معه، ورؤيته لهم يبرئونه بسرعة ويشككون في كلامه زادت
الوضع سوءًا، فأخذ إبريق الشاي الذي كان في يد جوليا ورماه ليكسر به النافذة
..وسط فزع الآنسة، ثم قلب طاولة الضيوف وهو يصرخ في وجههم
ـ يا للحماقة! ألم يؤكد كلام العجوز للتو بأن من أقلها كان شخصٌ من عائلة
داستن؟ فكيف أصبح ذلك العجوز اللعين يتخيل الأمر الان؟
..صرخ ثوماس عليه ليخفف من حدة موقفه وجنونه
ـ أوين! تمالك أعصابك!
لم يكترث أوين لكلام رفيقه وراح الى جون وشد ترقوة بدلته ناحيته وصرخ
..في وجهه
ـ لقد كانت فيونا تتكلم عن شيءٍ ما يدعى ويتني باستمرار، تكلم! ما هو ذلك
الشيء؟
بدأ الغضب يتملك جون وهو يرى ذلك الوغد ذو الأوهام الطفولية أوين كوبر
..يتجرأ ويضع يده عليه، وقال بهدوءٍ ينم عن الغضب مهددا إياه
ـ إذا لم تُبعد يدك القذرة عني، فأنت تعلم كيف سينتهي الأمر...
أصبح الوضع جنونيا في مكتب المأمور، حتى لوبيز العجوز لم يستطع
الوقوف في وجه تلك الفوضى ليهدئ الجميع، فما كان لثوماس الا ان يضرب
مؤخرة رأس أوين بسلاحه ليسبب فقدانه للوعي ويسقط على الأرض، فلن
يستطيعوا التوصل لأي نتيجةٍ إذا استمر ذلك الابله بالصراخ هكذا، قال المأمور
..ليسيطر على ما تبقى من الوضع بعد ان فقد أوين الوعي
ـ حسنا... لنأخذ وقتا لنهدأ جميعنا.
ـ لقد كنا هادئين بالفعل طوال الوقت يا سيدي، لقد كان السيد كوبر هو من
.يحتاج ان توجه له هذا الكلام
قالت جوليا تعليقا على كلام المأمور، أخذ الجميع دقيقتين ليجمعوا شتات
أنفسهم من جديد، ثم اعتذر المأمور لجون وجوليا عما حدث، وسأل جون إن كان
..يعرف أي شيءٍ عن ذلك الشيء المسمى بويتني الذي تكلم عنه أوين
ـ أجل يا سيدي، انها تقصد جبل ويتني الشاهق، لقد وعدتني بأن نلعب معا
أعلى قمة ذلك الجبل تحت نور القمر في يومٍ ما، فكان حلمها ان تعيش في أعلى
.قمته الى الأبد

حصل المأمور على المعلومة القيمة التي تخص المحطة القادمة من رحلتهم في السعي وراء ديابولو سولتيرو، ولم يعد يريد استكمال هذا الاجتماع أكثر في ظل التوتر الذي سببه أوين، لذا قرر ان ينهي الاجتماع فورا، ويلتفت للبحث عن نائبه أدم..

ـ حسنا يبدو اننا نعرف اين قد تكون وجهتنا القادمة الان، لكننا سنذهب الى هناك معا بعد ان نعثر على أدم.. مرةً أخرى.. أعتذر عما حصل، وشكرا لحضوركم، ويا ثوماس.. هلا تلقي مؤخرة رفيقك الاحمق خارج مكتبي؟ سأكون شاكرا لك.

خرج الجميع من مكتب المأمور العجوز بمزاج سيء لاختفاء أدم والطريقة التي سار بها الاجتماع، امتطى ثوماس جواده ليغادر المكان، لكن قبل ان يرحل، أوقفه جون الذي مر بجواده أمامه قائلا..

ـ لم أتخيل ابدا انني سأقول هذا، لكن شكرا على ما حصل سابقا عند المأمور يا ثوماس

ـ حسنا.. من يريد ان يترك صديقه الاحمق يعبث مع شخصٍ بخطورة ابن جوليو داستن؟

ـ سأعتبر هذه مجاملة، أراك بالجوار..

ـ يا لها من طريقة لتبدأ يومك بها.. يا للإزعاج، أظن انني سوف أستأنف نزهتي الصغيرة..

"أجل لقد رأيت وجهه حقًا، لقد كان يبدو.. مختلفًا بكثيرٍ عما ظننت انه سيكون، لكن لا تقلق، طالما أنك تنفذ ما يريده ستكون بخير، لذا إياك ثم إياك ان تتجرأ على المقاومة يا بيل، كل ما يتواجد خارج حدود معرفته يتواجد خارج حدود الواقع، يرقص في الظلام لينسجم مع الظلال، انه مستميتٌ لتنفيذ هدفه، ولن يمنعه أي شيءٍ من تحقيقه، إنه لا ينام، كما يزعم انه لن يموت أبدًا.."

عانم ديابولو

لوبيز ميلتون

كان يجيد لعب دور الرجل المسيطر على اعصابه، بينما من الداخل يكاد ان يجن جنونه باختفاء أدم الغامض، فقد مرت خمسة أيام منذ اخر مرةٍ شوهد فيها، قال مرافقيه في تلك الليلة انه تجول قليلا حتى بعد انتهاء وقت دورتهم المعهودة، ولم يروه بعدها أبدا.

لم يكن يستطيع التفكير بأي شيءٍ آخر سواه، بالرغم انه ليس والده، الا انه يدرك الان شعور الاب المفجوع بفقدان ابنه، ولزيادة كفاءة البحث عن النائب المفقود، عيّن اثنين من أفضلِ كشافة ولاية كاليفورنيا كيري كالنهال وجيري رودز للبحث عنه، رغم انهما تقدما بالعمر، الا ان قدرتهما بإيجاد المفقودين كانت تزيد كفاءةً مع مرور السنين.

وبعد ثلاث أيامٍ من البحث والقلق، وبينما كان المأمور غارقا بالتفكير بالاحتمالات الممكنة.. دخلا فجأةً على المأمور، ويبدو انهما يملكان أخبارا مهمة.

ـ سيدي، لدينا أخبارٌ قد تكون في غاية الأهمية.

قام المأمور من كرسي مكتبه بسرعة، متلهفا ليسمع أي خبرٍ عن نائبه أدم.. ـ ما هي؟ هل عثرتم على أدم جرين؟

ـ ليس بالتحديد، لكن عثرنا على قصرٍ قديم في وسط أحد المناطق النائية، ويبدو انه هنالك أثار أقدامٍ لثلاثةِ أشخاصٍ عند مدخله، تلك الاثار بدت حديثة، ونحن نظن ان النائب أدم قد دخل ذلك القصر.

ـ إذا ماذا تنتظران؟ لماذا لم تدخلاه بعد؟

ـ كما قلنا يا سيدي، هنالك آثار أقدامٍ لاثنين آخرين، لن يكون من الآمن الدخول وحدنا دون أن يساندنا بعض الرجال.

ـ حسنا سأذهب أنا وأربعةٌ من رجالي معكما الى هناك، لننطلق الان، فلا نملك الكثير من الوقت لنضيعه.

انطلق المأمور مباشرةً مع الكشافة واربعةٍ من رجاله نحو ذلك القصر، وعندما وصلوا جميعا، أخذ كل واحدٍ منهم يتأمل بالرعب والتشاؤم المصاحب لهيكله البالي، والظلمة المعتمة التي كانت تنبعث من نوافذ القصر، زاد قلق المأمور حول نائبه أدم، لمَ قد يدخل هذا المكان؟

ـ من المستحيل أن يدخل أدم الى هنا دون أي سبب.

رد عليه جيري رودز الذي كان يستعد للدخول الى القصر بتلقيم أسلحته وإشعال مصباحه..

ـ بل لن يتجرأ أي أحدٍ على الاقتراب من هنا بلا أي سبب.

ـ حسنا، ماهي خطتكما؟

سوف أدخل أنا وكيري وثلاثةٌ من رجالك الى القصر لنستكشف ما فيه، ـ بينما ستبقى انت هنا مع شخصٍ آخر لكيلا يخرج او يدخل أحد غيرنا
كان المأمور ميلتون يدرك تماما لماذا كان عليه ان يبقى خارجا بينما يخاطر الجميع بحياته في الداخل، فذلك الرجل الذي معه كان معه ليحرسه هو ، لا ان يحرس معه المدخل، كان يشعر بالعار الشديدِ في داخله كونه هو الجبان الذي يكون عائقا لرجاله ويسبب لهم المتاعب دائما، بينما كانوا هم من تحتم عليهم الموت عوضا عنه، لكن الان ليس وقت استنقاص ونقد الذات، يستطيع ان يؤجل هذا لوقتٍ لاحق، الان لا يملك الا هدفا واحدا، العثور على قرة عينه أدم جرين.
دخل الخمسة القصر ، وأول شيءٍ استطاعوا ملاحظته هو رائحة الكحول التي كانت تفوح في المكان بشدة، لم يستطيعوا تصور ان النائب كان هنا ليقيم حفلة شرب، لم يشغلوا بالهم كثيرا بالأمر فتعمقوا أكثر في انحاء ذلك القصر، لكنهم كانوا بالكاد يحرزون أي تقدمٍ في استكشافه لكبر حجمه، فإذا استمروا بالبحث هكذا سوف تغرب الشمس قبل ان ينجزوا مهمتهم، لذا قرروا ان ينفصلوا الى مجموعتين، كل مجموعة سيقودها أحد الكشافين، مجموعتان مكونتان من ثلاثٍ واثنين، مجموعة تستكشف الجزء الغربي من القصر، ومجوعة تستكشف الجزء الشرقي.
وبعد عشرِ دقائقٍ من البحث، وصلت المجموعة المكونة من ثلاث أشخاصٍ بقيادة كيري كالنهال الى صالةٍ كبيرة يتوسطها درَجٌ يقود الى الدور العلوي، ورائحة الكحول كانت تصبح أقوى مع تغلغلهم في أنحاء القصر، وفي وسط نقاشهم عن طريقهم التالي وسطَ تلك الصالة، ظهر لهم الشيطان الذي كانوا لا يرونه الا في صور مكتب المأمور، ظهر لهم فجأةً في أعلى ذلك الدرج، يقف شامخا بقرنيه الرفيعين، مسببا لتفكير هم الشلل بمنظره المفزع
أخذ كل واحدٍ منهم ينظر الى الاخر ، يتساءلون عما يجب عليهم فعله الان، هل هذا هو ديابولو سولتيرو حقا؟ هل يقتلوه؟ ام يحاولوا الإمساك به؟ بل أهم سؤالٍ كان لماذا هو مرعبٌ الى هذا الحد؟! لم يبدو هكذا في رسومات مكتب المأمور! نسوا كل شيءٍ حول إيجاد أدم وأرادوا ان يهربوا بسرعة خارج القصر ، لان ذلك الشيء لم يبدو عليه انه يملك أي نيةٍ لتركهم يخرجوا من هذا المكان أحياءً.
وفي وسط محاولة أرجلهم للهرب خارج القصر، رفع ذلك الشيء المسمى بديابولو سولتيرو سلاحه وأشار به، لكنه لم يشر بمسدسه أليهم، بل الى صندوقٍ كبيرٍ من الديناميت المتواجد في احدى زوايا الصالة المظلمة التي لم ينتبهوا لوجودها هناك، فقط عندها، أدركوا سبب انتشار رائحة الكحول في ارجاء

القصر، أدركوا مصير كل من تجرأ على مواجهة الشيطان الذي تحرر من غياهب الظلمات، سيشهدون الان جحيم عالمه، ولعنته الغاشية.

جيري رودز

كانا يتجولان في الجزء الغربي من القصر وحدهما بين الغرف القديمة والصالات الصغيرة، كان مرافقه متململا جدا من المشي في هذا القصر الفارغ وسط الظلام، ولأنه كان مدمنا للكحول، كانت رائحة الكحول القوية على وشك ان تفقده عقله، لسوء حظه انه لا يستطيع ان يستمتع بزجاجةٍ أثناء مهمةٍ خطرة كهذه، وفي أثناء سرحه بالتفكير بالكحول، شده السيد رودز من ياقته ليوقفه من التقدم أكثر..

- توقف أيها الأحمق!

- ماذا؟ ما الأمر؟

- ركز جيدا هناك.

أشار السيد رودز الى زاوية مظلمة في نهاية الممر، لكن بعد التدقيق بالنظر كان هنالك صندوقٌ صغير مغطى بقطعة قماش، لم يفهم مرافقه ما هذا الشيء فسأله..

- ما ذلك الصندوق؟

- حجم ذلك الصندوق مماثلٍ لحجم صندوق الديناميت التي تنتجه شركات استخراج الموارد من الكهوف، وعند أخذ رائحة الكحول بعين الاعتبار، يبدو اننا نسير في فخ.

- مهلا.. لم أفهم شيئا.. فخ بواسطة من؟

سمعا فجأةً دوي انفجارٍ هز أرجاء القصر بأكمله، تبعته نيرانٌ تشتعل في كل مكانٍ أتيةً من جزء القصر الشرقي، تجري الى كل أرجاء المبنى، ثم حدثت عدة انفجارات متتابعة في انحاء القصر، أدرك جيري ان صناديق الديناميت منتشرة في كل مكان، بينما مرافقه لم يستوعب أي شيءٍ حتى الان..

- ما الذي حدث للتو يا سيد رودز؟

- الذي حدث اننا وقعنا بين أنيابه.

بدأ الخوف يتملك مرافق السيد جيري رودز، بينما كان هو ينظر الى الممر المؤدي الى شرق القصر حيث حدث الانفجار، وقد التهمته النيران "لقد كان يعرف بأننا قادمون" لقد كان الناس سابقا دائما يحذروه بأن شغفه للاطلاع والاستكشاف سيقتله يوما ما، ويبدو ان هذا اليوم قد أتى أخيرا..

- أسمع يا رفيقي، أعثر على أي مخرجٍ يؤدي الى خارج القصر، وأخبر المأمور بأن النائب أدم جرين كان داخل هذا القصر بالفعل، ولا يبدو انه مازال على قيد الحياة، وأخبره بأن ديابولو سولتيرو قد سبقنا بخطوة، وعلم بطريقةٍ ما أننا قادمون، اما أنا سوف أذهب لأرى ماذا يحدث هناك.

- ما الذي تقوله أيها السيد رودز؟ يفترض بنا اننا هنا لحمايتكم!
- لقد فات الأوان على ذلك، كن رجلا ونفذ ما أمرتك به، هيا!
غادر مرافقه ليتركه وحيدا بين النيران، وتقدم جيري نحو الجهة الشرقية عبر ذلك الممر الملتهب، بينما كانت أصوات الانفجارات تدوي في أنحاء القصر باستمرار، بدأت كثافة الدخان تصبح أكثر شيئا فشيئا مع تقدمه في ذلك الممر، فغطى وجهه بالكامل ليحميه من الدخان السام ولفحات اللهب المنتشر، كانت بعض الانفجارات تحدث أمامه في ذلك الممر، سيكون محظوظا ان استطاع الوصول الى الناحية الأخرى دون ان يتحول الى إشلاء، لكنه استطاع العبور بأمان في النهاية، وعندما وصل الى الناحية الأخرى من القصر، لاحظ جسما متفحما لأحد رجال القانون المرافقين لهم عند مخرج الممر الطويل، وكانت ماتزال روحه لم تفض بعد، أمسك ذلك الرجل المتفحم بقدم السيد رودز طالبا منه المساعدة، لكن جيري لم يستطع التعرف على هويته بسبب الحروق التي كانت على وجهه، فانحنى إليه وسأله..
- ما الذي حدث هنا بحق الجحيم؟!
رد عليه الرجل بصوتٍ يملأه الرعب واليأس بما تبقى من حباله الصوتية المتفحمة..
لقد كنا نعرف.. لطالما عرفنا ذلك، انه أقوى منا بكثير.. لكن ليس الى هذه الدرجة!!
انتبه جيري الى صوت خطواتٍ قادمة نزولا من الدرج المؤدي الى الدور العلوي، كان هو، إذا ذلك هو ديابولو سولتيرو.. انه مرعبٌ بحق، كان مختلفًا تمامًا عما بدا عليه في تلك الرسمة، لا عجب في ذلك.. فمن المستحيل ان يصف أحدٌ منظرًا مرعبًا كهذا بدقة، بشاعة الرعب والأسى كانت تتجسد في ذلكما القرنان، كان منظر هما كافيًا ليبعث اليأس والاستسلام في روح فريسته، ومع نزوله من الدرج، وهدوء المكان أخيرا بعد ان انفجرت كل صناديق الديناميت، نطق الرجل المتفحم بأنفاسه الحارة وهو يحاول ان يزحف بعيدا بحياته عندما أدرك انه قد عاد..
لقد علمت ذلك عميقا في قلبي، أمثالنا.. لن يصبحوا أبطالا أبدا.. ولا حتى أنت.. فالأنسان... لن يستطيع ذبح الشيطان..
لم يسعه الابتعاد كثيرا، فجثته المتفحمة كانت تتفتت الى رمادٍ كلما حاول الزحف بعيدا، حتى فاضت روحه بتحول نصف جسده الى كومةٍ من الغبار!
ما بقي هناك الا جيري رودز ليقف في وجه ديابولو سولتيرو، لذا تقدم الى الصالة ليقف أمامه وحيدا، ليكون الشخص الوحيد الذي تجرأ على مواجهته وجها

بلوجه

كان رودز العجوز يرتعد من الداخل في حضرةِ ذلك الكابوس الملقب بالأيل الشيطان، لكن ذلك لم يكن يشكل فارقا بعد الان، فقد أتى الى هنا ليموت، كشف عن سلاحه الذي كان أسفل معطفه القديم، في إشارةٍ منه لطلب مبارزة مع ديابولو سولتيرو على الطراز الأمريكي التقليدي، فما كان من الأخير الا ان يلبي رغبته ويستعد لسحب سلاحه ضده.

عم الهدوء المكان ولم يكن هناك أي صوتٍ يزعج تركيزهما الا صوت حسيسِ النيران، وضع العجوز كامل تركيزه في تجويف عيني جمجمة ديابولو سولتيرو، فمن يطلق أولا يخرج من هنا حيا.

كان يعلم، هو ليس ندا لذلك الوحش أبدا، كان يعرف أنها النهاية، لكن حتى مع ذلك، تمسك بأمل ان تحدث معجزةٌ ما، ويردي ديابولو سولتيرو قتيلا، وينهي كابوسه الى الابد، كانت الكثير من الأفكار تخطر في باله وقتها، لكنه حاول ان لا يستمع لها ويركز على قتل ديابولو سولتيرو، لكن عقله لم يستطع ذلك، فبالرغم انه حاول التمسك بالأمل، كان عقله على يقينٍ بأن هذه هي النهاية، لذا لم يستطع تجاهل أفكاره الأخيرة أبدا.

أستمر ذلك الوضع لما يقارب الدقيقتين، كلٌّ منهما ينتظر الاخر ليسحب مسدسه أولا، لكن كان من الواضح ان ديابولو سولتيرو أراد ان يجعل رودز يسحب مسدسه قبله، ربما للتلاعب بمشاعره الأخيرة بين اليأس والأمل، او ربما لإظهار الاحترام له عن طريق أخذِ هذه المبارزة بجديةٍ تامة، فلم يسبق له ان رأى رجلا كهذا، رجلا يتجرأ ويقف في وجه الموت ليتحداه، لقد أثار إعجابه حقا.

استعد جيري رودز لمواجهة مصيره فسحب مسدسه، تلاه سحب ديابولو لسلاحه أيضا بسرعة لينتهي الأمر أخيرا.. طلقةٌ واحدة فقط... طلقةٌ واحدة أطلقت في تلك المبارزة، واخترقت عين جيري رودز اليسرى، وبعد ثلاثةٍ وستين سنة، المستكشف الذي لا يرتاح، يستطيع ان يستريح أخيرا.

لوبيز ميلتون

ثقُل الانتظار على المأمور ميلتون الجالس خارج القصر، أراد ان يخرج أي أحد مع اخبارٍ عن نائبه المفقود، كانت من عاداته عندما يتوتر ان يهز قدمه اليمنى اثناء جلوسه، لكن هذه المرة كانت كلتا قدميه ترتعش من القلق، وفجأة، ومن قلب الصمت الغليظ، حدث انفجارٌ هائل في الجهة الشرقيةِ من القصر، كان من الممكن سماع دويه على بعد أميال، صحب ذلك الانفجار نيرانٌ شديدة تجري من الجهة الشرقية الى كامل أنحاء القصر، وكأن هناك مادةً مشتعلة تقود النيران لتغزو كامل المبنى. لم يستطع المأمور استيعاب ما حصل للتو، فلم يكن قادرا على النطق بأي كلمة بينما كان يشاهد القصر بأكمله يحترق أثناء شعوره بالعجز.

بدأت عدة انفجاراتٍ تحدث في انحاءٍ مختلفة من القصر، وبينما كانت النيران تنعكس على عينيه في مشهدٍ شاعري، هرع اليه مرافقه قائلا:

ـ سيدي! يجب علينا ان نرحل الان لنستدعي المزيد من الرجال، من الخطر البقاء هنا!

ـ ماذا عن البقية؟ لا نستطيع تركهم فحسب!

ـ أخشى اننا لا نستطيع ان نفعل شيءً حيالهم يا سيدي، من المستحيل ان ينجو أي أحدٍ من كل هذه الانفجارات والنيران.

لم يكن للمأمور الجزوع أي خيارٍ آخر غير العودة الى سيكرد فالي، وكان

يفكر طوال طريق العودة بالكارثة التي حدثت أمامه، مرعوبا مما سيقوله الناس عنه بعد ان تسبب بمقتل شخصياتٍ ثقيلة على مستوى الولاية، مثل جيري وكيري، لقد ضاق ذرعا من كل هذه الدماء التي تلطخت بها يداه، ماذا يظن فيه رجاله؟ هل يشعرون بعدم الثقة نحوه؟ هل يشعرون بأنه خذلهم؟

لطالما كان موت رجاله ثقيلا عليه، لكن الناس لم تستطع رؤية ذلك أبدا لكثرة رجاله الذين كانوا يموتون نيابةً عنه، هل كان هذا هو ثمن عبقريته؟

عاد ومن معه الى البلدة وأحضر المزيد من الرجال ليسيطروا على القصر، وعند وصولهم كان نصف القصر قد تدمر بالفعل بسبب المتفجرات التي كانت متواجدة بالداخل، والنصف الآخر قد أكلته النيران، وعندما استطاعوا أخيرا الدخول، وجدوا أشلاء جثةٍ في نهاية المدخل الرئيسي، وكأن شخصا ما حاول الهروب مسرعًا الى خارج القصر، لكن انفجارا حدث قربه قد فتته الى قطعٍ صغيرة.

استمروا بالتعمق داخل ما تبقى من القصر، وعند وصولهم الى الجهة الشرقية وجدوا جثة السيد جيري رودز مستلقيةً على الأرض برصاصةٍ تنصفت دماغه دخولا من عينه اليسرى، بالإضافة الى ثلاث جثث متفحمة كان يصعب التعرف عليهم، لكن كان من الواضح ان اثنان منهم قد قتِلوا قبل احتراق جثثهم، وكان من المؤكد ان أحدها يعود للسيد كيري كالنهال.

لم يكن الفاعل معروفا، فجميع الشهود قد لقوا حتفهم، أيا كان الفاعل، فقد حرص ان لا يبقي منهم أي أحدٍ يخرج حيًا، لكن عند التفكير بالشخص الوحيد القادر على فعل كلِ هذا، فلم يأتِ الى أذهانهم غير ديابولو سولتيرو، نفس الوحش التي لم تصمد أمامه دفاعات هولدن.

"أولئك الذين تخلوا عن حياتهم وذكرياتهم مقابل المجد والبطولة عليهم أن يعرفوا مكانتهم الحقيقية ويدفعوا ثمن كبريائهم الواهم، عن طريق مواجهة الموت في لهب ديابولو"

أحلام سعيدة

لوبيز ميلتون

بعد حادثةِ القصر المهجور، أدرك كل صيادٍ مغتر بنفسه مدى جدية وخطورة ديابولو سولتيرو، فلم يعد هناك صيادون يترددون على مكتب المأمور ليحصلوا على معلوماتٍ تقودهم الى ديابولو، فهم ليسوا حمقى كالسيد رودز والسيد كالنهال ليتحدوا شيطانًا تجبر أكثر على المأمور وبلدته حتى في ضلِ وجود أسماءٍ مرعبة بجانبه كثوماس وجون وأوين، لم يتوقع أحدٌ ان يظهر رجلٌ يتحدى بلدةً كاملة بهذه الشخصيات ويفوز بالمعركة.

أصبحت أنظار الولاية بأكملها على المأمور ميلتون العاجز، فقد فشل بتحديد هوية ديابولو سولتيرو او معرفة أي معلوماتٍ شخصيةٍ عنه طوال العشرة أشهر الماضية، والاسوأ من ذلك، هو فقدانه لنائبه دون أي أثرٍ له، وانه قاد شخصيتين مهمتين بالولاية ليلقيا حتفهما، أصبحت سمعته تنهار أكثر فأكثر مع مرور الأيام، فمن هو الصياد الذي سيثق بمأمورٍ يلقي رجاله بشكلٍ عشوائي في وجه الموت دون إحراز أي تقدم بالإمساك برجلٍ واحد؟

كانت الأمور بأكملها تتداعى على المأمور العجوز، ولم يبقَ له خيارٌ الان الا ان يركز على ديابولو سولتيرو، ويؤجل العثور على نائبه أدم لوقتٍ لاحق، فقريبا سينطلق مع رجاله المقربين الى جبل ويتني، لعلهم يجدوا أي شيءٍ عن فيونا كلارك التي لطالما حلمت بالعيش هناك، لكنه لم يحدد موعدًا لهم بعد، فكان يحتاج ان يكون ذهنه صافيا لتلك الرحلة، لكن صفاء الذهن صعب التحقيق في ظل الظروف الراهنة.

أصبحت الانسة جوليا ساندلر تمضي أغلب ايامها لدى المأمور العجوز لتعتني به، فقد أصبح يتعرض لضغطٍ شديد مؤخرا، ولم يكن من الآمن تركه بمفرده، فهو رجلٌ عجوز في النهاية. تنصف ليل إحدى الأيام وتأخر الوقت، صعد المأمور الى غرفة نومه بالطابق العلوي بينما بقيت جوليا بالمكتب لتنظفه، وعندما جلس المأمور ميلتون على سريره، لاحظ شيئا ما يقف بعيدا من خلال النافذة، أجسامٌ سوداء تقف في ارجاء تلك الهضاب البعيدة، قام الى النافذة ليلقي نظرة الى الأشياء الواقفة هناك، وكاد يفقد وعيه مما رآه

شخصٌ بِرداءٍ أسود، حسن الهندام، وقرون أيلٍ طويلة، وجمجمة الغزال تعتلي وجهه واقفٌ عند تابوتٍ مفتوح تحيط به الورود، ذلك هو، لابد انه ديابولو سولتيرو! لكن لماذا هو مختلفٌ هكذا؟ انه بالكاد يشبه تلك الرسمة التي في مكتبة، لقد كان مرعبًا أكثر بكثيرٍ مما تخيل انه سيكون عندما يراه أمامه.

لكن كان هناك خطبٌ ما، هنالك شخصٌ أخر معه يرتدي نفس ملابسه وقرونه، لكنه لم يكن يرتدي أي قناع، بل كان كاشفا لوجهه، كان الظلام دامسا،

وكانا يقفان على بعد ربع ميلٍ تقريبا في السهل المجاور للبلدة، لم تكن ملامح ذلك الرجل الواقف بجانب ديابولو واضحة، لكن استطاع المأمور التعرف عليه، لا يمكن ان يكون هو، لكن عيناه لم تكن تخدعانه، فالشخص الواقف بجوار ديابولو سولتيرو كان ثوماس ميلر.

لماذا ثوماس يقف بجانب ديابولو؟ وما هو ذلك التابوت؟ هل سينفذ وعده السابق بقتله الان؟ صرخت جوليا صرخةً قطعت تساؤلات المأمور، لا بد انها شاهدت ما يحدث خارجا، فنزل اليها مسرعا..

ـ جوليا! هل شاهدتي ذلك أيضاً؟

ردت جواليا وهي تبكي من الخوف..

ـ أجل يا سيدي..

ألقى المأمور نظرةً أخرى الى الخارج، لكن يبدو انهما غادرا المكان بعد سماع صراخ جوليا، وقد تركا ذلك التابوت خلفهما، تراجع من النافذة بحذر، وقال للآنسة..

ـ جوليا، هل رأيتِ ذلك الرجل الذي كان بجانب ديابولو؟

ـ لم تكن الرؤيةُ واضحة، لكنه بدا وكأنه ثوماس ميلر.. سيدي.. هل يُعقل..

ـ لا أعرف يا جوليا، لكن ذلك الرجل كان ثوماس ميلر بكل تأكيد.

لقد ترك ديابولو وثوماس ذلك التابوت خلفهما، فما كان للمأمور وجوليا الا أن يخرجا ويتفقدانه معا، حمل المأمور بندقيته التي لم تكن ملقمة حتى، وانطلق مع جوليا نحو ذلك التابوت وسط الظلام والهدوء الممزوج بصوت صراصير الليل.

كان التابوت مفتوحا، لكنهما كانا بعيدين ليلمحا من بداخله، وعندما اقتربا بما فيه الكفاية، صرخت جوليا وسقطت باكية على الأرض، بينما أقترب المأمور ووقف عند التابوت دون ان يبدي أي مشاعر او رد فعل.

لقد كانت جثة أدم جرين غارقةً بالورود داخل التابوت، وكان يرتدي بدلةً بيضاء فاخرة، كان يبدو جميلا رغم ان روحه قد غادرت هذا الجسد المتأنق، أخذ المأمور يمسح على رأس وصيه بينما استمرت جوليا بالصراخ باسم أدم حتى جذبت انتباه رجال القانون اللائي كانوا يمارسون دورتهم الليلية، لكن لم يكن هناك أي إجابةٍ من أدم الذي يتوسط الورود غارقا في نومه الابدي.

كان هناك أثر طلقةٍ على رأسه، مما يعني انه قد مات ميتةً سريعةً خالية من الألم، كان المأمور واقفا بلا ردةِ فعل يتفحص وجه نائبه الذي رافقه لسنين طويلة، وقد قرت عينه أخيرا برؤية وجهه حتى بعدما فارق الحياة، وصل رجال القانون الى مكان صراخ الانسة جوليا، وشاهدوا قائدهم الشاب يتوسط تابوتا فاخرا كأنه

صنع في النعيم، وكان المأمور واقفا أمامه بهدوء، أقترب أحد رجال القانون من المأمور ليطمئن عليه..
ـ سيدي، هل أنت حقا بخير؟
قال المأمور ردا عليه ولم تترك عيناه عناق أدم..
ـ أجل يا فيليب، أنا بخير.. بل مسرورٌ حقا، فقد أرتاح أخيرا من مشقة حياته، وغادر هذه الدنيا بلا ألم، واجتمع مع والدته أخيرا.. هذا كافٍ بالنسبة لي.
أخذ الرجال التابوت ليجهزوا جنازةً تليق به، ورافقوا جوليا الى غرفتها بنزل البلدة، بينما عاد المأمور الى مكتبه الصامت وحيدا.
دخل المكتب وصعد مباشرةً الى غرفةِ نومه وعندما اختلا بنفسه بعيدا عن الناس، بدأ يصرخ ويبكي ويحطم هذا وذاك والدموع تملأ عينيه من الغضب الشديد على ديابولو سولتيرو، والحزن على فراق نائبه الذي لازم جواره لأكثر من عقدٍ من الزمان.

أخذ يصرخ ويتوعده بأن يقطع رأس ذلك الشيطان ويصلب جسده عند مدخل البلدة لعامٍ كامل حتى يتعفن ولا يبقى منه أي شيءٍ سوى هيكله المتعفن، أخذ يضرب الجدران ويكسر النوافذ بقبضتيه حتى تشوهت يداه ونزفت بشدة، وبعد ان خارت قواه أخيرا من ضربه وصراخه الذي أيقظ البلدة، سقط في وسط الغرفة يبكي ويأن باسم نائبه أدم جرين.

أدم جرين

فصل الصيف، فصل حصاد محاصيله التي انتظرها طوال العام، كانت تلك المزرعة عزيزة على قلب السيد ميلتون، فقد كانت هديةً اهدتها له حكومة نيفادا ليكافئوه على جهوده المبذولة في حل قضاياهم العامة، الا انه مؤخرا أصبحت تتكرر عمليات سرقة لبعض فواكهه من قِبل فتى مجهول، الشيء الذي كان يسبب غضبا عارما للعاملين في تلك المزرعة.

وفي أحد الأيام، وبينما كان جالسا على التل المقابل لمزرعته الشاسعة ليستمتع بسلام ذلك اليوم، أتاه ثلاثةٌ من رجاله ممسكين بذلك الفتى أخيرا، ويبدو انهم ابرحوه ضربا سلفا، ورموه أمامه..

ـ سيدي، لقد أمسكنا بهذا الوغد أخيرا، لقد كان هو من يسرق محاصيلنا طوال الأشهر الخمس الماضية.

رد عليه مساعده الذي كان يقف بجانبه..

ـ حسنا، ماذا تنتظرون، اذهبوا واقطعوا كلتا يديه لكيلا يسرق ثانيةً.

شعر الفتى الصغير بالذعر عند سماع قطع اليدين وتوسل الى لوبيز ليمنحه أي عقابٍ سوى قطع يديه..

ـ أرجوك يا سيدي، لا تفعل ذلك، سأقبل بأي عقاب، لذا أتوسل اليك ان لا تقطع يداي.

قال أحد الرجال المتواجدين هناك مستهزئا بتوسله المثير للشفقة..

ـ أجل، ولهذا السبب سنقطعهما أيها السارق الوغد.

كان لوبيز ميلتون شخصيةً مهمة بالولاية وله احترامٌ كبير، كما ان لكلمته وزنها في حكومة الولاية، لكن حتى بالرغم من ذلك، كان لديه قلبٌ كبير، ولا يقبل ان يتأذى أي فتى صغير، حتى لو كان لصًا، لحسن حظ ذلك الفتى، فالسيد ميلتون يتحرى سبب الجريمة دائما قبل ان يعاقب عليها..

ـ حسنا يا بني، قل لي لما لا ينبغي عليّ قطع يديك؟ فأنت سارقٌ في نهاية المطاف كما تعلم.

شعر الفتى الصغير بالأبوة تنبع من السيد ميلتون بسبب نبرته عندما ناداه "بني".. فقال له بيأس

ـ انا الابن الوحيد لأمي المريضة، ولا نملك أحدا يوفر لنا الطعام، لذا كنت أسرق من هذه المزرعة وأغسل الفاكهة واحاول تقطيعها وتقديمها لها، فأمي أصبحت هزيلة جدا مؤخرا، ولا تملك أي أحدٍ سواي.

شعر لوبيز بالأسى على حال ذلك الفتى، فكان يحتقر نفسه عندما يرى من هم أقل منه، شاعرا أنه لا يستحق ان يهنأ بينما غيره يعاني هكذا، على عكسِ من هم

.مثله من الأغنياء

كان رجاله يستعجلونه للسماح لهم بقطع يديه، لكنه أمرهم ان يخرسوا ويتركوه وحده مع ذلك الفتى، وبعد رحيل الجميع طلب لوبيز من الفتى ان يتحدث أكثر عن حاله قائلا..

حسنا يا بني، كيف انتهى بكم المطاف أنت ووالدتك هكذا؟ وما هو مرض ـ والدتك بالضبط؟

كان الفتى مغتاظا من السيد لوبيز بسبب أتباعه الذين انهالوا عليه بالضرب قبل قليل، ولم يشعر انه يريد من شخصٍ غنيٍ ذو صيتٍ ان يعرف أمورا خاصة عن حياته، لذا رد عليه باحتقار..

ـ شخصٌ مثلك لن يفهم..

ـ وكيف ذلك؟

ـ أنت مثلهم! أولئك الأغنياء اللذين ابتسمت الحياة لهم بالحظ، بينما نحن نعاني دون ذنب، ناظرين اليكم متسائلين ما الذي فعلتموه لتستحقوا كل هذا؟ ما الذي يميزكم حقا حتى تنظروا الينا باستصغارٍ هكذا؟ أنتم لن تفهموا معنى الحياةِ وصعوباتها أبدا.

أدرك لوبيز كمية الألم الذي يعاني منها ذلك الفتى، فقد تحمل الكثير فوق عاتقه لسنين طويلة ليعتني بوالدته المريضة، لكن جزءً منه أراد مساعدة ذلك الفتى، فهو يستحق ان يعيش طفولته ويستمتع بها كغيره من الفتيان، فرد عليه بنبرةٍ دافئة..

ـ قد لا تكون مخطئا أيها الفتى، وان كان الامر كذلك، فأنا أريد ان أفهمَ حقاٍ.

لم يسبق للفتى مقابلة أحد أصحاب النفوذ اللذين كانوا يهتمون حقا لغيرهم، فالمتعارف عليه انهم حمقى أنانيون لا يهتمون الا بأنفسهم وثرواتهم، لكن كان هناك شيءٌ ما مختلف بالسيد ميلتون، كان يريد ان يتقرب منه ويجعله يثق به بطريقةٍ ما..

ـ قد نتوصل لاتفاقٍ ما يرضي كلينا ان اردت، وان لم تكن تريد التعامل معي فلا بأس، يمكنك الرحيل، سأسامحك على كل ما سرقته لكن لا تظهر هنا مرةً أخرى.

أختار ذلك الفتى ان يثق بالسيد لوبيز، لم يكن يملك أي شيء، لذا قد يتوصل الى صفقةٍ ممتازة تخفف عنه الثقل الهائل الذي يحمله على عاتقيه، نظر الى السيد ميلتون، وابتلع غصته ثم قال..

ـ كان لأبي الكثير من الديون قبل ان يموت، وبعد وفاته لم نملك انا وأمي ما نسدد به تلك الديون، فطردنا التجار من بيتنا واستحوذوا على كل ممتلكاتنا، ولم

يبقى لنا مكان نأوي اليه الا كوخٌ صغير مهجور قرب ضفة النهر، وبعدها بفترة مرضت والدتي ولم أملك المال لأحضر لها طبيبا او حتى اشتري لها طعاما، فما كان لي الا ان أسرق من هذه المزرعة لكيلا تموت من الجوع، لا استطيع التذكر كم بقينا على هذه الحال، فقد كان هذا منذ زمنٍ بعيد.

فكر لوبيز قليلا في حال هذا الفتى، أشخاصٌ مثله لن يحتملوا عيشةً كهذه حقا، بينما تحمل هذا الفتى كل ذلك العناء وحده، انه محق، هو لن يعرف معنى الحياةِ وصعوباتها أبدا..

ـ انا حقا متأسف لأنك اضطررت لخوض كل ذلك وحدك، انت محقٌ بشأننا يا فتى، ولن أجادلك في هذا ابدا، لكن اليك عرضي، ستنتقل انت ووالدتك للعيش في هذه المزرعة، وسأتكفل بطعامكما وعلاج والدتك وسأؤمن مسكنا لكما، بل وسأكلف أحد رجالي ليعلمك استخدام السلاح، وفي المقابل ستعمل في هذه المزرعة بجدٍ واجتهاد لتعوض ما سرقته، وبعدها سيكون لكما الخيار، اما مغادرة المزرعة او العيش والعمل فيها، فماذا تقول؟

نظر الفتى الى السيد لوبيز وذرفت عيناه الدموع بينما ينظر اليه وكأنه ملاكٌ أرسل ليخلصه من معاناته القاسية، وقال له بينما ينظر اليه كأنه يتأمل معجزة..

ـ هل أنت جادٌ حقا؟

ـ أظن انني لم أكن أكثر جديةٍ في موضوعٍ اخر من قبل.

بكى الفتى موافقا على عرضِ السيد ورجع الى الكوخ مسرعا ليبشر امه النائمة بالأخبار السارة، لكنها أبت ان تستيقظ لتشاركه فرحته العارمة، فقد غاب طويلا عن ذلك الكوخ ليبحث عن غدائهما، ونفذ صبر جسدها الهزيل في تلك الاثناء ولم يعد يحتمل المقاومة أكثر، وفاضت روحها أخيرا، لتترك ولدها الصغير يهنأ بالحياة التي لطالما ارادتها له دونها، لقد جاءه الفرج أخيرا، ولكن بأي ثمن؟

""""أيها الأيل النبيل... لماذا تريد هذه الحقنة الملعونة؟ لتقتل ماذا؟

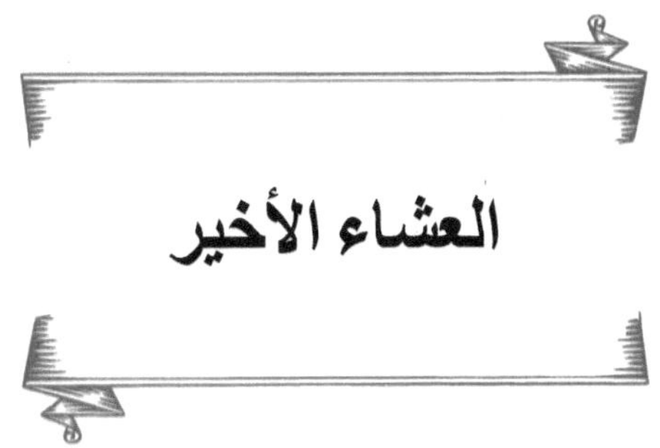

العشاء الأخير

جوليا ساندلر

حل الشتاء واكتست بلدة سيكرد فالي بالثلوج لتزخرفها باللون الأبيض البارد، لكنه كان أبرد من المعتاد على سكان البلدة، التي بدأ الجزع ينبسط عليها بعد الاحداث المروعة الأخيرة، ديابولو محكمٌ قبضته على المأمور ميلتون العاجز، وفاة أشهر متعقبان في الولاية بانفجارات في قصرٍ نائٍ قرب البلدة، والان وفاة نائب المأمور، أدم جرين. تتناسى المأمور موضوع فيونا كلارك بالكامل، وحول بؤرته على ديابولو سولتيرو مباشرة، فبعد ان رأى ثوماس ميلر يقف معه جنبا الى جنب، أدرك ان حل لغز ديابولو محصورٌ عند هو وذلك الأحمق أوين كوبر، لذا اصطحب جوليا وجون ليرافقاه مع مطلع الشمس الى مخيم الصيادَين القابع خارج البلدة، فإحضارهما الى المكتب ومواجهتهما هناك قد يكون تصرفًا طائشًا، فلو تسرب الخبر الى سكان البلدة ستحدث فضيحةٌ كبيرة، ديابولو سولتيرو كان أحد صيادي النخبة الذين يعملون مع المأمور.

كانت جوليا ترافق جون على جواده، بينما كان المأمور يمتطي فرسه العجوز الذي ابى ان يستبدله منذ أيامه في نيفادا، يسيرون بين الثلوج المتراكمة متجهين الى جحر ذلكما الاثنان. كان المأمور في حالةٍ يرثى لها، ففي خلال أسبوع واحد فقط، خسر العديد من الشخصيات البارزة ببلدة سيكرد فالي، بالإضافة الى خسارته لنائبه العزيز الذي لطالما اعتبره ابنا له، أما جون فقد كان قلقًا على حال المأمور، فلا يبدو عليه انه يستطيع المواصلة أكثر في ذلك في مواجهة ديابولو، لذا أقترب منه وسأله ليطمئن عليه..

- يا سيدي، هل انت حقا قادر على فعل هذا؟ حبذا لو بقيت في البلدة لتستريح، وتدعني أتفاهم مع ثوماس وأوين.

نظر اليه المأمور بنظرةٍ منزعجة يملأها التعب من قلة النوم في الليالي الماضية وقال بنبرةٍ خالية من الحياة..

- يجب عليَّ فعل هذا..

- ماذا قلت؟

لم يستطع جون سماع المأمور المرهق لشدة صخب الرياح المرافقة للعاصفة الثلجية، ولم يكن المأمور في المزاج المناسب ليعيد كلامه مرارا وتكرارا، لذا لم يرد على جون ولم ينظر له حتى. سكت جون قليلا، لا يبدو ان المأمور يريد الحديث عن أي شيءٍ في الوقت الراهن، لكن ما قاله المأمور عن ثوماس ميلر كان جنونيا أكثر من اللازم ليصدقه ببساطة، هل من المعقول ان ثوماس ميلر، الصياد العظيم الذي خشيه الجميع، متورطٌ مع ديابولو سولتيرو بعد كل شيء؟ دنا جون منه من جديد وسأله بصوتٍ عال..

ـ لكن يا سيدي، هل أنت حقا متأكدٌ مما رأيته؟ فذلك اتهامٌ في غاية الخطورة كما تعرف.

ردت جوليا على سؤال جون عوضا عن المأمور لكيلا يفقد عقله بأسئلته الكثيرة..

ـ أجل يا سيد داستن، لقد رأيته أيضا، كان يقف بجانبه حقا.

ـ وعند التفكير بالشخص الذي قد يكون مرافقا لثوماس، فلا يسعك التفكير الا بـ..

ـ أوين كوبر.

مازال جون لم يبدو مقتنعا بهذا الادعاء، كيف يعقل ان يكونا هما ديابولو سولتيرو بعد كل شيء؟ لا يعقل ان يكون أوين كوبر متواطئا بجرائم ديابولو بينما يستميت للعثور على فيونا كلارك، أما ثوماس فأراد ان يموت منذ زمن، هل هذا وقتٌ مناسب ليتمرد ويتحول الى مجرم؟

استمر جون بالحديث الى جوليا التي كانت خلفه مباشرة وقال لها مشككا بهذا الاتهام من جديد..

ـ لا أعرف يا جوليا، يبدو ذلك صعب التصديق، ليس بعد الشوط الطويل الذي قطعناه ونحن نطارد ديابولو.. بالإضافة، توقفي عن مناداتي بالسيد، فأنتِ أكبر مني عمرا يا آنسة.

وجه كلامه الى المأمور وتابع..

ـ وأنت أيها المأمور ميلتون، هل تظن انه من المنطقي حقا ان يكون ثوماس وأوين هما من كانا خلف شبح ديابولو؟

نجح جون الأحمق أخيرا بجعل المأمور يفقد أعصابه، فصرخ عليه بجنون..

ـ اللعنة يا جون! فكر بالأمر قليلا! لقد كان ديابولو يعرف كل خطواتنا ويسيّرنا كيفما أراد منذ البداية، لقد كان بيننا طوال الوقت، واستطعت أن أراه مع ثوماس بأم عيني، أي جزء من هذا لا تستطيع فهمه؟!

تقدم المأمور أمامه بعد ان صرخ عليه لكيلا يستمع الى أي أسئلةٍ أخرى منه، رد جون على المأمور بالصمت الذي يوحي بعدم الاقتناع، وأختار ان يستمع الى ما لدى ثوماس ليقوله بنفسه، بينما كانت الرياح والبرد يشتدان أكثر فأكثر مع اقترابهما من مخيم الصيادَين البعيد.

أوين كوبر

كان الرفيقان يستعدان لمغادرة المخيم، والاتجاه الى مكانٍ ما أكثر دفئا هروبا من هذه الرياح الشديدة المصحوبة ببردٍ قارس، وفي أثناء نقل أمتعتهما على خيولهما، لمح أوين أحدا قادما من الارجاء البيضاء البعيدة، لم يستطع تمييز هم من هذه المسافة وسط هذه العاصفة، ونادى صديقه ثوماس ليلقي نظرةً بمنظاره ..

أنظر! هنالك أشخاصٌ قادمون، هل تستطيع ان تستخدم منظارك للتعرف ـ عليهم؟

أخذ ثوماس منظاره ليتفحص القادمين من بعيد، كانت العاصفة شديدة ليراهم بوضوح لكنه أستطاع التعرف عليهم بعد عدةِ ثوانٍ..

أجل، انهم المأمور وجون داستن، بالإضافة الى الانسة جوليا ـ.

ولمَ قد يتحملوا عناء القدوم الى هنا؟ ـ

- لا أعرف، لكن لدي شعورٌ سيء حيال هذا..
توقفا عن حزم أمتعتهما وانتظرا وصول المأمور ومن معه، وبعد ان وصلوا الى مخيم الصيادَين، ترجل المأمور من جواده ونزلت الانسة جوليا من جواد جون، واقتربا منهما، لم يبدو ان المأمور كان مسرورا للقائهما، لكنهما ظنا ان السبب يعود للظروف التي يمر بها المأمور، خصوصا بعد ما حصل مؤخرا.
كان الصمت المربك يخيم على الأجواء، كانا ينتظران انه ان ينطق بأي كلمة، لكنه استمر بالنظر اليهما بتلك النظرةِ المتشائمة. حاول ثوماس ان يفتتح الحديث مع المأمور بتعزيته لرحيل نائبه أدم جرين..
- أنا حقا متأسف لما حصل للنائب أدم جرين يا سيدي، لقد كان رجلا صالحا وصديقا وفيا، أعدك اننا سنعثر على ديابولو ونقتله مهما كلف الامر، لكن هلا تخبرنا سبب زيارتك المفاجئة لنا؟
نظر المأمور الى ثوماس بكل حقدٍ وغضب، وكأنه أراد صفعه..
- لا تقلق يا ثوماس، أظن اننا وجدناه بالفعل..
- ما الذي تعنيه يا سيدي؟
جلس المأمور على جذع الشجرة المجاور لنار المخيم وقال..
- هل لك ان تشرح لي سبب زيارتكما المفاجئة لي قبل عدةِ أيام؟
نظر ثوماس وأوين الى بعضهما مستغربين مما يقوله ذلك المأمور العجوز، لم يبدو على أوين انه مرتاح بسلوك المأمور، بينما رد ثوماس..
- أخشى أني لم افهم ما تقصده يا سيدي.
- أظنك تفهم بالضبط ما اقصد.
بدأ أوين يشعر بالغضب والحنق من تصرف المأمور الغريب فجلس أمامه وقال..
- حسنا أيها العجوز.. مهما كان منصبك ولقبك، فلا تظن بانه يمكنك ان تأتي الى هنا وتتحاذق علينا، ان كان هناك ما تريد قوله فقله الان والا أغرب عن وجهنا، فلدينا عملٌ نقوم به كما ترا..
- أجل بالطبع، من دواعي سروري يا أوين.. ان كنتما ستتحامقان هكذا.. فسأشرح لكما بنفسي، فمن أوصل تابوت أدم كان ديابولو سولتيرو بنفسه، وكان يرافقه ذلك الوغد الواقف خلفك، ثوماس ميلر
نظر أوين الى ثوماس، الذي كان مصدوما بهذا الاتهام الأخرق، فرد على المأمور وقد بدأت عدائيته تزداد قليلا..
- هل هذه مزحةٌ ما أيها المأمور العجوز؟
انضمت جولية ساندلر الى جانب المأمور، وقالت بكل حزمٍ مؤكدةً كلامه..

لقد رأيت ذلك أيضا، لقد كان ثوماس واقفا بجانب ديابولو سولتيرو امام -
تابوت أدم.
نظر الصيادَين الى جون داستن المتربع فوق صهوة جواده، ينتظران منه
تفسيرا حول ما يقوله المأمور وجوليا، فقال في شك..
لم أكن هناك، لكني أفضل ان أسمع الامر منكما -
بعد ثوانٍ من الصمت وحفيف الرياح الشديد، ضحك أوين بشكلٍ هستيري
مخاطبا ثوماس..
أتسمع ذلك يا ثوماس؟ يبدو ان ديابولو ذاك قد قاد المأمور نحو الجنون -
أخيرا.
قام المأمور من جذع الشجرة بكل غضب، وقال لهما بنبرةٍ حادة..
هل تملكان أي حجة غيابٍ أذًا؟ -
أستمر أوين بالضحك على حال المأمور المثير للشفقة..
لقد كان ثوماس معي في المخيم طوال الأيام الأربع الماضية أيها الخرف، -
هيا أغرب عن وجهنا..
ألتفت المأمور الى أوين قائلا..
لا أريد ان اسمع أي حجةٍ منك، فقد كانت هيئة ديابولو سولتيرو الجسمانية -
نسخةً طبق الأصل لهيئتك.. أيها السفاح الوغد
بدأ الوضع بالاشتداد كان كلٌ منهما ينظر الى الاخر بطريقةٍ تبدو وكأنهما
على وشك قتلِ بعضهما، ضحك أوين ضحكته الهادئة المستفزة وقال في وجه
المأمور..
المزيد من الاتهامات المضحكة؟ يبدوا أنك حقا قد جننت أيها العجوز -
اللعين.
سحب ثوماس رفيقه من أمام وجه المأمور ثم تقدم ليواجهه بنفسه قائلا..
المعذرة أيها المأمور، لكننا لن نقبل أبدا بهذه الاتهامات الساذجة، فليس لك -
الحق لتأتي الى مخيمنا وتتهمنا بكوننا حفنةً من القتلة بلا أي دليلٍ حقيقي.
تدخلت جوليا ساندلر لتساند المأمور بالصراخ على ثوماس..
ما الذي تعنيه بلا أي دليلٍ حقيقي؟ لقد رأيناك بأم أعيننا واقفا بجانب أوين -
بزي ديابولو ذاك، أتظن انكما ستنشران الرعب في انحاء البلدة بقتل الأبرياء كما
فعلتما بأدم جرين وبأبي ثم تتصرفان كأنكما صيادان نبيلان؟
اقترب أوين من جوليا بخطواتٍ بطيئة وهو يضحك على مدى غبائها،
وعندما وقف أمامها التفت الى المأمور وسأله..
هي ما زالت لا تعلم، صحيح؟ -

..لم يرد المأمور على سؤال أوين، تاركا جوليا في حيرةٍ من امرها
- ما الذي يتحدث عنه؟
أخفض المأمور رأسه غير قادرٍ على إجابة جوليا، بينما أجاب أوين نيابةً
عنه..
- أنتِ حقا لا تعرفين أي شيءٍ عن ديابولو يا جوليا، فلم تكوني حاضرةً في
ذلك الاجتماع.
- اجتماع؟
- إن ديابولو يستهدف أولئك الفاسدين والمجرمين الذين تم التستر عليهم بعد
جرائمهم البشعة في اثناء الحرب الاهلية، وحزري ماذا؟ لقد وجدنا أدلةً وصورًا
لوالدك الوغد توثق الأشياء الفظيعة التي قام بها بالحرب، وبصراحة لا ألوم
ديابولو سولتيرو على قتله لحثالةٍ مثله.
كانت جوليا في غاية الصدمة من كلام أوين، نظرت الى المأمور مترجيةً ان
ينفي ذلك الادعاء، لكنه لم يملك أي شيءٍ ليقوله، ثم نظرت الى جون الذي أومأ
برأسه مؤكدا كلامه، ثم تابع أوين..
- كما ترين يا جوليا انا لست مهتما بمسألةِ ديابولو على الاطلاق، فكل ما
يهمني هو ان اجتمع بفيونا كلارك من جديد فحسب، ويا للأسف، فسبيلي الوحيد
نحو ذلك هو ان اعمل مع ذلك المأمور الجبان، الذي يرمي رجاله في وجه الموت
ثم يتباكى آتيا الى هنا ليتهمنا بأننا قتلنا نائبه الاحمق وأننا وراء كل شيءٍ من
البداية، لكنه هو من حكم عليه بالموت، كما فعل مع الكثير من رجاله، وكما
يحاول ان يفعل معنا أيضا.
لم يكن للمأمور أي حجةٍ ليرد عليها واكتفى بحبس غضبه، فكان أوين يهاجم
نقطةَ ضعفه التي يعترف بها، بينما تدخل ثوماس لتهدئة رفيقه الذي كان يزيد من
حدةٍ وخطورة الموقف..
- أهدأ يا أوين.. لقد بالَغت حقا!
- لا يا ثوماس! لقد نلت كفايتي من ذلك المأمور ومن قضيةِ ديابولو سولتيرو
بأكملها، أشهرٌ مضت ولم نحرز أي تقدمٍ لكشف هويته حتى الان، بينما هو جالسٍ
في مكانٍ ما يضحك على حماقة هذا المأمور، ألم تفهم بعد؟ لن نستطيع هزيمته
أبدا، أنه العدالة بحد ذاتها، ونحن هم الأشرار، علينا تقبل ذلك، لقد خسرنا.
رد جون داستن من أعلى جواده على جزع أوين..
- ما زال الوقت مبكرا لإعلان هذا.
- مبكرا لماذا؟ للإعلان عن انتصار ديابولو؟ لقد انتصر منذ مدةٍ طويلةٍ بالفعل
لكنكم لا تستطيعون الاعتراف بذلك.. كيري كالنهال، جيري رودز، والان أدم

جرين، والله وحده يعلم عدد ضحاياه الحقيقي من الأبرياء الذين قتلهم نتيجةً لمماطلة هذا المأمور، ما الذي يجعلك تظن انه لا يستطيع قتله ان أراد ذلك؟ انه يستمتع برؤية تهريجه فحسب!
صرخ المأمور على أوين بعد ان ضاق ذرعا من كل تلك الاتهامات حول مسؤوليته بمقتل نائبه..
ما زلت لم تفسر لي سبب تواجدك انت وثوماس امام ذلك التابوت! لقد ـ رأيتكما انا وجوليا! لماذا تتجنب هذا السؤال؟
ضحك أوين في وجه المأمور العجوز من جديد ليستفزه أكثر وقال..
أليس ذلك واضحا؟ لم تتحمل التحول الى مجرد خيبة أملٍ للبلدة التي أدركَت ـ أنك لست سوى مجرد قاتلٍ يرمي رجاله في يأسٍ ليموتوا، فقررت ان تختلق أنت وتلك الحمقاء روايةً مضحكة كهذه لتنقذ ما تبقى من سمعتك، فكر بالأمر أيها العجوز الغبي.. ديابولو يظهر فجأة ويكشف عن هويته لك هكذا ببساطة؟ ألم تنتبه لغرابة الأمر؟ أعني الا يبدو ذلك منطقيا أكثر من روايته الحمقاء يا جون؟
ألتفت الجميع نحو جون منتظرين منه يحدد الصف الذي سيقف فيه، لقد كان كلام أوين يبدو مقنعا أكثر من اتهام المأمور لهما بكونهما هما من كانا خلف قناع ديابولو سولتيرو، لكنه ألتزم الصمت، واختار الحياد، وبعدها تقدم ثوماس ليقف بجانب رفيقه قائلا..
انه محق، أخشى أنك لم تعد قادرا على تحمل مواجهة ديابولو سولتيرو أيها ـ المأمور ميلتون، خصوصا بعد وفاة النائب أدم جرين، فإما كلامُ أوين، واما أنك أصبحت تهلوس وترا أشياءً لا واقع لها.
شعر المأمور بالقهر والعجز، كان متأكدا مما رآه، لكن حتى شهادة جوليا لم تكن كافية دون أي دليلٍ حقيقي، لكن ما كان كبرياؤه ليسمح له بالتراجع هكذا بكل ذلٍ امام حجج ثوماس وأوين، فقد اعماه بعد موت أدم وتشكيك الجميع بقدراته، لم يعد كفؤا حقا لمواجهة ديابولو، فالأمر أصبح شخصيًا الان، وعاطفته قد غلبت على عقله..
ان كان لديكما أي شيءٍ لتقولاه، فلتحتفظا به لمبعوثي حكومة الولاية عندما ـ يحققون معكما، لأنكم مطلوبان للعدالةِ الان
انصدم الجميع من قرار المأمور المتسرع، لقد كان قرارا نابعا من اليأس فحسب..
سيدي! الا يبدو هذا قرارا طائشا؟ ـ
حاول جون إعادة المأمور الى رشده، لكنه قد اتخذ قراره سلفا، زادت شدة الرياح وزاد معها غضب أوين على ذلك المأمور العجوز، لقد تجاوز حدوده

بالفعل، فكيف له ان يعلنهما مطلوبين للعدالة بالرغم من عدم وجود دلائل كافية
على اتهامه؟ لقد سئم حقا من ذلك المأمور الخرف ..
ـ جيد.. لطالما أردت فعل هذا ..
مد أوين يده الى سلاحه ووجهه على المأمور، وقبل ان يطلق دفعه ثوماس
لكيلا يرتكب رفيقه الاحمق جريمةً صريحة لتجعلهما مطلوبين بالفعل، لكن أوين
أطلق رصاصته سلفا وأصابت ترقوة المأمور، ليسقط مضرجا بدمائه على الثلج
البارد .
سحب ثوماس رفيقه نحوه الخيول ليهربوا من المكان بسرعة، وسط صراخ
جوليا وجري جون ليتفقد حال المأمور المصاب، هرب الاثنان من المكان واختفيا
وسط العاصفة، بينما همّ جون بإيقاف نزيف لوبيز ميلتون، فلو مات سيكون كل ما
فعله ليسقط حكم الإعدام المعلق برقبته بلا أي فائدة، ولحسن حظ المأمور ان جون
كان يعيش في الكنيسة الكاتدرائية، التي تملك أكبر مكاتب الطب والتشريح
بالولاية، فاستطاع أيقاف النزيف، ورافق المأمور والانسة جوليا ليعيدهما الى
البلدة .

ثوماس ميلر

استمرا بالهرب حتى خرجا من المنطقة المحيطة بالبلدة، لكنهما تركا كل امتعتهما وطعامهما خلفهما بالمخيم، لسوء الحظ لن يستطيعا العودة، فقريبا سيتم الإعلان بانهما مطلوبين للعدالة. مكثا في أحد الجحور المجاورة ليحتميا من البرد، بينما كانا ينتظران مرور أحد عربات نقل الجرائد ليطلعا على العقوبات التي ستصدر بحقهما. لم يكونا في مزاجٍ جيد ليتحدثا عما حصل في المخيم، فكانا يتجنبان الحديث عن ذلك الموضوع قدرَ الإمكان، فالجو السائد بينهما كان مشحونا بالتوتر والغضب، فكلٌّ منهما كان يرى ان كل ما حصل قد وقع بسبب الاخر.

وبعد مرور يومين على اختبائهما في ذلك الجحر، وصيد الحيوانات الصغيرة في المنطقة ليتغذيا على لحومها، لمحا عربةً تعود لأحد المزارعين تمشي على أحد الطرقات، فأوقفاه وسألاه ان كان يملك جريدةً حديثة، فسلمهما واحدة، والعناوين التي كانت تحتويها تلك الجريدة جعلتهما في حالةٍ من الذعر. يبدو ان كل الرسائل والوثائق التي وجداها عن ضحايا ديابولو سولتيرو سابقا في ذلك الكوخ قد تم نشرها للعامة، بالرغم انه لا يوجد أي احدٍ قد اطلع عليها عداهما والمأمور وجون داستن، الان أصبحت كل تلك المعلومات متاحةً للجميع في الجرائد، مما قد يسبب نزوح الرأي العام الى صف ديابولو وقد يعتبرونه بطلا لهم، وأخيرا في نهاية الجريدة، صورهما معروضةٌ كمطلوبين للعدالة، كالاثنان القابعان خلف قناع ديابولو سولتيرو، بمكافأةٍ قياسية تجاوزت الستون ألفَ دولار. كانت الولاية بأكملها في حالةٍ فوضى، وكانا هما قلب تلك الفوضى، طفح كيل ثوماس من تهور أوين الدائم الذي لا يقوده الا الى المتاعب، فقال متهكما عليه بغضب..

ـ ربما لو لم تطلق النار على ذلك المأمور اللعين لاستطعنا السيطرة قليلا على الوضع، الان ستتكالب الدولة بأكملها علينا، أحسنت يا أوين، دائما ما تبهرني بعبقريتك.

لم يقبل أوين ان تتم إهانته من أي أحد، حتى ان كان ثوماس، فقد كان خطؤه من البداية انه كان يتعامل مع ديابولو سولتيرو مباشرة..

ـ بل ربما لو لم تكن هناك مع ديابولو سولتيرو لما فقد ذلك العجوز عقله! لم اسألك عما كنت تفعل معه في ذلك الوقت بالمناسبة، هل قال لك انه سيخلصك من هذه الحياة لو أصبحت كلبه المطيع؟

ـ هل ستصدق ذلك الان؟

ـ لا أعرف ماذا يجب عليّ ان اصدقه بعد الان! لقد كان المأمور يقسم أنك

كنت معه، واختلقت انا حجة غيابك ليتركنا وشأننا فحسب، فأنا لم اراك تلك الليلة
أبدا!

وقف ثوماس امام أوين ليواجهه وجها لوجه وقد كان يفعل كل ما في وسعه
ليكبح نفسه من إبراحه ضربا، وهمس له.

ـ أعرف أي نوع من الرجال أنت، فأنت لا تفكر الا بنفسك إذا كان هنالك
مصلحةٌ شخصيّة لك، مثلما يحدث الان مع فيونا، فتصرفاتك الخرقاء السابقة
عززت فكرة أنك هو ديابولو سولتيرو لدى ذلك المأمور.

ـ كانت فيونا هي الخيط الوحيد الذي نملكه ليقودنا الى نتيجةٍ حقيقية، لكن ذلك
المأمور الجبان أستمر بالمماطلة لخوفه من ديابولو، كل ما فعلته كان ضروريا
ليتحرك المأمور، لكن سحقا له، سأعثر على فيونا بنفسي وسأترك ديابولو يقضي
عليه حالما يمل من دورانه حول نفسه كالأبله.

ألتف أوين ليعود الى الجحر ويستريح من كل هذا الهراء، لكن ثوماس صرخ
عليه بينما يبتعد قائلا..

ـ أحسنت أيها البطل! ستكون فيونا كلارك متطلعةً للعيش معك الان وأنت
المطلوب الأول في البلاد، فأنت لا تختلف عن المأمور فيما يتعلق بالغرق في
الأوهام عندما تظن انها ماتزال حيةً وتتسكع في مكانٍ ما.

توقف أوين مكانه بعد ان تجاوز ثوماس حدوده باستهزائه بشغفه للعثور على
فيونا، وألتفت اليه بينما كان يبتسم ابتسامةً لا تبشر بالخير قائلا..

ـ يبدو اننا قد وصلنا الى طريقٍ مسدودٍ أخيرا يا رفيقي

سحب كلٌّ منهما مسدسه في وجه الاخر، لقد كانت تلك هي النهاية لكليهما،
فلن يستطيع ثوماس المضي قدما مع أوين كوبر الذي لا يجره الا الى المصائب
بتهوره، ولن يستطيع أوين الوصول الى حبيبته المفقودة مع أولئك الجبناء الذين
يماطلون في اتخاذ أي خطوةٍ تقودهم اليها، ورفيقه ثوماس ميلر كان أحد أولئك
الجبناء.

قال أوين لثوماس في محاولةٍ منه بتثبيط روحه..

ـ فكر في موقفك بكل حذرٍ يا صديقي القديم ثوماس، فلا يوجد أي شيءٍ لتقاتل
لأجله بعد الان، لن تحقق رغبتك بالموت في سبيل هدفٍ نبيل، لقد أصبحت خاوٍ
بالمعنى الحرفي، بينما مازلت أملك هدفا أسمى منك.

ـ لست أفضل مني بأي شيءٍ يا أوين، فقد ضاع هدفك منك بإطلاقك النار
على المأمور أيضا.

ـ وسأطلق النار عليك أيضا ان كنت ستقف في طريقي وتمنعني من الوصول
الى فيونا، لكن أخبرني أولا، لمَ سوف تطلق عليّ النار أساسًا؟ فأنت فارغٌ تماما،

تعيش دون أي هدف، او بعبارةٍ أخرى، ليس لديك أي مبادئ تدافع عنها بدمائك، فأنا من ينبغي ان يعيش، ليس أنت، حتى وان كان هدفي ساذجا، مازلت أملك شيئا أسعى اليه.

- لا أوافقك الرأي يا رفيقي، فلم يكن هنالك أي سببٍ لأكون خاوي المبادئ من الأساس، لكني أدرك ذلك الان، هنالك أشياءٌ يجب ان أعيش لأجلها، اشياءٌ حتى وغدٌ مثلك لن يفهمها، اشياءٌ أدركتها أخيرا بعد سنينٍ من الصيد وتلقي الأوامر والمخاطرة بجلدي في سبيل العثور على الخلاص، أدركت ان كل الويلات التي حدثت لي في حياتي لم تكن خطئي ابدا، لقد كرهت نفسي دون سببٍ واضح، والاسوأ من ذلك أنني تهربت من كل هذه الكراهية عن طريق رميها على كل ما حولي، لكن لم يعد لكل ذلك داع الان، ان كنتُ خاوٍ بلا أي اهدافٍ حقا كما تقول، فسأقتل وأموت بكل فخرٍ في سبيل إيجادها، ذلك هو اهم مبدإٍ قد يقتل لأجله أي شخص ويصل الى اعلى درجات الأنانية للدفاع عنه، الا وهو الرغبة في الحياة، وهو ما تفتقره أنت يا أوين كوبر، ليس أنا، فأنت تريد ان تعيش فقط لان هنالك احتماليةً بسيطة بأن تجد فيونا كلارك على قيد الحياة، عدا ذلك.. فأنت لن تكترث لكل ما يحصل الان، هل انا مخطئ؟

لم يملك أوين أي ردٍ على ثوماس الذي أنزل سلاحه واستمر بالنظر الى عينيه، منتظرا ان يثبت انه على خطأ عن طريق قتله هنا والان، أراد أوين ان يقتل ثوماس لكنه لم يستطع لسببٍ ما، ظل موجها سلاحه على رأسه، لكن نظرات ثوماس كانت تسبب ثقلا غريبا على يده، لم يستطع رفع سلاحه أكثر من ذلك فأنزله وقال بكل ارتباك..

- يا للحماقة.. تبا لكم جميعا.. سأذهب للعثور على فيونا بنفسي

هرع لامتطاء حصانه وغادر مباشرةً دون أي كلماتٍ أخيرة لثوماس الذي جثا على ركبتيه يرتجف وسط الثلوج ما ان اختفى أوين عن الأنظار، لقد سبب له ذلك الموقف الكثير من التوتر والتشويش، لقد أراد ان تنتهي قصته مع أوين كوبر هكذا، لكنه كان على يقينٍ تام بأنه سيواجه رفيقه القديم من جديد ولمرةٍ أخيرة، ويعرف أين ستكون تلك المواجهة بالضبط.

؟؟؟

حسنا.. تلك كانت مفاجئةً بالفعل، فلم يحدث لي شيءٌ كهذا في السابق، "لم
يتجرأ أي أحدٍ ان يقف في وجهي دون ان يرتعد ويبكي متوسلا لحياته، لم يحدث
هذا سابقا من قبل، ولا لمرةٍ واحدة، أبدا..
شخصٌ واحد فقط.. شخصٌ واحد وقف أمامي وتجرأ على سحب مسدسه
ضدي، ما الذي كان يعتقده بالضبط؟ حتى انا نفسي لستُ متأكدا، لأنه وبصراحة..
تلك كانت مرتي الأولى أيضا التي أواجه فيها رجلا مثله.
أنتم مذهلون حقا.. لكني أبعد من ذلك بكثير، ففي النهاية تجرأ ان يقف
بشجاعة وسط ذلك الضريح المشتعل ويعتبر نفسه ندا لي أنا. هذه ليست عضةً
لأي أحد، لكن يجب على الشجاع القادم الذي سيقف أمامي بكل حزم أن يقدّر
حياته أكثر، فالحياة غاليةٌ لا تقدر بثمن، لا ينبغي لأي أحدٍ ان يضيعها في القتال

149

بمعركةٍ خاسرة. فهل حقا تظنون أنكم أندادٌ لي؟ هل حقا تريدون أن تتجرؤوا على الوقوف في طريقي؟ أنا ماضيكم، مطرقة القانون الأزلية، حارس العدالة، أنا هي النهاية))

لكني لستُ متكبرا او ما شابه، سأعزف لكم في الجحيم قداسًا خاصًا بكم بصرخات من كان قبلكم من الأوغاد الفاسدين، ليستمتع الجميع بتلك النوتات الجميلة التي تخرج من افواههم اليائسة، مكونةً تلك المعزوفة المقدسة المسماة بالعدالة، ولتعرفوا ان أسمي سيُقدس في أرجاء الأرض، سأستمر بتدمير كل ما يقف في طريقي، وسأضع حدا لعجرفتكم وجرائمكم، حتى أستعيد كل ما دنسوه هؤلاء الأوغاد، وسأقبض بيدي على سلطتهم، وسأحرر العالم منهم عن طريق تدمير هذه السلطة الى الأبد، فمن يحقق السلطة العظمى سيكون جديرا بقيادة الناس، لكن البشر قد تجاوزوا حدودهم بكثير باستخدامهم لهذه السلطة، سينشرون الفساد ويقتلون كل ما هو تهديدٌ لهم ولملكوتهم، لكن مع مرور الزمن ستضعف قوتهم لا محالة، ويأتي من هم أقوى منهم لتدميرهم وأخذ مكانهم وستسمر هذه الدائرة الى الابد.

لكن ان كان هناك رجلٌ نبيل يسعى لإصلاح ما أفسده هؤلاء الأوغاد، سينبغي عليه ان يلطخ يداه بالدماء، ويدمر كل ما يقف في طريقه، ويسحق كل أعمدة هذه القوة ليصعد الى قمة الهرم، ويقف شامخا فوق الجميع.. فقط عندها، سيستطيع تحقيق العدالة التي حلم بها، وكل ما أفسده السابقون سيزدهر ويعود كما كان، وسيزول الظلم أخيرا، ولن يوجد الجشع والطمع بعد الان.. ذلك هو عصر النعيم، الذي وعد به ديابولو سولتيرو".

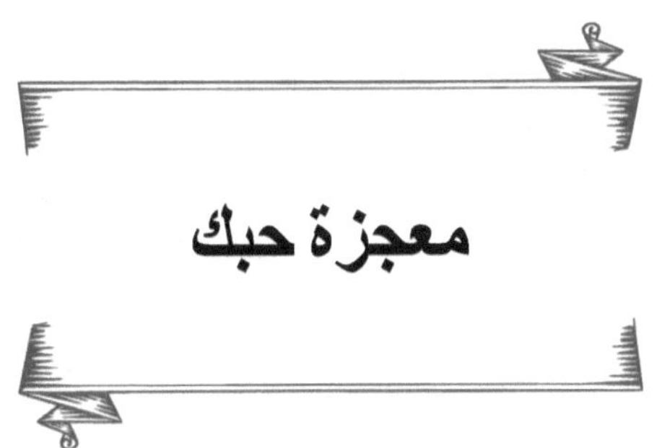

معجزة حبك

جون داستن

لقد استغلوا غريزة الابوة لدى والده ليختار بين حياته وحياة ابنه، عن طريق حصار مزرعته وحرقها على حين غفلةٍ منه، وعندما علم انه لن يستطيع ان يخرج مع ابنه من هنا أحياءً، قرر ان يجعل ابنه يهرب من نفقٍ ضيق تحت أرض المنزل يؤدي الى خارج المزرعة، بينما استمر هو بتبادل إطلاق النار وحيدا ضد عصابةٍ كاملة ليؤخرهم حتى يخرج ابنه من نطاق المزرعة. استمر بقتالهم والتعرض لطلقات النار، لقد كان ألم جراحه يستنفد طاقته، لكن عزيمته كانت أثقل من ذلك بكثير، فاستمر بالصمود في وجههم بينما يشاهد مزرعته التي حلم ان يعيش بها هو وزوجته وابنهما جون بسلامٍ تحترق وتتحول الى رمادٍ أمام عينيه، لقد علم انها النهاية، وكان متصالحًا مع الأمر، فهو صيادٌ بعد كل شيء، ولا يوجد صيادٌ يموت بسلامٍ في فراشه، لقد سقط الكثيرون قبله، والان حان دوره.

حتى بالرغم من سقوط جوليو داستن أخيرًا على يد تلك العصابة الهمجية، الا انها مازالت تستهدف ابنه الصغير لتقتله وتنهي نسل عائلة داستن للأبد، فوالده سبب لهم رعبا شديدا على مدار السنين قبل اعتزاله الصيد، بل واستطاع قتل قائدهم في ذلك الوقت وتسليم رأسه للعدالة، حتى بالرغم من انهم حاصروه وغدروا به بطريقةٍ مثيرةٍ للشفقة، الا ان يأسه وصموده في وجههم جعلهم يفقدون الأمل في هزيمته لوهلة.. لن يستطيعوا تحمل ظهور شخصٍ أخر من تلك العائلة، ويعيد عليهم ذلك الجحيم.

عاش جون الصغير مشردا بين الطرقات لا يستطيع إيجاد قوت يومه، كان يمضي يومه بين البكاء والنوم على الطرقات الباردة تحت المطر، وإذا كان محظوظا، سيعطف عليه الخباز ويعطيه القليل من الخبز لكي يسد به جوعه. وفي أحد الليالي الموحشة، وبينما كان يختبئ في أحد الحضائر، أقامت تلك العصابة موكبا في وسط البلدة بجثة والده الممزقة، تباهيا منهم بأنهم الوحيدين الذين استطاعوا قهر جوليو داستن الذي "لا يقهر" وسط بكاء سكان البلدة لرؤية بطلهم العظيم، ينتهي به المطاف بهذا الشكل المروع، جثةٌ ممزقة بلا رأس، مربوطة بخيلٍ يقودها في أنحاء البلدة، بينما رجال العصابة يبصقون على جثته، وقائدهم مترجلٌ أمام الموكب، يركل رأس جوليو هنا وهناك.

بعد انتهائهم من تباهيهم المثير للشفقة، رموا ما تبقى من جثة جوليو لتلتهمه الخنازير في حضيرتهم، تحت أنظار جون المختبئ في تلك الحضيرة، والذي كان يشاهد والده الذي حلم ان يصبح مثله يؤكل عن طريق تلك الخنازير القذرة، لم يستطع الفتى تحمل ذلك المنظر البشع، فانتهى به الامر مغشيا عليه

لم تكن تلك المرة الأولى لجون التي يرى فيها أحد والديه بمنظرٍ كهذا، فكان هو أول من شاهد جثة والدته التي انتحرت ببندقية خرطوش لأسبابٍ غامضة في غرفة نومها قبل عدة سنوات، كان صغيرا جدا ليعي ما كان يراه امامه، لكنه الشيء الوحيد الذي أدركه هو ان وجهها الجميل قد تحول الى اشلاءٍ متطايرة على جدار الغرفة. لم يستطع نسيان ذلك المنظر، ففي كل مرةٍ يتذكر فيها والدته يتذكرها بذلك الشكل البشع في غرفة نومها، لدرجة انه نسي شكلها تماما مع مرور الزمن، والان وبعد عدة سنوات، يرى والده بمنظرٍ لا يقل بشاعةٍ عن منظر والدته، وكأن أي شيءٍ أحبه ذلك الفتى قدِر له المصير الفظيع.

استيقظ الفتى بين أحضان فرانكلن نيلسون، أحد أعظم حاملي السلاح في تلك الولاية، والذي كان عضوا في تلك العصابةِ التي قتلت والده، على عكسهم، كان فرانكلن من الأقلية التي رفضت قتل جوليو داستن في تلك العصابة، ولم يشارك في قتله أبدا، وكان رافضا تماما فكرة ان يقتلوا طفلا صغيرًا فقط لأنهم ظنوا انه سيشكل تهديدا لأنه يحمل دماء كابوسهم في عروقه.

لقد عثر على ذلك الطفل مغشيًا عليه في حظيرة الخنازير تلك، واستطاع التعرف عليه بسهولة عن طريق ملامح والده التي كانت على وجهه، اخذ فرانكلن جون معه وتوجه الى مخيم تلك العصابة المعروفة باسم عصابة توم بيل التي رفضت تواجد جون داستن بينهم رفضا قاطعا، بل طالبوه ان يقتله هنا والان، لكن فرانكلن كان أحد أكثر الرجال مهابةً في العصابة رغم صغر سنه، وأقسم على قتل أي شخصٍ يتجرأ على أذية الفتى، فما كان لهم الا ان ينصاعوا له، ويسمحوا بتواجد سليل جوليو بينهم.

لكن بطبيعة الحال، كان جون عدوانيا مع فرانكلن وجميع من كانوا بالعصابة، ومحملا بغضبٍ عظيم تجاههم جميعا لقتلهم والده واحتفالهم بذلك امامه، كان يختلي بنفسه ليبكي في الغابة بعيدا عن المخيم تحت أنظار فرانكلن الذي كان يراقبه من بعيد، لقد أراد ان يساعد ذلك الفتى بكل أمانة، لذا صبر على عناده ليكسب ثقته، علمه أساسيات استخدام الأسلحة وركوب الخيل، لكن ما جعل جون يثق بفرانكلن ثقةً عمياء ويرتاح لوجوده بجواره، هو عثور فرانكلن على صورةٍ قديمة لجوليو رفقة زوجته، التي كانت تحمل طفلا رضيعا، الطفل الذي أسمته بجون، وبعد تعرف فرانكلن على تلك الصورة ومن فيها أعطاها للفتى، الذي تذكر بها أخيرا شكل والدته قبل موتها، واللحظات التي أمضاها رفقتها.

أصبح جون يألف مرافقة فرانكلن أخيرا، فلم يكن فرانكلن نيلسون أي شيءٍ قريب من كونه رجل عصابة، كان يملك مبادئ نبيلة على عكس البقية، مما كان غريبا بعض الشيء. لم يكن جون يملك أي أخوة قبل وفاة والداه، لذا فلم يكن

يستطيع ان ينظر الى فرانكلن الا كأبٍ له، لا أخا أكبر او ما شابه، وذلك ما كان يجعل الأمر أصعب على فرانكلن نيلسون، فلم يكن يبلغ الا بضع و عشرين سنة آنذاك، مما كان يسبب له عبئا ثقيلا، لكنه قد قبل سلفا بهذه المسؤولية في اللحظةِ التي انتشل فيها ذلك الفتى من تلك الحظيرة.

اعتاد فرانكلن ان يأخذ جون الصغير معه في مهمات استلام مستحقات العصابة من العائلات التي كانت تستدين منها، ومع مرور الأيام، وبعد ان خاضا الكثير من المهمات والرحلات معا، لاحظ فرانكلن شيئا ما غريبا بشخصية ذلك الفتى، بالرغم انه كان يملك مبادئً صافية وروحًا نقية مثل والده، الا انه لا يبالي أبدا بالطريقة التي يحقق فيها هدفه، طالما انه هدفٌ "نبيل" كما يزعم، فلم يكن لديه أي مشكلة بتعذيب أي رجلٍ من رجال القانون الفاسدين بأبشع الطرق لكي يشي بموقع المخبأ الذي يمارس فيه القمار المحظور مع رفاقه، حتى صرخاتهم وتوسلهم لم تهز شيئا في نفسه، فطالما انه رجلٌ سيء، سيكون من الجيد فعل أشياءٍ سيئة له.

"لا أعرف كيف أصفه.. ليتك كنت هناك لتشهد ما شهدته.. لقد كان.. لا أعلم، لكنني فهمت لماذا يمجده الناس هكذا، لوهلةٍ ظننت أنه خالد، مهما تلقى من رصاصاتٍ في جسده كان يشتد شراسةً وبأسًا، كان النزيف ما أضعفه في النهاية، رؤيتي له ينهار أخيرًا ويسقط على الأرض بعد ملحمةٍ كهذه جعلتني أدرك كم كنت حثالةً لوقوفي في ذلك الجانب.. كل الأبطال قدّر لهم الانكسار في يومٍ ما.. لكن جوليو العظيم عاش كبطلٍ حتى النفس الأخير"

فرانكلن نيلسون

مرت بضع سنين منذ انتشال فرانكلن لذلك الفتى من الحضيرة، وفي غسق أحد الأيام، كانا يخيمان معا قرب كنيسة القديسة لوسي الكاتدرائية التي ضمه اليها ليتعلم القراءة والحساب وعلومًا أخرى، فقد وعده سابقا ان يخيما على تلك التلة المجاورة للكنيسة ليتمتعا بمنظرٍ خلاب في حضرة عمارة الكنيسة الأوروبية القديمة تحت نجوم الليل. وبعد ان تبادلا أطراف الحديث والقصص والنكات الساذجة، سرح جون بالتفكير قليلا بينما كان فرانكلن يقطّع اللحم ليعد طبقا فاخرا من أطباقه الشهية، وبعد دقيقةٍ من الصمت، سأله جون سؤالا مفاجئا..

أتعلم شيئا.. لطالما تساءلت عن سببٍ تقديرك لوالدي بالرغم أنك عضوٌ في ـ العصابة التي كان يطاردها.

لم يفهم فرانكلن ما كان جون يرمي اليه، فكان مشغولا بشواء قطع اللحم التي

..قطّعها للتو، وقال له بينما كان يقلب اللحم على النار
- ماذا تقصد؟
- كما تعلم، دائما ما تروي لي قصص والدي وبطولاته عندما كان صيادا،
كما أنك رفضت قتلي، وآويتني من العراء، على ما يبدو.. أنك تكن له احتراما
عظيما عكس باقي العصابة، لماذا؟
فكر فرانكلن بسؤال أحمقه الصغير، لطالما تظاهر بعكس ذلك، لكن أصبح
يتصرف على حقيقته بجوار جون، فلا يمكن اخفاء الكثير من الاسرار عنه الان،
..فجلس قرب النار تاركا اللحم ليشوي ورد عليه
- أنت تعلم يا رجل.. أنه بطلي او ما شابه..
- بطلك؟
ضحك فرانكلن قليلا، فكان الأمر مضحكا بعض الشيء عند التفكير به قليلا،
..ان تتخذ عدوك الذي لطالما سعى لقتلك كبطلٍ لك، قال وهو يقلب اللحم على النار
في ذلك الوقت، عندما تسأل أي طفلٍ صغير عما يريد ان يصبح عندما
يكبر، ستكون اجابته في الغالب ان يصير صيادا عظيما مثل والدك، وبصراحة
لقد كنتُ أحد أولئك الأطفال، من العار ان ينتهي بي المطاف واقفا في وجهه، لكن
مازال شرفٌ عظيمًا ان اشهد العديد من بطولاته لأرويها بنفسي، لقد كان
أسطورةً بالفعل، وكأني قد شهدت واحدةً من قبل.
اقترب جون من فرانكلن الذي كان يجهز اللحم على الطبق وجلس أمامه
..متربعا ليستمع الى أحد حكاياته
- على ذكر الامر، أنت لم تخبرني كيف انضممت الى العصابة من قبل.
..ضحك فرانكلن من فضول الفتى قائلا
- حسنا، انها ليست بتلك القصة المشوقة بصراحة، تستطيع القول فقط انني
كنت مثلك، انتهى بي المطاف في المكان والوقت الخطأ.
أعطى فرانكلن قطعة اللحم لجون، وبينما كان يستمتع بأكلها، أراد ان يستفزه
..ليتسلى بغضبه مجددا
- حسنا، لا علينا من كل هذا الان.. أخبرني، كيف تبلي مع أنابيل مؤخرا؟
- ما الذي ترمي اليه؟
توقف جون عن الاكل، ونظر الى فرانكلن بانزعاج، كان يعرف هذا
الأسلوب الذي يستخدمه للسخرية منه، حاول فرانكلن ان يكتم ضحكته من تعابير
..جون الغاضبة
- أنت تعرف.. أسأل فحسب كيف تسير قصة "حبكما"
غضب جون بشدة لذكر فرانكلن كلمة "حب" فانهال بالضرب عليه بينما كان

غارقا بالضحك من ردةِ فعله، وبعد ان هدأ جون قليلا قال له فرانكلن ضاحكا..
ـ ما المشكلة في ذلك؟ أليس الامر رائعا؟
عاد الى مكانه ليستكمل طبقه وقال بغضب..
ـ الامر ليس كما تعتقد.
ـ أعتقد؟ كل المخيم يعلم أنكما تحبان بعضكما أيها الاحمق، الامر واضح.
لم يرد جون على فرانكلن، وعاد الى طعامه متظاهرا بأنه لا يستمع له، فكان يكره عندما يتحدث أحدٌ في هذا الامر. لكن كما قال، الأمر كان واضحا بالفعل، فبين جميع أطفال المخيم، كان هنالك طفلان يعيشان غرقا في حب بعضهما حبًا صادقًا، كانا جون داستن وأنابيل روبرتس.

أنابيل داستن

جنة الورود الواسعة قرب بحيرة المخيم، حيث كانا يلعبان ويلهوان في صغرهما، ذلك الوقت عندما كانا متيمان في حب بعضهما، بينما يحاولا إخفاء الامر عن بعضهما، لكيلا يتنمر عليهما فرانكلن الوغد وبقية أفراد العصابة. لكنهما كبرا الان، ولم يستطيعا تعذيب نفسيهما أكثر من ذلك بإخفاء مشاعرهما عن بعضهما، فقد أصبح الامر واضحا، كانت نظراتهما لبعضهما كافية للبوح بغرق كلٍ منهما في قلب الاخر، وفي إحدى ليالي الربيع الدافئة عندما كانا جالسين عند ضفة البحيرة في وسط الأزهار، وبينما كانت مستلقيةً عند صدره، سألت أنابيل سؤالا شاعريا لجون..

ـ جون.. هل تظن انه من الممكن للمرء ان يعيش الى الأبد؟

تمددت أنابيل عند صدره بينما كانت تشعر بالنعاس، فوضع قبعته على رأسها لكيلا يزعجها نور القمر، وقال ردا على سؤالها..

ـ حسنا، أظن ان فكرة الخلود بحد ذاتها أعمق من ان لا يموت المرء فحسب يا أنابيل، ما أعتقده هو ان المرء سيعيش الى الأبد ان استمر اسمه بالتناقل بين الناس، وان انحفرت ذكراه بقلوبهم واذهانهم، حتى بعد موته.. ستتوارث ذكراه بين الأجيال.. أجل، هذا ما أظنه على الأقل.

قامت جوليا بعد ان سمعت فلسفة جون حول "الخلود" ونظرت إليه بكل رجاء قائلة..

ـ إذا، هل ستسمح لي بالعيش الى الأبد في قلبك وذكرياتك يا جون؟

لم يتوقع جون ردة الفعل هذه من أنابيل، كان ينظر الى عينيها، بينما كان القمر يتلألأ بانعكاسهما، وبعد عدة ثوانٍ من تأمل عينيها، قال بلا وعي..

ـ أعدك بذلك، ستعيشين الى الأبد يا أنابيل، سأنطق أسمك حتى أموت، ويأكل الدود كل ما تبقى من قلبي، حتى تتفتت عظامي وتطير بي الرياح الى الأراضي البعيدة، أعدك أنك ستعيشين معي الى الأبد.

ابتسمت أنابيل بامتنانٍ له، وعادت لتنام في حجره، كتبت سيلينا مارسيل في مذكراتها ان أنابيل لعنت قلب جون تلك الليلة لكيلا يخلف وعده لها أبدا، وتسكن في دفئ ذلك القلب حتى يموتا معا أخيرا، وتُنسى ذكراهم مع مرور السنين، ولا تبقى الى الأرض التي سيموتان عليها لتشهد حبهما البريء.

وبعد مرور عدةِ أشهر، تزوج جون داستن أخيرا من حب حياته أنابيل، التي ختمت على قلبه تماما، او كما قالت صديقتهما القديمة سيلينا سابقا، لعنت قلبه، فلن يستطيع جون داستن ان يحب أي امرأةٍ بعد أنابيل أبدا، لكنه أحب تلك اللعنة، بل كان يراها معجزة.. أجل، معجزة حبها.

وبعد سنتين من زواجهما أنجبا ابنتهما الصغيرة التي كانت نسخةً طبق الأصل من والدتها، والتي أسمتها يونا داستن، كانت تلك الطفلة بمثابة النور الذي أضاء لهما حياتهما، والذي ادخل البهجة في قلب الزوجين اليافعين، والتي زادت حبهما لبعضهما أكثر فأكثر.

لكن كما هو الحال، كانت العصابة رافضة تماما لزواجهما، بل وما زاد الطين بلّة هو انجابهما ليونا الصغيرة، مما يعني استمرار سلالة آل داستن الملعونة، لكن ماذا عساهم يفعلون؟ فجون أصبح أخطر وأشرس من فرانكلن نيلسون بنفسه، الذي علمه فنون استخدام السلاح، كان يصبح مثل والده عاما بعد عام، بل أصبح يشبهه كثيرا أيضا، بالإضافة الى ان فرانكلن نيلسون ما يزال واقفا خلفه، فلم يجرؤ أي احدٍ على التذمر امامه او مواجهته وجها لوجه، وما كان لهم الا ان يقبلوا تلك العائلة الصغيرة بكل ذلٍ وانهزام.

جون داستن

لطالما أراد جون ان يهرب بعائلته بعيدا نحو الجبال ليعيشوا حياةً هادئة ومسالمة في الشمال، بعيدا عن بيئة العصابات الخطرة، وضجيج الأسلحة النارية، لكن لم يكن يستطيع فعل ذلك ببساطة، فلن يسمحوا له بالمغادرة ابدا، فسيطاردونه ويقتلونه هو و عائلته بمجرد ان يخرج من عصابة توم بيل كما فعلوا سابقا مع والده، لذا لم يكن له خيارٌ سوى ان يبقى، ويفعل كل ما يستطيع فعله لحماية عائلته الصغيرة

وفي يومٍ من الأيام، بينما كانت أنابيل تعد الطعام لابنتها، سمعت صدفةً اثنتين من نساء العصابة، يتحدثان عن امرأةٍ تدعى ماريا داستن، وكيف تسللا الى منزلها اثناء نومها لوحدها، وقتلاها ببندقيةٍ خرطوش، ورتبا الامر لتبدو وكأنها

انتحرت. لم تعرف أنابيل من هي ماريا داستن، لكنها أخبرت زوجها بكل شيء لعله يعرف أي شيءٍ عنها، كانت ماريا داستن هي والدة جون التي "انتحرت" عندما كان طفلا، او هذا ما ظنه هو، لقد خططوا للأمر من البداية، بأن يقتلوا زوجة جوليو لتضعف روحه وبالتالي يقتلوه هو وابنه.

عندما علم جون بالأمر، جن جنونه كليا، شعر بغضبٍ وخوفٍ شديدين، تلك العصابة كانت السبب في كل شيءٍ حصل له في حياته من تعاسة وألم وخوف، بل والاسوأ من ذلك، ان زوجته وطفلته الصغيرة يعيشون بين أولئك الوحوش الهمجية بسببه، ولا يعرف ما يجب عليه فعله بعد الان، فقد وصل الى طريقٍ مسدود.

كانت رؤية الحزن والجزع على وجه زوجها ثقيلا على قلبها، فجلست بجواره ووضعت رأسها على صدره كما اعتادت ان تفعل، وأخبرته ان يفعل ما يراه صحيحا وستكون بجواره مهما كان، فإن عنى حبهما الموت، فستموت في سبيله بكل سرور.

ان يفعل جون ما يقرر هو بأنه صحيح.. لكن ما هو المدى الذي كان جون مستعدا لبلوغه ليفعل ذلك؟ كانت لديه فلسفة اتبعها طوال حياته حتى الان "أعمالٌ قذرة، لأهداف نبيلة" لقد تجاوزت عصابة توم بيل أشد مراحل الاجرام والبشاعة، قتلوا الأبرياء، واحرقوا المخيمات والقرى، وسرقوا ونهبوا، كل ذلك كان تحت أنظار جون الذي كبر وهو يشاهد تلك المناظر الشنيعة، والان وقد أصبح زوجا محبًا وأبًا حنونا، لم يستطع ترك زوجته وفتاته الصغيرة تعيشان وسط كل تلك الوحوش، كان السبيل الوحيد للهروب بعائلته من عصابة توم بيل الى الابد هو عن طريق فتح حفر الجحيم تحتها، ورد الصاع بصاعين، ليذيقهم أسوء ما كانوا يذيقوه للأبرياء.

قام جون بعد أن مسح تعابير الخوف من على وجهه، ومشى قليلا الى الامام ثم ألتفت الى زوجته وقال بعد ان ارتسمت ملامح الراحة والاطمئنان على محياه برؤية وجهها..

ـ أنابيل، هلا تهربين معي بعيدا؟

قامت أنابيل من مكانها وجرت لتعانق زوجها، مؤكدةً له انها ستتبعه مهما بلغت مخاطر حبهما، حتى لو انطفئت النجوم، وفنت العوالم، فلن تتوقف عن حبه أبدا، ولن تمل من السعي خلفه مهما حصل.

اجتمع جون ومن معه من رفاق طفولته الذين كبروا معه بالعصابة، وكان على رأسهم فرانكلن نيلسون الذي اختار ان يساند جون ورفاقه لينهوا أمر عصابة توم بيل الى الابد، ولتحقيق ذلك، تعاونوا مع جماعةٍ من الهنود الحمر اللائي

كانت بينهم وبين عصابة توم بيل عداوةٌ وحشية، ولأن جون وباقي رفاقه يعرفون المخيم حق المعرفة، كانوا يستطيعون استغلال نقاط ضعف العصابة بالليل، ووعدوهم انهم سيدمرون تلك العصابة الى الابد وسيتخلصون منها ومن جرائمها.

وفي الليلة التي سبقت الواقعة، اصطحب جون زوجته وابنته خارج المخيم الى كوخٍ وسط مزرعةٍ صغيرة كانت قد هجرت من السكان قريبة من حدود ولاية كاليفورنيا، وأمَّن لهم الطعام حتى عودته، وتأكيدا منه لهما انه سيعود، اعطى قبعته لأنابيل، ووعدها بأنه سيعود لاستعادتها.

لم يكن جون ينوي "انهاء" تلك العصابة فحسب، فقد كان مشحونا بغضب الماضي، مشحونا بكل المناظر البشعة التي رآها في أبويه والجرائم المروعة التي شهد تلك العصابة الحقيرة ترتكبها في حق الأبرياء، كان ينوي ان يبيدهم عن بكرةِ أبيهم، ان يتأكد ان كل فردٍ منهم سيموت ببطء وفي ألمٍ شديد، وان لا يبقى منهم أي احدٍ على قيد الحياة ليخبر الناس بما حصل حقا تلك الليلة.

جاءت الليلة المنتظرة، الليلة التي سيمطر جون فيها غضبه على تلك العصابة، وفي اثناء هدوء الليل البارد وأثناء ميعاد نوم العصابة، هجم الهنود الحمر على المخيم من الجبهات التي كان يصعب حراستها، وامطروهم بالسهام المشتعلة من أعلى المرتفعات المجاورة وأحرقوا كل ما هو قابل للحرق، بينما كانوا يقتلون كل كائن حي يرونه، رجل، مسن، امرأة، وحتى المواشي لم تسلم من وحشيتهم.

لم يستغرق الأمر كثيرا من الوقت حتى تحولت الأرض الى اللون الأحمر، بينما كانت صرخات الألم واليأس تعزف موسيقةً جميلةً في أذن جون، وهو يتذكر الخنازير التي كانت تلتهم ما تبقى من لحمٍ على جثةِ والده، وهو يتذكر وجه والدته الجميل متناثرًا على جدار تلك الغرفة.

حجب دخان النيران ضوء القمر في تلك الليلة التي امتلأت بالجثث ورائحة الدماء، وكان مصدر النور الوحيد لما تبقى من أفراد العصابة هي تلك النيران المشتعلة في مخيماتهم وجثث رفاقهم، كأن نهاية العالم قد حلت عليهم، فقد تحول المخيم الهادئ تحت نجوم السماء الى جحيمٍ مشتعل بسماءٍ سوداء بالكامل بينما برك الدماء تملأ المكان، بعضهم فقد عقله وبدأ بالضحك، وبعضهم بكى متوسلا لحياته، لكن الأغلبية كانوا يحاولون قتل أنفسهم بسرعة، لكيلا يتم افتراسهم وتمزيقهم احياءً من قِبل الهنود الحمر.

كان جون يبحث عن شخصٍ ما على وجه التحديد بينما كان يخترق النيران والجثث بجواده، زعيم العصابة الذي كان يحمل رأس والده في ذلك الموكب

المشؤوم، ذلك الوغد المدعو بتوم هورن، وفي وسط النيران، لمحه يحاول الهروب متسللا خارج المخيم، فانطلق خلفه مسرعا بحصانه ليركله بحوافره بأقوى ما يمكن، ويكسر عدة أضلاع من جسده، سقط توم على الأرض غير قادرٍ على الوقوف، بينما نزل جون من جواده لكي ينجز عليه، لكن توم بدأ بالتوسل بيأس، وطلب الرحمة بكل ذلٍ عند حذاء جون، الذي تشكل له على هيئة والده جوليو داستن.

كان جون ينظر الى توم وهو يتوسل ويبكي، نفس الشخص الذي كان يحرض على قتله عندما كان طفلا، نفس الشخص الذي كان يتباهى بقتله لوالده بأجبن الطرق، عن طريق ركل رأسه في طرقات البلدة، منحنيا امامه يطلب منه الرحمة الان، لقد أحب جون ذلك المنظر، وشعر بنشوة رهيبة، نشوةٌ جعلته يتمنى ان يقتل توم هورن مرارا وتكرارا، فسأله بينما يحاول ان يفهم سبب شعوره بهذه النشوة..

ـ هل تخافني أيها الزعيم؟

رغم ان توم كان يرى انعكاس جوليو داستن بجون، الا ان الانعكاس تلاشى بعد ذلك السؤال، فقد كان جون أسوء منه بكثير، فكان يستمتع بكل ما يراه، كان يتلذذ بصراخهم وتوسلهم، كأنه يتمنى ان لا تنتهي هذه المجزرة، لقد كان مرعّبًا بهالة شيطانية حوله، هالة جعلت توم يتمنى انه لم يولد ابدا، لقد ظن انه سيصبح مثل والده لكنه كان بمستوى آخر من الشر. اومأ توم برأسه ردًا على سؤال جون لعله يرحمه عندما يرى ضعف حيلته، لكن الأخير أطلق رصاصةً في عنقه، ليموت من النزيف والاختناق بكل بطءٍ وألم، وبينما كان يتقلب ويرفس بقدميه من شدة ألم تلك الرصاصة، اقترب جون منه وجلس عنده، يتأمله بينما يتعذب في لحظاته الأخيرة، يستمتع بصرخاته التي كان يطلقها بألم، كان ينظر اليه كأنه عالمٌ فخور بنجاح تجربته المجنونة.

لم تكن دوافع جون لها علاقة بالانتقام او ما شابه، فلم يكن من النوع المنتقم، بل كان يرى ان هذا هو ما يستحقه هؤلاء الاوغاد نتيجةً لجرائمهم، وان هذا هو الطريق الوحيد لعائلته نحو الحياة المسالمة التي حلموا بها، وهؤلاء الأوغاد كانوا يقفون في طريقته، لذا ليس له خيارٌ آخر سوى مقارعتهم بوحشيتهم. انتهت المجزرة بعد أربع ساعاتٍ من الذبح والقتل، أربع ساعاتٍ من الصراخ والتوسل، أربع ساعاتٍ من الجحيم، بحثوا عن أي احدٍ متبقٍ، لكن يبدو ان الامر قد انتهى بالفعل، وقد قتلوا جميعا

والان وبعد نهاية العصابة صار جون مستعدا للرحيل مع عائلته نحو الشمال، لكن يبدو ان أحدًا ما استطاع الهرب من تلك المذبحة ونشر الخبر

للجميع، مما جعل حكومة ولاية نيفادا تحكم على جون بالإعدام نتيجةً للمجزرة التي ارتكبها.

ما عاد يستطيع المغادرة الى الشمال، فكان عليه ان يعبر الى هناك من خلال نيفادا، الامر الذي أصبح غير ممكنٍ الان، لذا تقبل الامر واستقر هو وعائلته بكاليفورنيا، فعلى الأقل هو ليس جزءا من عصابة هناك، وليس مطلوبا في تلك الولاية.

لكن كان عليه ان يدفع ثمن كل تلك الأرواح التي أجرم في حقها، فبعد عدةِ أشهر، أصيبت أنابيل بمرض السل، وبعد ان أحضر لها طبيبًا ليتفحصها، أكد له الطبيب ان زوجته لن تنجو، وماهي الا مسألة وقتٍ حتى توافيها المنية.

ضاقت الدنيا على جون الذي لم ينفك الألم والقهر عن مطاردته، كان منظر زوجته الجميلة وهي تصبح شاحبةً وهزيلةً أكثر يومًا بعد يوم يحرق قلبه بشدة، كان دائما يحاول ان يبعث الأمل في روحها بأنها ستنجو من هذا المرض بينما كان يحاول ان لا ينهار بالبكاء أمامها، لكن حتى أنابيل كانت تعرف مصيرها، فلا داع للآمال الكاذبة، فما هي سوى أحلامٌ محطمة.

وفيِ إحدى الليالي المظلمة عندما عاد جون من رحلته في البحث عن المال، جلس عند رأس أنابيل التي ازداد تنفسها صعوبةً مع مرور الأيام، وبعد ان حادثها عن يومه ليؤنسها ويرفه عنها، قالت له بصوتٍ مبحوح..

ـ جون، انا أسفه لأني خذلتك.. لن أستطيع الرحيل معك الى ما وراء الجبال أبدا.

أخفض جون رأسه ليخفي دمعته، أراد ان يرفع معنوياتها بنجاتها، لكنه لم يكن يخدع أحدًا سوى نفسه، عليه ان يتقبل الأمر الواقع، فكان يعذب نفسه فقط بكل تلك الآمال الواهية، فقال بكل قهرٍ..

ـ أرجوكِ، لا تفعلي هذا بي..

قامت أنابيل من فراشها لتعانق زوجها وتمسح على رأسه قائلة..

ـ أرجوك، اعتني بابنتنا الصغيرة، واتركني أعيش ما تبقى من دهرٍ داخل قلبك كما وعدتني، فهو ادفئ وأكثر جمالا ورحمةً من هذا العالم، أرجوك يا جون.. مهما حصل، يجب ان تمضي قدما الى الأمام من أجل صغيرتنا يونا، ومن أجلك انت.. فالزمان لن يتوقف لينتظر حزنك، أرفع رأسك، وقف فخورا، وأريدك ان تعلم، انه مهما حصل، سأضل فخورةً بك دائما.. شكرا لأنك أحببتني يا عزيزي جون.

بعد ان نطقت أنابيل باسمه أثناء عناقها له، أنزلت رأسها على رأسه، وارتخت عضلاتها من حوله، شعر ببرودة جسمها تعصف على قلبه، لتفارق

الحياة بعد ان نطقت اسمه بأنفاسها الأخيرة، وتظلم دنياه أخيرًا بعد ان كانت شمسًا لها.

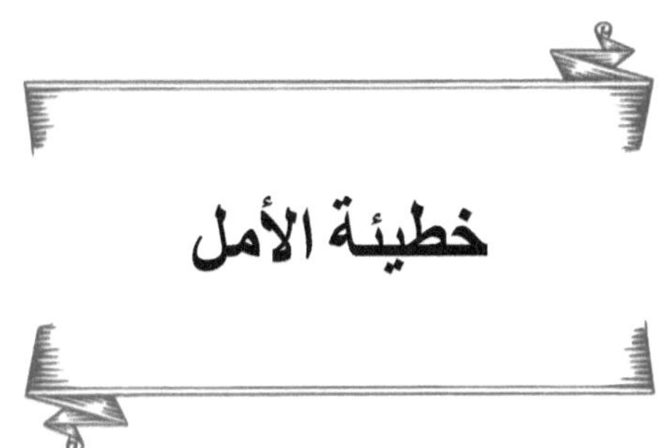

خطيئة الأمل

؟؟؟

كانت الامطار على وشك سحقٍ رأسه الممتلئ بالشيب في تلك الليلة، لكنه لم يهتم لها، فلن توقفه الأمطار عن ممارسة روتينه الممل، التسكع بالخارج ليجلس وحيدا ويستمتع بشرب بيرته حتى يسكر وينفصل عن هذا العالم البائس على صوت صرير بكرة الحضيرة المجاورة التي تتلاعب بها الرياح.

لقد اتخذ تلك الحضيرة القديمة لتكون محطته الأخيرة في هذه الحياة، فلم تعد الدنيا تعطيه الكثير من الفرص، ولم يعد هناك أحد يتطلع لرؤيته، وهو بنفسه لم يعد متطلعا لمستقبله بعد الان، فقد دمره بيديه هاتين منذ زمنٍ طويل، كان موته هو المكافأة الوحيدة التي سيحصل عليها في حياته، ولم يكن متأكدا ان كان يستحقها.

لقد اتخذ العديد من القرارات الخاطئة في حياته، وبسببها تأذى الكثير من الناس حوله، لكنه لم يكن يهتم الا بنفسه، فأنانية فؤاده كانت تحجب رؤيته لما هو صحيح ان كان هناك منفعةٌ شخصية له، وكانت منفعته الوحيدة هي زجاجة البيرة التي يمسكها بيده.

وبينما كان يتمتع بوحدته اليائسة، ويُطرب بالأوبرا التي تغنيها بكرة الحظيرة الصدئة، لمح رجلا يلبس ملابس فاخرة بالأفق أتيا نحوه من وسط ظلمة الليل المعتمة، كان على وشك ان يستمتع بوحدته لكن ظهر له هذا الوغد من العدم، وبعد ان وصل عنده وقف أمامه دون ان ينطق بكلمة، فقط ينظر اليه كالمهرج.

تفحص العجوز ملابس ذلك الرجل، معطف أسود مصنوعٌ من أجود أنواع القماش الزاهي، مزخرف بنقوشٍ بارزة من الجلد، لقد كانت تلك الملابس مألوفة بالنسبة له، رفع عينيه الى وجهه الذي بدا شابًا ويافعا وقال له..

ـ هل أنت أحد أولئك القساوسة الحمقى؟

ـ ليس عمليا..

عاد القس لسكوته ونظراته الهادئة اليه، بدأ ذلك الأحمق يثير غيظه، يأتي من العدم ويزعج وحدته وسكينته مع بيرته، ثم يقف امامه كأنه ينتظر ان يعطيه شيئا ما..، فقال بكل انزعاج بينما يحاول ان لا ينظر اليه

ـ حسنا، وهل ستستمر بالوقوف امامي كالأبله ام ماذا؟

ضحك الرجل الغريب قليلا..، ثم قال

ـ أخبرني، هل انت مهتمٌ بأي عرضٍ قد أقدمه لك؟

بصق العجوز على الأرض في إشارةٍ على التقليل من احترام ذلك المغفل وقال دون ان ينظر باتجاهه..

ـ لا، والان انقلع من هنا.

..ابتسم الرجل ثم أخذ يتأمل السماء قائلا

- أتعلم يا هذا.. ابنك يظنك ميتا.

توقف العجوز عن الشرب وبصق ما في فمه من شراب مصدوما بما قاله هذا القسيس، كيف يعرف ابنه؟ وان كان يعرف ابنه، فهو يعرف هويته إذا، لقد كان متأكدا انه ترك كل ما يتعلق بنفسه وراءه، ليموت في هذه الحظيرة المهجورة خاويا، لكن ظهر هذا المجهول ليخبره بأبنه فجأة، مما سبب له الرعب، هل هو أحد الأشخاص الذين لم يسدد ديونهم؟ هل جاء لقتله؟ حاول الحفاظ على هدوءه، وقام من مكانه ليواجه ذلك الرجل قائلا..

- كيف تعرف ابني أيها الوغد؟

شعر الرجل بالأسى على استمرار العجوز بشتمه وتقليل احترامه، وجلس على أحد كرسيٍ قريب..

- حسنا، لنقل أني أعرف أشياء كثيرة كافيةً لقتلي، لكني لا أحمل أي نياتٍ سيئةٍ على الاطلاق.

عاد العجوز لشرابه، متظاهرًا بعدم الاكتراث، لكن ردة فعله السابقة قد فضحته بالفعل، وقال للرجل بينما يشرب بيرته..

- لا يهم، من الجيد ان يظن ذلك المتعجرف أني ميت، فلو علم انني مازلت حيًا سيأتي لقتلي بالتأكيد.. هيا، قل لي ماذا تريد، فلقد بدأت اسأم منك.

أخرج الرجل شيكا بخمسين ألف دولار من جيبه، وأخذ يلوح به امامه في محاولةٍ لإغرائه قائلا..

- انا متوجهٌ الى سيكرد فالي الان، وأريد منك ان تنفذ بعض الاعمال القذرة لي، وسيكون هذا الشيك ملكا لك.

كادت أعين العجوز ان تخرج من محجر هما، وبدأ اللعاب يسيل من فمه، خمسون ألف دولار؟ انها كافية لتعيد هيكلة حياته من جديد، لكنه لم يكن مقتنعا أبدا بعرض ذلك الرجل، وظن انه يخدعه فلماذا اختاره هو العجوز السكير دون غيره؟ فتظاهر بالسيطرة على نفسه من جديد قائلا..

- من أنت حقا؟

- لست أحدا، لكني قد أكون أي أحد.. انا الأعظم من بين كل المنافقين، والمنافقون يعرفون كل شيء، لقد ضللت الطريق أيها العجوز، ولم يعد من الممكن إيجاده دون ارتكاب خطيئةٍ عظيمة، مع ذلك.. لقد أخترت أن تستسلم وتنفي نفسك هربًا من حقيقة أن لك أبنٌ سيدمر كل شيءٍ يقف في طريقه حتى يجتز رأسك لو علم أنك هنا.. لكن لحسن حظك، أستطيع أن ارتكب تلك الخطيئة عنك، وستحصل الى حياةٍ جديدة، فقط ان قبلت ان ترافقني

- ولِمَ عساي أثق بك؟

حاول العجوز ان ينتهز هذه الفرصة بحذرٍ شديد، ولا يرخي دفاعه لهذا القس الغريب أبدا، فهو بالتأكيد يعرف عنه أكثر من اللازم، لكن تغيرت نظرات ذلك القس الى نظرة ميتة غير مكترثة في المقابل، وتغير أسلوبه بالكامل كأنه تحول الى شخصٍ آخر وقال بينما يمشي مبتعدًا..

- يا للأسف، تمنيت ان نصل الى اتفاقٍ مرضي، لكنك تستمر بشتمي والتقليل من شأني، لكن هذا لا يهم على اية حال، سأستطيع العثور على غيرك.

مضى الرجل في طريقه مبتعدا عنه، لكنه لم يستطع رؤية شيك بهذه القيمة يضيع منه، فقام وجرى خلف الرجل وهو يصرخ..

- مهلا مهلا! حسنا، لقد قبلت بعرضك، لكن أرجوك، لا ترحل.

ألتفت الرجل اليه، ينظر له بكل شفقة واستعلاء، ثم ابتسم ابتسامةً مخيفة..

- جيد، حتى ينتهي اتفاقنا، ستكون كلبا مطيعا لي، ولن تعصي لي أي أمر، ستنفذ كل ما أقوله دون ان تسأل، مفهوم؟

أومأ الرجل برأسه بسرعة واستمرار مثل الكلب الذي ينتظر طبق الطعام قائلا..

- أجل.

- سيدي، عندما تخاطبني تقول سيدي ..

- حاضر سيدي.

- جيد، أول ما يجب عليك تنفيذه هو ان تترك شعرك يطول قليلا حتى ينسدل على أكتافك، واحلق لحيتك، سيبدو مظهرك أفضل هكذا.

- أجل سيدي.

وبعد ان نفذ ما أمره به ذلك القس، خرج ليقابله فوجده راكبًا جواده ليتجه الى سيكرد فالي، وأمره ان يأتي معه سيرًا على الأقدام، ربما ليفرض هيمنته وسيطرته عليه، لكن ذلك العجوز قد باع نفسه له سلفًا مقابل ذلك الشيك، لذا لم يكن ليعترض ابدا على أي أمرٍ منه، وانطلق مشيا بجواره الى سيكرد فالي الخضراء.

لكي تسيطر على أي بشري، عليك بالسيطرة على شهوته وجشعه، فسيفعل المرء أقذر الاعمال لكي يشبع تلك الرغبات، ومن هنا تتكون نقطة الضعف، فإذا استطعت ضربها، فستدمر أدميته مهما كان.

وذلك ما كان يجيده ذلك القس المجهول، فبمجرد ورقةٍ صغيرة، استطاع تحويل ذلك العجوز الى دميةٍ له، يلعب بها كيفما يشاء، عن طريق السيطرة على شهوته، الخطيئة التي تقود الى كل الجرائم والقذارات التي قد يرتكبها الانسان **نقي ومتلألئ، يستعمل الحب والأمل ليغسل قلوب البشر... لا يوجد ما هو "**

"..أرعب من ذلك

جوليا ساندلر

في نهارٍ مزدحم في تلك البلدة، كانت تتمشى برفقة جون داستن ليزورا المأمور الذي كاد يفقد حياته صباح البارحة، وما زالت الاخبار الأخيرة التي سمعتها مؤخرا بشأن ديابولو سولتيرو تدور بذهنها، وما سمعته بخصوص جرائم والدها في الحرب الاهلية، نظرت الى جون بينما كانت الرياح تتخلخل بين خصلاته الطويلة..

جون، بخصوص ما قاله أوين البارحة.. هل حقا.. أنت تعرف ـ

استمر جون بالصمت قليلا ليرتب أفكاره، ويعطي إجابةً مراعيةً لابنة ذلك المعتوه.. وبعد ثوانٍ من الصمت المريب، قال

أخشى انه محق يا جوليا، لقد رأيت الصور بنفسي، ويبدو ان والدك كان ـ

على تواصلٍ مباشر مع ديابولو سولتيرو، فذلك الظرف الذي لمحتهِ ذلك اليوم
كان من ديابولو مباشرة.

مشت جوليا بينما كانت تنظر الى الأرض، كانت تشعر بحزنٍ ممزوج بالعار
وخيبة الامل، والدها الذي ظنت انه مجرد رجلٍ مسالم يحاول ان يعيش بسكينةٍ
خارج البلدة، ما كان الا مجرمٍ تم التستر عليه، ليلقى حتفه الذي يستحقه من
قِبل القاتل التي ظنت انه يقتل للمتعة بلا سببٍ واضح. نظر جون اليها بينما كان
الحزن يحيط بها، ثم قال في محاولةٍ للتخفيف عنها..

- انا اسف يا آنستي، لقد كان المأمور يظن انه من الأفضل لكِ ان لا تعرفي..
لكنه ليس خطأكِ، فأنتِ امرأةٌ صالحة.

- ربما كان على حق، كنت أتمنى أني لم أعرف هذه المعلومة، لكننا لا
نستطيع الهروب من الحقيقة، صحيح؟

ما عاد هنالك داعٍ للتفكير بالأمر الان، فقد وصلوا الى منزل طبيب البلدة،
حيث يمكث لوبيزٌ العجوز الذي تعب من مطاردة ديابولو سولتيرو، فقد بدأ يفكر
ان ينسحب من كونه مأمور للبلدة إن بقي حيا بعد كل هذا، ويعيش بعيدا في
الغابات وحده، كما فعل جيفري ساندلر قبله سابقا، لكن المفارقة الوحيدة، انه ليس
مجرما.

حاول لوبيز القيام لتحية جون وجوليا عندما دخلا عليه، لكن جون منعه من
الوقوف، وأسنده على فراشه، طالبًا منه ان لا يتحرك منه، فعضلاته الرخوة لن
تستطيع تحمل المزيد من الإرهاق.

- أرجوك يا سيدي، لا ترهق نفسك، عليك ان ترتاح الان، فما زال لديك
الكثير لتنجزه لاحقا.

"الكثير لتنجزه لاحقا" لم يعد يريد ان يستمر بإنجاز أي شيءٍ على الاطلاق،
لقد أصبح مرهقًا ولا يقوى على قتل المزيد من رجاله بلسانه، فبدأ بالتذمر في
وجهه قائلا..

- لا أظن أني أستطيع ان احتمل أكثر يا جون، لقد تعبت بحق، فلم أكن أريد ان
أصبح مأمور الا من أجل أدم، وها قد رحل الان، لا أظن أني أستطيع المواصلة،
لقد عانى الكثير بسبب تعييني في هذا المنصب، سأكتب ذلك الخطاب لك كما
وعدتك، لكن بعدها سأنسحب وأهرب من كل شيء.

لقد كان يبدو ضعيفا ومثيرا للشفقة، كان من الغريب ان ديابولو سولتيرو لم
يقتل هذا العجوز بالفعل، سحب جون كرسيا للآنسة جوليا لتجلس عليه، ثم قال
للمأمور العجوز بتهكم..

- حسنا، حتى ذلك الحين عليك ان تجمع شتات نفسك وتكف عن التذمر، فليس

هذا هو الوقت المناسب للفزع والهلع كما تعلم، فمازال هناك الكثيرون يعتمدون عليك.
تفاجئ المأمور من أسلوب جون معه، فلم يسبق له ان حدثه بهذه الطريقة، هل سئم من ضعفه؟ هل فقد إيمانه به أخيرًا؟
جون! لماذا تتحدث معه بهذه الطريقة؟ ألا ترا انه يعاني بالفعل؟ -
زجرته جوليا، ليتهذب مع المأمور، فلم يكن ذلك هو الوقت المناسب لهذا الحديث، فمهما كان المأمور مقصرًا، مازال يبذل قصارى جهده، فاعتذر قائلا
المعذرة يا انسة، لكن يجب علينا ان نتصرف في مسألة أوين كوبر وثوماس - ميلر بسرعة.. يا سيدي، ماذا يجب ان نفعل؟
مازلت متأكدا انهما كانا خلف ظلِ ديابولو، لقد رأيت ثوماس بأم عيني، -
بالإضافة ان ديابولو كان يملك نفس جسد أوين كوبر، لا يمكن ان يكون الامر خلاف ذلك.

اقترب جون من النافذة ليتأمل سكان البلدة وهم يمارسون يومهم وسط الثلوج، وقال للمأمور..
حسنا، هل نعلن للملأ بأنهم كانا هما خلف قناع ديابولو طوال الوقت؟ -
لا، سنتسبب بفضيحةٍ كبيرة، يجب ان نحل المشكلة دون ان يدري أي أحد. -
عاد جون الى جوار المأمور ودنا منه وقال بنظرةٍ غريبة..
حسنا، إذا أترك الامر لي، أستطيع ان اتعامل معهما إذا اعطيتني السلطة - على رجالك.
لم يكن المأمور متأكدا من جعل رجاله ينفذون أوامر شخصٍ غيره في ظل وجوده، كان مترددا في البداية، لكن نظرات جون له سببت له شيئا من الارتباك، فلم يراه يتصرف على هذا النحو قط.
بالإضافة، جون هو أخر من تبقى له من الرجال الذين كلفوا بالتعقب المباشر خلف ديابولو سولتيرو، ولم يبقى أحدٌ صامد في هذه المهمة سواه، فحتى المأمور العجوز ما عاد قادرا على السيطرة على الأمور وهو طريح الفراش جراء إصابته، نظر مباشرةً الى عيني جون، وقال له..
حسنا، لك هذا، لكن أرجوك لا ترتكب أي حماقة. -
ارتدى جون معطفه وغادر الغرفة مباشرة دون أي كلمة، وترك جوليا مع المأمور، لكنها خرجت مسرعةً خلفه لتسأله عما ينوي فعله، وعن سبب عجلته
جون مهلا! ما الذي تنوي فعله؟ هل ستمسك بهما حقا؟ انهما من كان يسبب - كل تلك المتاعب باسم ديابولو سولتيرو، قد يكون ذلك خطرا، حبذا لو تنتظر قليلًا
ألتفت اليها جون بينما كان ينفض قبعته، كانت قلقةً ان تخسره ايضًا وتبقى

هي والمأمور لوحدهم في مواجهة ذلك الكابوس، فقد عاشت الكثير من الألم مؤخرا لرؤيتها اثنان من المقربين لها يُقتلون بأبشع الطرق، ولم تكن تتحمل ان يتكرر هذا السيناريو من جديد معه، فقال لها ليطمئنها..

لا تقلقي يا آنستي، فلا يهمني كونهما خلف ذلك القناع ام لا، لقد تجاوزا ـ حدودهما سلفا بإطلاق النار على المأمور، ولذلك.. سأقتل ثوماس ميلر وأوين كوبر بنفسي.

كابوس الصيادين

ثوماس ميلر

لطالما كان حظه السيء يقوده الى اسوأ النتائج، فقد وكل بمهمةٍ رفقة صيادٍ آتٍ من ولايةٍ بعيدة، صيادٌ آخر لا يقل عجرفةً عنه، لكنها لم تكن مشكلةً بالنسبةِ له، سينهي المهمة ويستلم المال ويمضي في طريقه. ولو كان محظوظا، سيُقتل اثناء الصيد، فمنذ رحيل صديقه القديم، ما عادت الحياة تبرق في عينيه، ولم يكن يريد شيئا سوى اللحاق به.

وصل الى المخيم المجاور لمخبئ العصابة التي سيستهدفون قائدها، ووجده جالسا هناك بالفعل، كانت تبدو صفات الطيش والتهور واضحة على محياه، قام ليرحب به، لكنه رد عليه بكل برود، فلم يكن هنا للتعرف على اصدقاءٍ جدد.

فهم رفيقه الجديد بأنه سيتعامل مع أحد أولئك المملين الذين يصيدون بحثا عن نعمة الموت فحسب، يا للأسف، فقد كان يرجو ان يكون بجوار شخصٍ متحمسٍ مثله، لا هذا الفاشل المغتر بنفسه.

كانا يخططان لبدأ تحركاتهم على المخبأ مع طلوع الفجر، حتى ذلك الحين، كانا يستأنسا نار المخيم، بينما كانا جالسين مقابل بعضهما، أراد شريكه ان يكسر حاجز الصمت الذي بينهما..

ـ حسنا، لم تعرفني بنفسك يا هذا.

رفع ناظريه تجاهه بنظرة خالية من أي اهتمام وقال..

ـ ليس من الأدب انت تطلب الناس بالتعريف عن أنفسهم دون ان تعرف بنفسك أولا.

رد عليه شريكه الأشقر ضاحكا..

ـ أرى بأنك رجل يهتم بالأخلاق والادب، يعجبني ذلك، أنا أوين كوبر.

ـ ثوماس ميلر..

ـ إذا أنت هو ثوماس ميلر! تبدو أصغر بكثيرٍ مما ظننت، لقد سمعت الكثير عنك.

ـ هل أنا مشهورٌ الى هذه الدرجة؟

ـ أنت هو ثوماس ميلر، الجميع يعرفك.. الجميع يخشاك.

أخرج أوين زجاجة من البيرة كانت في حقيبته وقدمها لشريكه الجديد..

ـ خذ هذه، كعربونٍ على سعادتي بالعمل معك يا ثوماس، او كما يلقبوك الناس.. جوليو داستن هذا الجيل.

ـ لا أحد يناديني بهذا الاسم سوى الأطفال الحمقى اللذين لم يعيشوا ويشهدوا أمجاد جوليو.. بالإضافة.. ليس من الحكمةِ ان نثمل قبل شن هجومٍ على مخبئ عصابة، لا شكرا.

..أعاد أوين الزجاجة خائبا

- ليس من الحكمة.. ليس من الأدب.. أنت مملٍ حقا بالنسبة لشخصٍ يريد الموت، شخص مثلك يجب ان يكون متحمسا للتخلي عن حياته.

- هل حقا تظن أني أريد ان أموت؟

..ضحك أوين بينما أشعل سيجارةً بنار المخيم قائلًا

- في الحقيقة لقد قابلت الكثير ممن هم مثلك، حمقى لا يرجون شيئا الا الموت، جميعكم تمتلكون نفس الأسلوب ونبرة الصوت، وحتى المظهر.

شعر ثوماس بأن ذلك الشاب يملك الكثير ليقوله، لكنه لم يكن يريد الموت بلا سبب كما كان يظن رفيقه الجديد هذا..

- حسنا، ليس الامر أني أريد ان أموت فحسب، قد أكون سئمت من الحياة بالفعل، لكني مازلت أريد ان يكون لموتي معنى.

كان كوبر متعجرفا بما فيه الكفاية ليرى ان هناك أي معنى في الموت، فبمجرد ان يقف قلبك عن النبض، لن يكون هناك أي أهمية لأي شيءٍ تتركه خلفك، فسينتهي الامر وحسب. لكنه أراد ان يسمع المزيد من فلسفة رفيقه الجديد..

- لا أظن أني أفهم أي شيءٍ عما تقول، فما الفارق الذي سيشكله معنى موتك على أي حال؟ فلن تكون حاضرا لتسمع كلام الناس عن بطولاتك، كما هو الحال مع جوليو داستن او فامبير البطل، ماتا ميتة الكلاب، وتم معاملة جثثهما على انهما مجرد حيواناتٍ لا أكثر، الا تستطيع رؤية المفارقة بين موتهما وحياتهما؟ عاشا أبطالا مبجلين، لينتهي بهم المطاف جثثا مشوهةً تحت القمامة.

فهم ثوماس ان أوين هذا شخصٌ سطحي، مما جعله ينظر اليه باستصغارٍ قليلا، وقال له باستهزاءٍ واستنقاص من تفكيره..

- حسنًا، الكل يذكر ذلكما الاثنان على انهما بطلان، وأول شيءٍ يأتي بذهن الناس عندما تذكر أسمائهما هي قصصهما ومغامراتهما، لا طريقة موتهما.. بالجهة الأخرى، ما الذي سيتذكره الناس عند سماعهم اسم عصابة توم بيل على سبيل المثال؟ لا داعي للرد، سيخطر في بالهم ما خطر في بالك الان، الطريقة المروعة التي اختفت بها هذه العصابة على يد ابن جوليو ذاك، بل ان اسم تلك العصابة أصبح مرتبطا فقط بالمذبحة التي تم ارتكابها بحقهم عن طريق شخصٍ يحمل اسم عائلة داستن.. كما ترا، هؤلاء الصيادين يعرفون ما قاتلوا وماتوا لأجله.

..أشعل ثوماس سيجارةً هو الاخر، بينما يكمل محاضرته لأوين

- كما ترا، الحياة والموت وجهان لعملةٍ واحدة، جزءٌ كامل منحه لنا الله، وجزءٌ غير مكتمل متروكٌ لحماقتنا نحن البشر لنتصرف فيه كما نشاء، فأنا نفسي ارتكبت الكثير من الحماقات والاخطاء لأحصل على نهايةٍ جيدة لطريقي هذا، لذا

177

ان كنت سأموت في سبيل شيءٍ ما، أريد ان يكون الشيء الوحيد الصحيح في
حياتي.
أعجب أوين بحديث ثوماس، لقد وجد شخصا مختلفا من بين كل من اصطاد
معهم أخيرا، قد يكون يملك نفس الرغبة بعد كل شيء، لكن لديه مبدأه ورأيه
الخاص حيال الأمر.. فقال لثوماس بينما يستدفئ بنار المخيم
ـ قد تكون محقا، لكن كما ترا، نحن على صددِ الرقص مع الموت من جديد،
وقد ينتهي أمرنا أخيرا، فما الضير بإقامةٍ نخبٍ لهذا، لنجعل لحظاتنا الأخيرة مليئة
بالمتعة.
ـ صدقني، أشياءٌ كالمتعة لا فائدة منها.
ـ سمعت أشياءً كهذه طوال حياتي، لقد رأيت العديد من أمثالك، بين الفينة
والأخرى، لا تقلق.. ستحصل على مرادك التافه بالنهاية، فكل صيادٍ ينتهي به
المطاف أما مقتولا، واما ان يترك تعطش القتل تحت حجة الصيد يفقده عقله،
فيتحول الى واحدٍ من الوحوش الذي أفنى حياته بمطاردتها، كل سرٍ يجب ان يبقى
سرًا، كل قسمٍ يجب ان لا يُحنث، لكن في النهاية.. نحن نفتقر لجوع الحياة، لذا
سننتظر الموت في هذا السجن المظلم، حتى ذلك الحين.. سنستمر بحماية الأوغاد
الذي لا يبالون لنا ولا لحقنا في العيش، في مقابل ان ينادونا "أبطالا" فحسب.. كما
ترا يا هذا، أتفهم سبب افتقارك للشغف والرغبة بالحياة، فهكذا تسير الأمور
للصيادين، لكنني سأكون الاستثناء، فذلك هو قسمي، فأنا الذي تخليت عن كل
شيءٍ خلفي من أجل هذا الطريق.
اقترب ثوماس ليستدفئ بالنار أيضًا، بدأ يتكون عنده نوع من الاعجاب تجاه
أوين كوبر، فلطالما كانت الأقطاب المختلفة تنجذب لبعضها، فسأله ليتعرف عليه
أكثر..
ـ حسنا، كيف انتهى بك الأمر كصياد نخبة؟
شعر أوين ان هذه المهمة لن تكون مهمته الوحيدة رفقة ثوماس ميلر، وقد
تكون بدايةً لرحلةٍ طويلة، فأخبره بكل سرورٍ..
ـ لقد كانا والداي يريدانني ان أصبح فلاحًا كي أخلفهما بالاعتناء بمزرعة
العائلة بعد ان يرحلا، يا للملل.. لذا هربت بعيدًا لأصبح صيادًا.
ـ ولمَ قد تترك سلام المزرعة لتصبح صيادًا؟
ـ المتعة يا ثوماس، المتعة.. فبعد ان هربت من المزرعة، انضممت الى
جماعة كيث فوستر، او كما يعرفه الناس بالبطل فامبير...
قام ثوماس من مكانه قبل ان ينهي أوين حديثه، لقد كان متفاجئا بعد ان عرف
ان الشخص الجالس بجواره كان عضوًا في تلك الفرقة العظيمة، مما يعني انه

..شهد موت فامبير امام عينه
- أنت.. كنت عضوًا في جماعة البطل فامبير؟!
- أجل، لقد شددت الرحال معهم في أرجاء الولايات حتى قتِل فامبير غارقًا بسهامِ الهنود الحمر، وبعدها تفككت الجماعة ومضى كلٌ منا في سبيله، وبعد عدة سنوات، ترقيت لأصبح صياد نخبةٍ في هذه الولاية، وها انا ذا..
أوين كوبر كان أحد أعضاء جماعة البطل فامبير، يا لها من مفاجئة لثوماس، الشخص الجالس أمامه كان يخوض رحلات صيدٍ عظيمة بجوار أحد أعظم صيادي البلاد، ورغم ذلك يرى ان موته لم يكن له معنى، كان أوين لا يبحث الا عن المتعة والتشويق، غير مبالٍ بمن حوله، جلس ثوماس بجواره من جديد وسأله..
- ماذا عن والداك، الا يعرفان شيءً عن كل هذا؟!
- في الحقيقة لا أعرف عنهما أي شيء، ولا يعرفا عني أي شيء، فقد غيرت اسم عائلتي لكيلا يتعرفا على اسمي في الجرائد، لكن من يهتم بهما على أي حال؟ أخبرني عنك الان، لمَ قد يكون شخصٌ راغبٌ بالموت قويا بما فيه الكفاية حتى يصبح صياد نخبة؟
بدت أضواء الفجر بالبزوغ، لتعلن عن بدء مهمتهما، فقام ثوماس ليجهز أسلحته ويلقمها قائلا لأوين..
- هذه قصةٍ لليلةٍ أخرى، الان يجب ان نتحرك.
- حسنا إذا يا رفيقي، نخب ان يكون لموتنا معنى.. أيا يكن..

لوبيز ميلتون

كان يعيش أسوء أيام حياته لثقل الضغط الهائل الذي كان عليه، فقد كان يشعر بالضياع، ولا يعرف ما العمل الان، بالإضافة الى ان اصابته كانت مؤلمة كثيرًا، وقد تشل ذراعه اليمنى جزئيا حسب كلام الطبيب، وجل تفكيره كان ديابولو سولتيرو، لم يكن يستطيع الهروب منه، أراد ان يضرب رأسه بالجدار باستمرار حتى لا يخطر اسمه في باله، فكان ما يزال يراه بقرونه وجمجمته عندما يغمض عينيه.

فحتى بالرغم انه شاهد ثوماس بجوار ديابولو، الا ان كلام ثوماس سابقا كان

منطقيا، هل من المعقول حقا ان يكشف ديابولو عن نفسه بكل بساطة للمأمور؟ هل من المعقول حقًا ان يكون البطل ثوماس ميلر هو ديابولو طوال الوقت؟ لكنه كان متأكدا مما رآه، حتى جوليا شهدت ذلك، لكن الشك لم يزل ابدا عن قلبه، كان يشعر انه ذلك أيضا من تخطيط ذلك الشيطان.

استطاع ان يمشي أخيرا بعد يومين من الألم، قام الى النافذة ليتأمل جمال الصباح، لكنه لمح سكان البلدةِ مجتمعين حول فتى الجرائد، يبدو ان هناك طامةً أخرى قد حدثت، ولا يستطيع ان يكون متفائلا حيال الأمر، فطلب من جوليا التي كانت تمكث بجواره لتعتني به ان تذهب وتحضر له أحد تلك الجرائد، وعندما أحضرت له الجريدة وقرأها انصدم بمحتواها وكاد يفقد صوابه لكثرة المصائب التي تتكالب عليه.

الجريدة كانت مليئةً بالصور والرسائل التي عثروا عليها في ذلك الكوخ، مع رسالةٍ من مجهول، لكن كان من الواضح انها من ديابولو سولتيرو يشيد ويعترف بالسيد جيري رودز لما وقع في حادثة القصر، وصورتان لأوين وثوماس كمطلوبين للعدالة، بتهمة كونهما خلف قناع ديابولو سولتيرو.

لقد كان متأكدا من انه لم يترك أي أحدٍ يقترب من تلك الوثائق، وأنه خبئها جيدا في مكتبه، فكيف تم نشرها للعلن هكذا؟ نادى المأمور الآنسة جوليا وسألها بهلع..

- جوليا، هل جون من نشر كل هذا؟!

- لا يا سيدي، فقد غادر السيد داستن بالأمس مباشرةً بعد خروجه من غرفتك.

- ماذا عن مكتبي؟ هل دخل أحدٌ..

- لقد كان مغلقا منذ رحيلنا الى مخيمِ ثوماس وأوين، لم يدخله أي أحد.

تحول ديابولو سولتيرو الى كابوس لكل من يسعى خلفه، خصوصا المأمور الذي تجاهل كل تهديداته بجرأة، فقد أصبحت له سيطرة خفية ومرعبة على البلدة بأكملها، كيف تم نشر كل تلك الوثائق؟ ومن الذي أعلن عن أوين وثوماس انهما مطلوبان للعدالة؟ بل كيف عرف انهما ديابولو سولتيرو؟ لو كان أدم حيا لعرف الإجابة، بالتأكيد انه قتِل لأنه عرف شيئا ما كان عليه ان يعرفه.

كانت البلدة في حالة فوضى عارمة، كان بعض السكان يهتفون باسم ديابولو كبطلٍ شعبيٍ لهم، بينما كان البعض الآخر يطالب بإعدام ثوماس وأوين أمام الملأ لكونهما المسؤولان عن ذلك الكابوس الذي خيم على البلدة.

لقد كان المأمور عاجزا ذليلا، لم يبقى له من فرقته سوى جون الذي لم يعد يثق به بدوره، ولا يعلم اين ذهب بمن تبقى من رجاله، وسكان البلدة قد جن جنونهم بعد ان علموا ان السفاح الذي خيم عليهم برعبه كان بجوار المأمور طوال

الوقت، ويطالبونه بتفسيرٍ لما كان يفعله طوال الشهور الماضية، لسوء حظه...
حتى هو لا يعلم.
"ليقتله أحدٌ ما أرجوكم.. ذلك الأيل البشع.. أيا كان القابع خلف تلك
الجمجمة، فهو ليس بشريًا أبدا.. لقد ظننت أنني نجحت لوهلة لكني فشلت
باصطياده في النهاية.. أسف يا أختي، لن أعود أبدا.. لكن أرجوكم، أتوسل
إليكم.. كابوس سيد الأيائل.. يجب أن يتوقف"

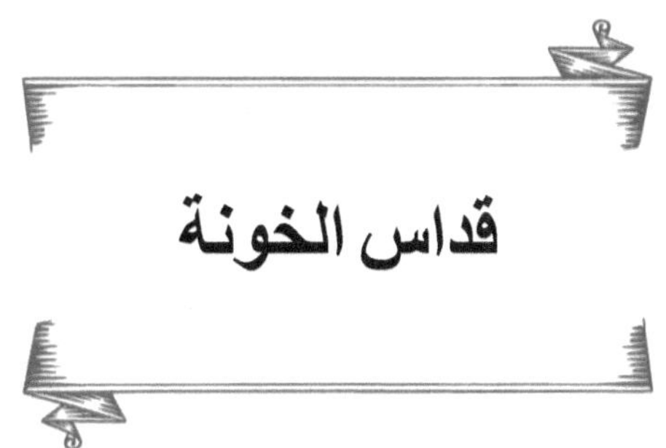

قداس الخونة

أوين كوبر

يقال ان الحب الحقيقي الطاهر هو الذي يلامس الروح، ويتوغل في أوردة القلب بكل لطفٍ وحنية، ويدخل على حياة صاحبه دون إذنٍ او موافقة، انه بالفعل الحب الحقيقي المستحيل الذي لم يعد له وجود، فقد أنقرض منذ قرون، وما أصبح اليوم الا أسطورةً تتغنى في القصائد والروايات الأدبية، وليس في حياةِ صيادٍ تعيس مثل أوين كوبر، فبالنسبةِ له، حبه لفيونا لم يقتله أبدا، بل تركه معلقا بين الحياة والموت، ينتظر السقوط بفارغ الصبر لكي يتحرر من هذا العذاب الذي عشق مطاردته، فالحب هو الألم الوحيد الذي نهواه وننتظره بفارغ الصبر، نظل نتعذب من أجل لحظة لقاءٍ من نتمناه، وفي النهاية لا شيء نحصل عليه سوى الألم.

والان وقد قاده الحب والأمل ليكون المطلوب الأول في البلاد، لينتهي به المطاف مختبئا في الغابات الباردة، بعدما اعتاد ان يمضي سنين عديدة رفقة باقي الصيادين الأبطال، يصطادون أولئك الوحوش حتى أمسى واحدًا منهم اليوم، يشق طريقه الى قمة ذلك الجبل، على أملٍ أن يلتقي بها أخيرا في نهاية الطريق أصبحت صوره معلقة في كل مكان، ورجال القانون والصيادين المسعورين يبحثون عنه متلهفين للجائزة المطروحة مقابل رأسه، لكنهم لم يكونوا يشكلون مشكلةً بالنسبةِ له، فهو لم يكن أحد صيادي النخبة عن عبث، لكن من كان قلقا بشأنه حقا كان الرجل الوحيد القادر على مقارعة ثوماس ميلر.. جون داستن، فكان يعلم انه سيسعى خلفه ويطارده حتى نهاية الأرض لمحاولته قتل المأمور، لمحاولة حرمانه من اسقاط حكم الإعدام، ويعلم انه لن يملك فرصةً امام ذلك الرجل، لكن يجب عليه ان يقلق كثيرا بشأن الاحتمالات، وعليه ان يركز على غايته الان، فقد أقترب من جبل ويتني أخيرا بعد أيامٍ من الترحال وحيدا، فما كانت الا مسألة وقت حتى يجتمع بعشيقته من جديد.

وصل أخيرا الى الجبل، الذي كان يكتسو برداء الثلج الأبيض البارد جراء العاصفة الثلجية العنيفة التي كانت تعصف به، لقد قطع مشوارا طويلا حقا، مات الكثيرون وضحى بكل ما يملك حتى يصل الى هنا، لم يعد الفشل خيارا الان، فإما ان يحقق غايته واما ان يموت.

بدأ بالتسلق والصعود وسط العاصفة العنيفة وظلمة الليل من مدخلٍ ضيق ومظلم كان بالجبل عوضًا عن المدخل الرئيسي، كان يعلم ان الجميع يعرف وجهته القادمة لهوسه بفيونا كلارك، لابد ان الكثير من المفاجآت تنتظره هناك، لذا سلك هذا الطريق الخطر، فلن يكون من الممكن ان يتعقبه أي أحدٍ هنا، حتى لو كان جيري رودز بنفسه.

كانت الرياح تعصف به من كل جانب، وتُصعب عليه التقدم، كما كان البرد يشتد أكثر فأكثر مع صعوده، ولم تكن ثيابه ثقيلةً بما فيه الكفاية لتدفئه من ذلك الصقيع، وعندما اقترب من أحد الجروف، لمح رجلَ قانونٍ يبدو انه من سيكرد فالي، يحرس من الأعلى أحد طرقِ الجبل التي سيطر عليها جون ورجاله. كانوا يخيمون على الطريق، لمنع أي أحدٍ من الاقتراب وصعود الجبل، يبدوا انهم استقلوا قطارا بينما قطع هو أيامًا على صهوة جواده ليصل الى هنا بعد قرابة الأسبوع من الترحال والنوم بالعراء، كان يبدو ان جون قد أخذ زمام الأمور بعد إصابة المأمور، وكان يعرف كيف يصطاد صيادًا مثله، فجنونه بفيونا يفضح الكثير من مخططاته.

"اللعنة! ذلك الوغد هنا بالفعل!" كان يعلم ان رجال سيكرد فالي قد يكونون هنا بالفعل، لكنه لم يتوقع ان يكونوا تحت إمرة جون بنفسه، لم يكن أوين على أي استعدادٍ لمواجهته في ظل هذه الظروف القاسية، بل كان يأمل ان لا يواجهه ابدا. لكن لحسن حظه انه سلك طريقا صعبا يقود الى القمة بسرعة، بالإضافة الى ان ذلك الرجل يبدو سهل الافتراس من اعلى الجرف، فلن يستطيعوا ابدا اللحاق او الامساك به الا في حال التفوا لفةً كاملة حول الجبل، ليصعدوا من حيث صعد هو.

جون داستن

مرت خمسة أيام منذ وصول جون ورجاله الى مدخل الجبل واغلاقه بالكامل، فكان يعلم ان قلب أوين العاشق سيقوده الى هنا لا محالة، لكنه لم يعلم عن وجود عدة مداخل يمكن تسلق الجبل منها، والتي لم يبدو الوصول لها ممكنا من الأساس، وهي الثغرة التي استغلها أوين ليصعد الى الأعلى، ويتجنب مواجهته.

وفي أثناء جلوس جون ورجاله حول نار المخيم ليستدفئوا بها من برودة الليل، سمع جون صوتًا مألوفًا يناديه، صوت أوين كوبر يناديه من الأعلى، فرفع رأسه ووجد أوين ممسكًا بأحد رجاله فوق ذلك الجرف بينما يوجه مسدسه على رأسه، ويصرخ عليه..

- مرحبا يا رفيقي، لم أظن أني سأراك ثانية.

لم يتوقع جون ان يظهر أوين في وقتٍ كهذا، متى وصل الى هنا؟ بل كيف صعد الى هناك دون ان ينتبه له أي أحد؟ لقد كان أوين يملك خبرةً سابقة فيما يتعلق بتسلق الجبال، الشيء الذي لم يحسب جون حسابه، شعر بقلة الحيلة، وحاول مساومة أوين على حياة ذلك الرجل..

- أترك ذلك الرجل يا أوين وانزل الى هنا.

ضحك أوين بينما كان يدخل فوهة مسدسه في أذن الرجل الذي أمسكه كرهينة..

- ماذا هل أبدو أحمقا بالنسبة لك؟

لقد استطاع أوين ان يراوغ كل استعدادات جون، فقد كان في موقفٍ لا يحسد عليه، ولم يرد ان يفقد أي رجلٍ من رجاله حياته، فخطته كانت ان يواجه أوين وحده، لكن يبدو ان أوين قد غلبه بالفعل، صرخ جون عليه في يأسٍ ليجعله يصفح عن حياة ذلك الرجل العاجز..

- يمكنني مساعدتك يا أوين، لا داع لأن يسوء الامر أكثر!

- لقد ساء الامر بالفعل بعد تصديقكَ لذلك المأمور المجنون.

أطلق أوين رصاصةً على نار المخيم ليؤكد جديته وعدم خوفه من جون ورجاله، بينما كان الأخير عاجزا عن تهدئته والسيطرة على الوضع، صوب رجال سيكرد فالي بنادقهم على رأس أوين، بينما قال جون له..

- حسنا.. أخبرني ماذا تريد فحسب لتترك ذلك الرجل.

- ذلك بسيط، فقط أغربوا من هذا المكان، ولا تعودوا الى هنا أبدا.

كان رجال جون في أوج غضبهم، فرغبة القتل كانت تشتعل من أعينهم، بينما كان جون يحاول تهدئتهم لكيلا يزداد الوضع سوءا، ورد على طلب أوين..

- أنت تعلم ان هذا غير ممكن يا أوين.

- أجل، انت محق.. لذا سأهتم بالأمر بنفسي..

قتل أوين الرجل الذي كان ممسكا به، ورمى جثته عليهم، ثم رجع الى الخلف بسرعة وأطلق عدةَ طلقاتٍ على الجرف الثلجي الذي كان يقف عليه، لينهار بأكمله على رأس جون ورجاله، ثم هرب الى ليستكمل صعوده

لم يكن لديه الكثير من الوقت، فبالرغم من انه أخَّر هم كثيرا ليصعدوا خلفه، الا انهم سيصعدون في النهاية لا محالة، لذا حرص ان لا يضيع أي ثانية، ويصعد بسرعةٍ متحديا تلك العاصفة ورياحها

قام جون من أسفل جثة الرجل الذي قتله أوين، ولم يكن في مزاجٍ جيد مثيرٌ للاهتمام.. الصياد يبقى صيادا حتى وان جن جنونه -

كان رجاله يحترقون غضبا بسبب الموقف العاجز الذي استطاع أوين ان يضعهم فيه، ويجعلهم يبدون كالأغبياء رغم عددهم، تجهزوا بتلقيم أسلحتهم وتوجهوا نحو مدخل الجبل الرئيسي الذي يقود للأعلى مباشرة بلا عقبات، لكن جون منعهم وأمرهم بالمكوث مكانهم..

- ارجعوا جميعًا وابقوا هنا، سأصعد لذلك الوغد بنفسي.

- هل جننت يا سيدي؟ ستذهب إليه وحدك؟

- لقد كنت أعلم ان شيئا كهذا قد يحدث، لقد جهزت خطةً في حال تقدمه علينا بخطوةٍ بالفعل

- وهل هذه الأجواء ستساعدك لتمسك به؟

- حسنا، لو وصل أوين الى الأعلى وتمركز هناك قد يسبب لي بعض المتاعب، لكني قاتلهو لامحالة.

جهز جون أسلحته وحزم متاعه، وصعد خلف أوين كوبر وسط الثلوج والرياح العاتية، فلقد تجاوز ذلك المتعجرف أقصى حدوده في سبيل حبه لفيونا كلارك، ولم يعد من الآمن تركه يعيش بعد الان، لقد قاده الامل ومحاربة التغيير الى الجنون بالفعل كما قال ثوماس سابقا، لذا حان الوقت ليعيده أحدٌ ما الى الواقع المرير، ويتواجه جون داستن وأوين كوبر لمرةٍ أخيرة، ينتهي بها كل شيءٍ لقصة الحب الخرافية تلك.

ثوماس ميلر

عندما تعرف أنك انتهيت في قلوب كل من حولك، ليس عليك الا ان ترحل ولا تنتظر تحسن الأمور، هذا ما آمن به ثوماس بعد تدهور كل ما حوله، لكن مازال عليه ان ينجز مهمةً أخيرةً في أعلى ذلك الجبل، مهمةً سينقذ بها رفيقه الغبي، فحتى لو افترق كلٌ منهما في حال سبيله، لن يسمح بأن يتعرض صاحبه لأي مكروه، فالصداقة هي علاقة بريئة شفافة لا غنى عنها لأي شخصٍ كان، كان عليه ان يرد له جميل مرافقته وتحمل سوداويته كل تلك السنوات، هذا هو أبسط شيءٍ يقدمه له.

كان في سباقٍ مع أوين نحو قمة ويتني العظيمة، عليه ان لا يهرب ويستسلم في صديقه الان، فما زال على عاتقه واجبٌ في حقه، فلو كانت عقليته كما كانت في السابق، لما اهتم بصديقه ابدا، بل ربما لأنتحر وأنهى حياته بنفسه، فما كان ليبلغ هدفه الوحيد أبدا، ان يموت بطلا لكي يذكره الناس بكل ما أراد ان يكونه حقا، لكنه ما عاد كما كان، فلم يرد ان يموت بعد الان، وسيناضل ويقاتل في سبيل العيش، فحتى هو كان يستحق ان يعيش بسلام.

بعد مغادرة أوين في ذلك اليوم، وتركه لثوماس وحيدا في الثلوج، لم يبقى ثوماس مكتوف الأيدي، وانطلق هو الآخر الى أقرب محطة قطار، واستطاع بالكاد ان يتسلل بين الحراس بالليل الى القطار، واختبئ في أحد المقطورات الخلفية المخصصة للأمتعة، وأنتظر اليوم التالي حتى ينطلق القطار، لكنه لم يكن يدرك أبدا ان ذلك القطار لم يكن متجها نحو أقرب محطة للجبل، بل كان سيمر من خلالها فحسب.

وبعد اقتراب وصوله من المحطة، أدرك ان القطار لم يكن يخفف السرعة ليقف، بل لم يكن سيقف أبدا، أدرك انه استقل قطارا متوجها نحو الشمال، عجلته وكثرة التفكير قد تسببت بحجب أنظاره عن أهم التفاصيل، كان يحاول ان يجد حلًا ما غير الجنون الذي كان يفكر فيه، لكن لا يوجد أي سبيلٍ آخر، فلم يكن يملك الا خيارا واحدا، وهو ان يقفز من القطار، فتقدم نحو الحافة بينما كان القطار يسير بسرعةٍ قصوى، كان المنظر مرعبا جدا ليقفز، في كل مرةٍ يحاول ان يقفز توقفه الرهبة وتدفعه الى الخلف، لكنه لم يقطع كل تلك المسافة ليخاف من مجردِ قفزة، لذا أخذ خطوتين الى الوراء، وأغمض عينيه، وجرى الى حافة المقطورة وقفز من القطار.

سقط على الأرض بقوة، وأخذ يصرخ من الألم الشديد بينما كان يشق طريقه خارج حفرة الثلج التي سببها بتلك القفزة، لقد أصيب برضوضٍ كثيرة جراء القفزة، خصوصا بقدمه اليسرى، لقد كان يعرج من الألم، لكنه قد أقترب بالفعل،

فكان يستطيع رؤية الجبل أمامه على بعد أميالٍ معدودة، ما جعله يتحفز ويضغط
على نفسه أكثر.

توكئ على عصاةٍ قد وجدها على الأرض بينما كان يسير بصعوبةٍ وسط
الثلوج الكثيفة، وأخذ يعرج بها متجها نحو قمة الجبل مقاوما لألم قدمه التي كادت
تتجمد من برد الثلج. وعندما أقترب من الجبل، لمح جون ورجاله من سيكرد فالي
من بعيد، وقد أغلقوا المدخل الرئيسي للجبل في الناحية الأخرى بنصب خيامهم
هناك وإشعال النار، لم يكن يتوقع أبدا ان جون سيضيع ثانيةً للامساك بأوين،
خصوصا بعد محاولته قتل المأمور، لكن لحسن حظ ثوماس، كان قريبا من
المدخل الخلفي الذي لم يصل اليه رجال سيكرد فالي بعد.

عرج ثوماس الى ذلك المدخل صعودا الى أعلى الجبل، متحديا الرياح
القوية، وبرودة الثلج، وظلمة الليل، وعندما أقترب من القمة، كان التعب قد بلغ
أشده بالفعل في جسده، فكانت قدمه تؤلمه بشدة، مما زاد مشقة عبور كل تلك
الطرق الوعرة والضيقة، وفي أثناء مقاومته الألم والتعب، وجد غارا صغيرة،
فدخل ليستريح بها، ويستدفئ داخلها، ويحاول ان يدلك قدمه ليخف ألمها ولو قليلا.

كانت كل أفكاره في تلك الغار تدور حول ديابولو سولتيرو، وكل تلك
الأحداث التي خاضها محاولا إمساكه، لم يكن السعي خلفه يسبب شيئا سوا
المتاعب، ولم يكونوا يحرزون أي تقدمٍ ضده، لم يسبق له ان واجه شخصا بكل
تلك الفطنة والدهاء، لم يتوقع أبدا ان مطاردة شخصٍ ما ستجعله ينتهي وحيدا في
غارٍ ضيقة أعلى جبلٍ عملاق، بعد ان كان أحد نخبة صيادي الولاية الأبطال.

كان جزءٌ منه يتمنى بأنه لم يتجرأ على اللحاق به، ربما كان الأمر سينتهي به
بأحد تلك الحانات، يشرب مع رفيقه أوين كوبر، ويستمتعون بعزف صاحب
البيانو الثمل، كما اعتادا ان يفعلا نهاية كل رحلةٍ صيد، لكن كل ذلك قد أصبح من
الماضي الان، ولم يعد له أي معنى، فقد انتهى كل شيء، وما بقي امامه الا إنقاذ
صديقه، لذا كان عليه ان يستعد لمواجهة آخر من تبقى من فرقة البطل فامبير، ولا
يجهد نفسه بالتفكير فيما كان سيحصل لو لم يتجرأ على تحدي الشيطان

أوين كوبر

بعد مشقة الصعود والأجواء القاسية، ووحشة الوحدة والخوف من الفشل، أعتلى تلك القمة أخيرا، لقد ضحى بكل شيءٍ ليصل الى هنا، ليبلغ أوج ذلك الجبل، سعيا للهروب مع من أحبها فؤاده بصدق. كانت قمةً عالية كان يستطيع ان يرى منها أرجاء الولاية بأكملها لولا ظلمة الليل الحالكة، وشدة العواصف الباطشة تلفت يمينا وشمالا، يتفحص أنحاء تلك القمة الشامخة، ليعثر على أي شيءٍ يقوده لعشيقته، لكن العاصفة كانت في أشد ذروتها، والظلام كان سائدا من حوله، كأنه يمشي بالفراغ بعد ان انتهى العالم، كان يسير في الهاوية، بحثا عن اللا شيء أراد ان يضيء ويرفعها لكي يستطيع أن يبصر ما حوله، لكن تلك كانت ستكون فكرةً انتحارية، فلا شك ان رجال سيكرد فالي يبحثون عنه متعطشين لإراقة دمائه، وإشعال نارٍ الان وسط هذه الظلمة ستكون فكرةً غاية السوء

كان يتنقل من في أنحاء تلك القمة، من حافةٍ الى حافة، بحثا عن أي شيءٍ في قمة ذلك الجبل، وبعد عدة دقائق، بدأ يتوتر من وحدته، من المفترض أن هناك عشرةُ رجالٍ يسعون خلفه الان، لكن الصوت الوحيد الذي يعم في الارجاء كان صوت صراخ الرياح، ولم يكن هاك أي صوتٍ لرجالٍ غاضبين، ولا ضوءٌ لاي شعلة قادمة في طريقها إليه، بالرغم أنهم كانوا يسيطرون على المدخل الرئيسي، لكن لا يوجد أي علامة على اقترابهم حتى الان.. من المفترض أنهم قد وصلوا بالفعل

وبينما كان يبحث هنا وهناك، وجد شيئا بعيدا مدفونًا تحت الثلوج، كانت تبدو وكأنها قرون أيل، هذه هي! رمزية ديابولو سولتيرو، الشيء الذي سيقوده الى عشيقته أخيرًا، أقترب منها مسرعا ليحفر بين الثلوج، كان الأمر صعبا عليه، أن يحفر الثلج بيديه العاريتين، لكنه أبى أن يتوقف واستمر بالحفر، فقد كانت هذه علامة فيونا كلارك بالتأكيد، لا يمكن أن يكون الأمر خلاف ذلك، وبعد خمس دقائق من حفر الثلج الصلب المتراكم، وتجمد الدماء بيديه، اتضح انه على حق، لقد كانت تلك هي المحطة الأخيرة، وما عاد هناك شيءٌ آخر ليبحث عنه، فقد وجد فيونا كلارك أخيرًا

بعد ان حفر الثلوج من حول قرون الأيل أتضح انها قطعةٌ تعتلي شاهد قبر شخصٍ ما، كتب عليه.

"هنا ترقد من بحثت عن الخلاص بينما كانت الكوابيس تطاردها بلا ذنب،
من أرادت العيش بينما أرادت الشياطين لها الموت، من بحثت عن السعادة لكن
لم يتخلى عن عشقها الحزن. عروس فيكسبرغ الباكية، وملاك قمة ويتني

"الحزينة، فيونا كلارك 1848-1876.

جثا على ركبتيه بينما كان يتأمل جمال قبرها، كل ما ضحى به حتى الان كان لأجل لا شيء، فقد تأخر كثيرا، وقضت فيونا نحبها لترتاح من عذاب الدنيا، بينما عاد هو ليجد نفسه في وسط ذلك النفق المظلم، بلا حلمٍ ولا هدف، باستثناء ان الولاية بأكملها تريد قتله الان، لم يكن مقدرا له ان يعثر عليها من جديد بعد اختفائها في وايت ريفر أبدًا، فقد كان سكان تلك البلدة على حق، لقد كان بالفعل مجرد مجنونٍ يحمل روايةً بشعة في طيات عقله.

كانت نظرات الحسرة والخيبة مرسومة في وجهه بكل عنف، وكأن فنانا قسى على فرشاته لتنكسر في وسط لوحةٍ ملائكية، لتحول جمالها من نورٍ يعبر عن الأمل الى جمالٍ سوداوي لا يحمل سوى الألم، ما شعر بأنه يريد الاستمرار بعد الان، فلم يعد هناك أي شيءٍ يقاتل من أجله، حتى انه لم يعد صيادا، لن يحصل على تلك النهاية المشرفة التي تحدث عنها رفيقه القديم ثوماس ميلر عندما التقى به لأول مرة في ذلك المخيم، بل أصبحت شيئا لا يستحقه لغبائه الذي طالما قاده نحو خيبات الأمل.

وفي وسط غرقه في قاع اليأس سمع صوت خطواتٍ قادمة، عرف أنهم هنا لحصد حياته أخيرًا، لم تكن قدماه تقوى على الوقوف، فكان وزن الجرح الذي في قلبه أثقل من ان يحمله، لكنه ابى ان يموت بلا قتال، ابى ان يموت في حالةٍ ضعف كتلك. استجمع ما تبقى من قوةٍ في روحه ليقف على قدمه ليخوض معركةً أخيرة كان يعلم انه لن يفوز بها، وسحب مسدسه المتجمد ورفعه في وجه من كان خلفه، حتى سمع صراخًا قادما من اتجاه صوتِ الخطوات..

- أوين!!

كان الصوت بعيدا، ولم يكن يستطيع الرؤية جيدا، لكنه كان يعرف ذلك الصوت جيدا.. يبدو انه وصل أخيرا لينقذ صديقه، ويحرره من سجنه الى الأبد، التقى ثوماس ميلر وأوين كوبر لمرةٍ أخرى بعد في تلك القمة المظلمة بالفراغ المعتم، كان أوين متفاجئا من ظهور ثوماس في وقتٍ كهذا، ولم يكن يظن انه كان حقيقيًا، بل افترض ان عقله لم يتحمل كل ما حصل وقاده نحو الجنون، وجه مسدسه في وجه ثوماس وقال بينما الدموع كانت تملأ عينيه..

- ماذا تفعل هنا بحق الجحيم؟

رأى ثوماس شاهد القبر الذي كان خلف أوين، لم يكن قريبا بما يكفي ليقرأ ما هو المكتوب عليه، لكن ذلك لم يكن ضروري، فقد كان الأمر واضحا بالفعل، التفت من جديد الى رفيقه المحطم، وقال له بنبرةٍ أخوية..

- لقد أمضيت اليومين الماضية في جحرٍ قريب من هنا، لقد كنت أنتظرك يا

رفيقي، سعيدٌ برؤيتك من جديد.
كانت مشاعر أوين ممزوجة بالغضب والحزن، ما عاد يستطيع الثقة بأي أحدٍ بعد الان، ليس بعد كل المتاعب التي سببها للجميع، استمر بتوجيه مسدسه على ثوماس الأعزل، وصرخ في وجهه بصوته المهزوز..
- أنت معهم! لقد أتيتم جميعًا لقتلي!
علم ثوماس ان صديقه قد فقد عقله بالفعل، كان يعرف من البداية اين ستقوده آماله وخيالاته الواهية، لقد كان جون محقا، الأمل يقودنا للجنون بالفعل، صرخ ثوماس على رفيقه ليناقشه بعقلانية ويهدئه قائلا..
- أنهم يريدون قتلي كما يريدون قتلك يا أوين!
- لقد كان خطأكم جميعا! كان من المفترض ان اذهب لأنقذها! وأنتم جعلتموني أنتظر بلا فائدةٍ معكم! بسبب كل ذلك الهراء عن ديابولو سولتيرو، لقد كلفنا روحا بريئة! روحًا أحببتها..
- خطؤنا؟ أوين لقد كان إيجادها على قيد الحياة أمرًا مستحيلًا، أنت تعرف ذلك!
بدأ ثوماس يقترب من أوين الذي كان منهارا وفاقدا السيطرة على أعصابه، بينما كان يحاول ان يقنعه بالهرب بعيدا قبل وصول رجال سيكرد فالي، وبينما كان يخطو نحوه ببطء، قال له بترج..
- أرجوك يا أوين.. يجب ان لا تستسلم الان، أخفض مسدسك ولنرحل من هنا فحسب!
بدأت الدموع تذرف وتتجمد في وجه أوين، الذي بدأت يده ترتجف أثناء توجيهه لسلاحه على ثوماس..
- لقد كانت كل ما رغبت به يوما، لقد كانت فرصتي الأخيرة يا ثوماس، لقد أحببتها أكثر من كل شيء، لا أستطيع ان أعيش مع هذا الألم، لا أريد ان أعيش ذلك الكابوس مجددًا، هذا كثيرٌ حقا عليّ.
- الأمر سيانٌ بالنسبة لي يا رفيقي، لكن ما كانت فيونا ان تقبل بهذا، ألا تظن ذلك؟
اقترب ثوماس أكثر من أوين، بينما وضع أصبعه على الزناد ليطلق على رفيقه..
- هل ستقتلني الان يا أوين؟
لم يعد لأوين أي شيءٍ ليقوله سوا ذرف الدموع، دموعٌ من الحسرة لتضييع سمعته ومسيرته، وإيذاء الكثيرين في سبيل سرابٍ لا وجود له، ذرف قطرات الألم باستمرار حتى أصبح جيدًا لا يبصر لامتلاء عينيه بالدموع، بينما تابع

ثوماس..

بعد ان ينتهي كل هذا لن نصبح صيادَين بعد الان، يمكننا البدء من جديد، في -
مكانٍ بعيدٍ، لذا أرجوك.. ألقِ ذلك المسدس ولنهرب من هنا فحسب.

أخفضَ أوين مسدسه بينما كان يرتجف، وألقاه بعيدا، لكن المسدس لم يسقط
على الثلج قبل ان يسقط أوين كوبر، بعد ان سحب ثوماس مسدسه وأصابه
برصاصةٍ في صدره في اللحظةِ التي رمى بها المسدس.

وقع أوين على الثلج البارد وكانت الرصاصة تسبب له ألما رهيبا، لكنه لم
يستطع الكلام ولا الصراخ، كل ما كان قادرا على فعله، هو النظر الى السماء،
بينما كان الثلج يتساقط منها كالنجوم.

اقترب ثوماس من صديقهِ طريح الثلج الأحمر الذي تلون بدمائه، ونظر الى
عينيه الغارقة في الدموع بينما كان يموت في حسرةٍ وألم، كان ينظر الى ثوماس
ولم يكن يستطع ان يقول أي شيء، فكان يعيش لحظاته الأخيرة في ذلك النفق
المظلم، الذي لطالما حلم بالخروج منه.

كانت أفكاره الأخيرة عن والداه ومزرعة عائلته، اين هما الان؟ ماذا يفعلان؟
هل نسوه بالفعل؟ ام مازالا يملكان أملًا انه سيعود في يومٍ ما؟ لابد انه سبب لهم
الكثير من الألم بهروبه لهذا النفق الملعون، ظنا منه انه "ممتع" لقد جر نفسه بغبائه
الى جحيمٍ حقيقي وكتب نهايته بنفسه منذ زمنٍ طويل.

لن يعرف والداه ان ابنهما يموت الان ببطءٍ وبألم، بل لن يعرفا أبدًا من هو
ابنهما بعد هروبه من مزرعتهما، كان يتخيل كيف ستكون حياته بدفء تلك
المزرعة، الحياة المسالمة التي رماها بعيدًا، والتي يحلم بها كلُ من هم على
شاكلته من الصيادين، لقد حصل على كل شيء، لكنه اختار ان يكون مجرد نكرة،
اختار ان يدمر ويخون نفسه مقابل لا شيء.

وبعد دقائق قليلةٍ من الألم والحسرة، توقفت الرياح عن الصراخ في أذنه
فجأةً، وتلاشت هيئة ثوماس من فوقه، ولم يعد يشعر بألم الخذلان والندم، وما
صار يشعر بالرصاصة التي كانت تحترق في جوفه، ما شعر إلا بالبرد.

ثوماس ميلر

الان وقد أنجز مهمته وحقق غايته، لم يعد عليه القلق بشأن أوين كوبر بعد الان، لم يتخيل ان يكون حمل ذلك العبء ثقيلا الى هذه الدرجة، علم انه لو فكر بالأمر قبل سحب مسدسه سيتردد بقتل رفيق عمره، لذا نفذ المهمة دون أي تفكير. لكن أنتهى كل شيءٍ على أي حال، لن يخوض أوين كوبر تلك التجربة البشعة من جديد تحت ظروفٍ أقسى واسوء، لقد كانت نبوءته صحيحة، حصل أوين على نهايته البشعة، مطاردا لحلمٍ لا وجود له.

بقي هو نفسه في الجهة الأخرى، لم يخطط ماذا ستكون خطوته القادمة، وأين سينتهي به المطاف، هل يهرب بعيدا؟ ام يستمر بالعيش كهاربٍ من العدالة؟ أراد ان يفكر في الامر بتمعنٍ أكثر لكن صراخ الرياح كان أعلى من صوت أفكاره، لذا قرر بأن ينزل من حيث أتى حاملا جثة رفيقه ليدفنه ويرقد في سلام. لكنه لم يكن يعلم بالحماقة التي ارتكبها أوين مع رجال سيكرد فالي، الذين يستشيطون غضبا لما حدث قبل بلوغه القمة، ولم يكن عليه ان يعلم مواجهة جون

داستن لمرة أخيرة، الذي كان في طريقه الى هنا بالفعل.

كان حمل جثة أوين في هذه الأجواء القاسية أمرًا في غاية الصعوبة عليه، بالإضافة الى ان قدمه لم تشفى كليا من رضوضها، بل كيف سينزل بجثته من خلال كل تلك الطرق الوعرة والضيقة؟ وفي وسط حيرته وضعف حيلته، أنتبه لظلٍ ما قادم من الأرجاء، كان ظل شخصٍ طويل الشعر، تترقص شعراته مع نغمات الرياح، لقد عرفه، انه جون داستن، لكن مالذي يفعله هنا؟ هل سمع صوت إطلاق النار؟ لا، فمستحيلٌ أن يسمع أي شخصٍ صوت طلقةٍ نارية من أعلى هذه القمة الشاهقة وسط كل هذه الرياح العاتية. يبدو انه كان قادما سعيا لأوين سلفا.

وضع ثوماس جثة صديقه جانبا وتجهز ليبارز جون داستن مبارزةً أخيرة على الطراز الأمريكي، فعلى الأمر ان ينتهي لأحدهما هنا والان ثوماس؟ ـ

وصل جون الى القمة أخيرا، وتفاجئ بوجود ثوماس ميلر واقفا بجانب جثة أوين كوبر، بل ما جذب انتباهه حقا، كان شاهد قبر فيونا كلارك. استعد ثوماس للمبارزة، وقال في وجه جون الذي كان يتأمل شاهد قبر فيونا..

مرحبا يا جون، لقد مرت مدة ـ.

كان ثوماس متأهبا لسحب مسدسه في وجهه، وكان قد أتخذ وضعية المبارزة سلفا، كان مستعدًا أشد الاستعداد ليخوض المبارزة الأخيرة حتى بالرغم من إصابة قدمه، فكانت تلك هي الطريقة الوحيدة لإنهاء تلك القصة، نكرتان تتبارزان حتى الموت أعلى قمة العالم المظلمة بينما السواد يحيط من حولهما كأنهما في الفراغ السحيق، يتبارزان للحصول على جائزةٍ بخسة.. الا وهي الحياة.

لكن جون لم يأتِ الى هنا ليقتل أحدا، ومشى باتجاه شاهد قبر فيونا بينما كان يقول لثوماس..

لن أسحب مسدسي ضدك يا ثوماس.. ليس وكأنك تملك فرصةً بهذه القدم ـ.

لم يكن مكترثا بمبارزته، فلم يكن يلفت انتباهه أصلا، بل كان يتأمل شاهد القبر بينما يسير نحوه متجاهلا ثوماس، وعندما وصل لقبرها، انحنى على ركبته، وأخفض قبعته في إشارةٍ للاحترام "مرحبًا يا صديقتي القديمة، آسفٍ لأنني لم آتي لزيارتك مؤخرًا" همس لقبرها بنبرته الدافئة، ثم قام واستدار الى جثة أوين كلارك ليتأمل الرصاصة التي حطت في قلبه..

هل أنت من قتله يا ثوماس؟ ـ

رد عليه ثوماس الذي كان يحول بينه وبين الجثة قائلا..

لقد فشل أوين من جديد، لكنه قد دمر حياته بالكامل هذه المرة، لذا كان ينبغي ـ ان ينفذ أحدٌ الأمر، فأصعب القرارات تتطلب أرادةً وتضحياتٍ ثقيلة، بالتأكيد

ستتفهم الامر بكونك أبًا.

كان جون مستاءً مما حدث، كأنه لم يرد حدوث ذلك، فكانت لديه الكثير من الأسئلة المحيرة، كيف ظهر ثوماس هنا فجأة؟ بل ويقتل أعز رفاقه؟ كان ذلك كثيرًا بالفعل ليستوعبه، لكنه لم يشغل باله بالتفكير، وركز على ثوماس.

- ماذا عنك يا ثوماس؟

- ماذا عني؟

- ما الذي تريد فعله الان؟

أخذ ثوماس يتأمل بجثة صديقه القديم، متذكرا به رفيقه ثيودور مافريك، وكل اللحظات التي ضحك وبكى بها، التي غضب وارتاح بها، يبدو انه هذه هي النهاية، كان ثيودور ليجد طريقةً ما ينجو بها كما اعتاد ان يفعل دائمًا، لكنه ليس ثيودور، بل مجرد شخصٍ تبحث عنه البلاد بأكملها لتقتله، فقال مستسلمًا:

- لا أظن ان هناك شيءٌ أستطيع فعله بعد الان، فلقد أوقعت بي، هيا.. قم بواجبك.

- حسنا.. لم يكن من المفترض ان يحدث كل هذا من الأساس، عليّ ان أعترف بقوة قلبك على قتل رفيقك القديم، لكني لست مهتما بكما حقا.

ظن ثوماس انه لم يستمع الى جون جيدا بسبب الرياح، ما الذي كان يرمي اليه؟

- ما الذي تحاول قوله يا جون، الم تفهم بعد؟ كل ذلك كان من أجل لا شيء، بالنسبة لأوين، وللمأمور، وحتى لي، لقد خسرنا جميعا، لا أرى أي نتيجةٍ أنجو فيها بعد كل ذلك، فأنا ديابولو سولتيرو، ولم يعد لي مكان ولا رفيق ولا سبيل أتبعه، فما الذي ينبغي عليّ ان انجو لأجله؟ ان كان هناك شيءٍ أستطيع فعله الان، كنت لأناضل للعيش مهما ساء الوضع وازداد صعوبة، كنت لأجد فرصتي بنفسي، وان لم أفعل.. سأصنع فرصتي الخاصة، لكن يا للعار، لقد ظهرت فجأة وافسدت كل شيء.

سكت جون قليلا بعد ان أنهى ثوماس حديثه لتغني الرياح بصوتها العالي في خلفية المشهد، كان متفاجئا حقا، نظر حوله.. ظلامٌ دامس من كل الاتجاهات كأنهما وسط اللا شيء، بينما يقف في أعلى القمة الثلجية أمام ثوماس ميلر، نظر لجثة أوين من جديد، وبعد عدة ثوانٍ، ضحك فجأةً بشكلٍ هستيري وسط استغراب ثوماس، انى له ان يضحك في موقفٍ كهذا؟ بل ما المضحك أساسًا؟ كان يضحك بجنونٍ حتى انه دمِع من الضحك، كان يضحك بصوتٍ عالٍ حتى كاد يسبب انهيارا ثلجيا، ضحكته كانت مرعبةً تكوّن هالةً من الشر والسوداوية حوله، مما جعل ثوماس يتوتر برؤيته بهذا الشكل الغريب، فلم يرى هذا الجانب منه أبدا،

سكت أخيرا بعد ان آلمته معدته من شدة الضحك، وبعد ان ألتقط أنفاسه أخيرا، أخذ شهيقا وقال..
ـ لقد تغيرت حقا يا ثوماس، هذا يبعث الراحة حقا، الا تظن ذلك؟
ـ ما الذي ترمي اليه؟
ـ الم ترى بعد؟ رغم واقعيتك حيال مصيرك، لكنك ترجو ان تنجو من كل هذا، أنت تريد ان تعيش أكثر من أي وقتٍ مضى حتى في ظل هذه الظروف الكارثية بالنسبة لك.. هل أنا مخطئ؟
لقد كان جون محقًا، كان ثوماس يأمل حقا ان يعيش، ويهرب بجلده من هذا الجحيم، أراد فرصةً جديدة ليبدأ من الصفر ويعيش بسلامٍ بعيدا عن هراء الصيد، وهراء ديابولو سولتيرو، لكن ذلك أصبح غير ممكنٍ أبدا، ليس وهو المطلوب الأول في البلاد، أكمل جون حديثه بينما كان ينفض قبعته الفاخرة من الثلج
ـ في الحقيقة يا ثوماس، أنا لست مهتما حقا بكما انت وأوين، ما أنتما الا أحمقان سخرا حياتهما للصيد بإرادتهما، ثم استمرا بالتذمر طوال السنين الماضية مما يحمل من مشاقٍ وتعب، كان يجب عليكما ان تنضجا وتتحملا عواقب قراراتكما، لكن لم يعد هناك داعٍ لذلك النقاش، فقد انتهى الصيد بالنسبة لك، لكن حتى مع ذلك.. أستطيع ان أنقذك من كل هذا.. بل أنا الوحيد الذي يمكنه ان يخرجك من ذلك النفق الذي استمر أوين المتعجرف بالهذي عنه.
ـ إنقاذ؟ هل كان جون يعرض عليه ان يخلصه من كل هذا؟ لكن لمَ؟ ألم يرغب في الحصول على خطاب إسقاط حكم الإعدام؟ لم يستطع ان يشك به أبدا، ليس وكأنه يملك أي خيارٍ آخر، فسأله مستفسرًا عما يقول..
ـ كيف ذلك؟
ـ توجه الى ميناء التجارة في أقصى الغرب، وأبحث عن رجلٍ يدعى براندن أندرسون، كان أحد رفاقي القدامى الذين كبرت معهم، انه تاجرٌ إنجليزي يعبر البحار الان، سيذهب في رحلةٍ الى بعض دول اسيا ثم سيعود الى أوروبا، أخبره ان زوج أنابيل داستن أرسلك، تلك هي الشيفرة السرية التي بيننا، يمكنك ان تبدأ من جديدٍ وتترك كل شيءٍ خلفك، إن اخترت ذلك بالطبع، وإن لم تفعل، فما عليَّ الا ان أقتلك هنا والان.
تلك هي.. الفرصة التي ستنير له ذلك النفق المظلم، قارب النجاة الذي سيخرجه من أعماق ظلمة الصيد، لقد كان ذلك حلما بالنسبة له، لكن لمَ قد يفعل جون كل هذا؟ لم يستطع فضوله ان يبقيه صامتا دون السعي خلف إجابة ذلك السؤال..
ـ لماذا تفعل كل هذا؟ لماذا تتحمل عناء انقاذ حياتي؟

ـ أليس هذا واضحًا؟ لا أظن أنك و أوين المغفل من كانا خلف شخصية ديابولو سولتيرو، ولن أستطيع السماح بأن تتعمقا في هذا الجحيم ظلما، لذا أظن ان الأمر يستحق العناء، فالحياة غالية لتسلب جورا دون فعلي لأي شيءٍ لأمنع هذا، يجب ان تحصلا على حكمٍ عادل، ومفهوم العدالة يكمن فقط في روحي.

سرح ثوماس بالتفكير، كان يفكر بمستقبله، وماضيه الذي سيبني منه كل شيءٍ من جديد، وعلى يد من؟ على يد الشخص الذي كان يظن بأنه أرذل الناس وابشعهم، لكنه يدرك الان انه كان مجرد أبٍ مستعدٍ لتجاوز كل الحدود بكل فخر من أجل ابنته العزيزة. لا، فذلك طبيعي جدا بالنسبة له، فمهما كانت الطريقة التي عاش حياته بها، وقراراته التي اتخذها، ما يزال ابن ذلك البطل العظيم، انه شيءٌ يسري في دمائه، بينما هو كان الأخرق طوال الوقت، الأحمق الذي استمر بالهروب من كل شيء، عن طريق القاء اللوم على كل ما حوله متهربا من مواجهة حياته.

رفع رأسه الى السماء بعد ان هدأت العاصفة، وما تبقى منها الا الثلوج المتساقطة من السماء بكل لطف، وقال له بعد ان توقفت الرياح عن الصراخ..

ـ ذلك أكثر مما أستحق بالفعل.. بناءً على الطريقة التي أخترت العيش بها، أظن انه يجب ان أموت هنا والان، لكن لا أظن أنني أستطيع الرفض، لا أظن أنني أستطيع تضييع فرصةٍ أخرى بعد كل هذا.

ابتسم له جون ابتسامةً مليئةً بالامتنان، وأنزل قبعته من جديد، في إشارةٍ على الاحترام وقال لثوماس بكل ارتياح..

ـ هكذا ينتهي كل شيءٍ إذا.. يا لها من رحلة، تستطيع ترك جثة أوين هنا يا ثوماس، سيأتي الرجال لانتشالها ودفنها لاحقا، حتى ذلك الحين سأحاول تأمين الطريق لك لتنزل دون ان يلاحظك أحد، ووداعا يا رفيقي..

غادر جون من حيث أتى، تاركا ثوماس وحده في أعلى تلك القمة، أعلى من أي شخصٍ أخر تجرأ على مطاردة ديابولو سولتيرو، ربما كان الأمر مقدرا له منذ البداية، بأن يواجه ذلك الشيطان لينجو من حياته الى حياةٍ جديدة، تاركا كل شيءٍ خلفه، بينما ينظر فقط نحو الأمام، ربما قد أنتصر في النهاية.

حتى أموت في يومٍ ما

لوبيز ميلتون

أراد ان يستمتع بهذه الرحلة الليلية الهادئة على متن القطار، القطار الذي سيعود به الى نيفادا أخيرا، فقد انتهى عمله بسيكرد فالي ونجح بإنهاء هيمنة ديابولو على تلك البلدة، ولكن لسببٍ ما.. مازال ديابولو يهيمن عليه كليًا، لابد ان هناك طريقةً واحدة لقتل ديابولو سولتيرو الى الأبد، وهي العثور على الشمس من جديد، فلم تشرق الشمس أبدا منذ تلك الليلة التي سبقت عثور رجاله على جثة جيفري ساندلر، ولم تنر له الطريق بنورها أبدا.. أجل، لقد كان الأمر واضحًا طوال الوقت، كيف لم يفكر بالأمر؟

توقف القطار في محطةٍ بين الولايتين لتحميله بالمزيد من الفحم، نزل ليستمتع بسيجارته، لم يكن هنالك أي ركابٍ في ذلك القطار سواه، لذا كانت المحطة شبه خالية من أي مظاهرٍ من مظاهر الحياة، كان يفكر في ذلك الأمر، كان من الممكن ان يكون نائبه أدم جرين بجواره الان، يلقي له النكات ويشاركه شعوره حيال تلك المعركة مع ذلك الكيان المجهول، لم يعتد أبدًا على هذه الوحدة الموحشة، كيف آلت الأمور الى ما آلت إليه؟

ثوماس ميلر المنيع، الصياد الأشرس في البلاد، تخلى عن كل مجده، لينتهي به المطاف بالموت سقوطًا من أعلى قمة في جبل ويتني، أوين كوبر، مهووس فيونا التي قادته للجنون أنضم لثوماس في جريمته، ليقتله جون داستن برصاصةٍ في صدره، بالحديث عن ذلك الرجل، لم يتحمل عناء شكره ومقابلته حتى بعدما كتب له الخطاب الذي وعده به، وأسقط به حبل المشنقة عن رقبته، حسنا.. لا يستطيع لومه، فهو يحترق شوقًا لمقابلة ابنته، ويريد ان يبتعد عن كل شيءٍ يذكره بهذا الكابوس من جديد، أما جوليا ستكون بخير، فهي امرأةٌ قوية، تحملت مالا يستطيع تحمله أشد الرجال، بالتأكيد ستمضي قدمًا، وستعثر على غايةٍ أسمى، وستترك كل شيءٍ خلفها، أما أدم، اه أدم، لقد خذله حقًا، لقد جعله يشعر بالضياع قبل ان يُسلب منه، كان ممتنًا لكونه بجواره، وفي المقابل أراد إبعاده عنه، قد

يكون مات ميتةً سريعة، لكنه كان يموت ببطءٍ شديد طوال الوقت، وهو الملام
على كل ذلك.
لكن لماذا؟ لماذا مازال هذا الكابوس مستمرًا حتى الان؟ لقد مات ديابولو
سولتيرو، وانتهت هذه القصة لدى الجميع، أما فهو فمازال يراه، يسمعه، يحلم به،
يطارده، كيف يستطيع التخلص من ذلك الشيء، لابد انها الشمس، النور وحده
يستطيع تبديد الظلام، يبدو ان لديه رحلةٍ أخرى عليه ان يخوضها وحده، رحلة
البحث عن الشمس.
وبعدما أنهى سيجارته، وعندما ألتفت ليعود الى القطار، لمح في أرجاء الليل
نورًا يشع من غابة مجاورة، نورًا دافئ، يبعث الطمأنينة في قلوب المرتعدين،
لابد انها هي! انها الشمس!
أخذ يركض باتجاهها كأنه طفلٌ صغير مشتاقٌ لعناق أمه، استمر بالركض
والابتعاد عن المحطة حتى غاص عميقًا في تلك الغابة، ولم يستطع العودة بعد
الان، وفي أثناء جريه باتجاه الشمس، توقف عندما لمح رجلًا غريبًا يقف في
طريقه، كان يرتدي ملابس بالية، ويبدو جريحًا ومتأذيًا، كان ذلك الرجل معطيًا
ظهره اليه، فلم يستطع رؤية ملامحه، وعندما اقترب منه أكثر ليرى وجهه توقف
مكانه عندما نطق ذلك الرجل قائلا..
- طويلةً وصعبةً كانت تلك المعركة، الا تظن ذلك... أيها المأمور؟
ألتفت ذلك الرجل اليه، انه يعرفه جيدًا، انه نائبه.. أدم جرين.
لكن كان هنالك شيءٌ مرعب مختلف فيه، هنالك قرنا أيلٍ عظيمان متصلان
في رأسه، ذلك ليس أدم جرين أبدا!
- أنت... لماذا؟ لماذا أنت متشكلٌ على هيئته؟
- هذا كله من نسج خيالك أيها المأمور، لست أنا من أقرر كيف أبدو، تلك
مشكلتك أنت.
عاد من جديد، ليحول بينه وبين الشمس، هل سيمنعه من الحصول على
الشيء الوحيد الذي سيقضي عليه؟
- لقد تمكنت مني أيها المأمور... لقد دمرت خطتي المقدسة، ولذلك، وفي
حضرة هذه الشمس، سأنفذ لك طلبًا واحدًا فقط.
- ماذا؟
أقترب صاحب القرنين منه وأمسك برأسه بكلتا يداه، وقال له بينما ينظر في
روحه من خلال عيناه..
- كما سمعت أيها المأمور، لقد انتصرتَ في هذه المعركة، يبدو أنك فعلا
عبقريٌ كما وصفك الناس، ولذلك.. سأعطيكَ مكافأةً كعربون شكرٍ على هذه

الملحمة التي قدمتها أمامي، لكن اعلم جيدًا.. هذه لن تكون نهايتي ابدًا، فالأيل لن يموت أبدًا، سأعود دومًا لتحقيق عصر النعيم الذي وعدتُ به، وفي المرة القادمة.. سأحرص على تدمير كل منهم أمثالك، حسنًا.. حتى ذلك الحين، فعلي ان اتبدد، لكن قبل ذلك، سأحقق لك طلبًا واحدًا من اختيارك، لذا هيا.. سَل ما شئت
نظر اليه مترددًا بينما هو متشكلٌ على هيئة نائبه الراحل، أخذ يتلفت يمينًا وشمالًا ليفكر بما يريد، وفجأةً في وسط حيرته، أشتد نور الشمس الساطع من وراء قرناه بشكلٍ غريب، كيف لم يفكر بالأمر؟ هذه هي فرصته.
ان كان يستطيع طلب ما يشاء، اذا يستطيع الحصول على الشمس، الشيء الوحيد الذي سيحرق ذلك الكيان ويجعله يختفي الى الأبد، الأيل لن يموت اذا ها؟
لنرى ما تستطيع فعله عندما تحترق قرونك اللعينة بالشمس، أصبح ينظر الى ذلك الكيان بشفقة واستصغار، الأحمق لا يعرف انه على وشك إرسال نفسه الى الجحيم الى الأبد، فبمجرد ان يحصل على الشمس سيستطيع حرقه بها، ولن يعود أبدا..
- أريد... الشمس.
- الشمس؟
أومأ برأسه ردًا على سؤاله والابتسامة الخبيثة على محياه، لم يستطع الانتظار حتى يراه يحترق ويصرخ من الألم، حان الوقت ليذيقه أحدٌ ما مرارة ما أذاقه للناس، وينهيه الى الأبد لكيلا يعود أبدًا..
- يا للهول أيها المأمور، وانا الذي ظننت أنك عبقريٌ حقًا
بدأ الارتباك يصيبه من رده، هل كان يخدعه؟ هل علم بخطته لحرقه؟
- الشمس هنا أيها المأمور، كان بإمكانك الحصول عليها طوال الوقت.
أشار ذلك الكيان الى خاصرة العجوز، حيث يضع مسدسه بغمده، كيف لم يلحظ ذلك منذ البداية؟ لقد كانت هنا طوال الوقت!
ما ان رأى ما كان في غمده دهش بجماله، وتلألأت عيناه بالطمأنينة..
- طوال الوقت.. لقد كنتي بجواري.. اه!
سحب الشمس من غمده ووجهها نحو رأسه، وقال والراحة تملأ فؤاده..
- سلاحي الحقيقي... ضوء شمسي المرشدة! لقد وجدتها أخيرا!.. إنني أرى النور الان، أستطيع المغادرة معها، فلقد عثرت عليها.. عثرت على شمسي، أنا هي.. الشمس!

جوليا ساندلر

نهارٌ عليل بنسمات الرياح الدافئة بشمس الصباح الذهبية، التي تزين البلدة باللون الأصفر الملتهب، صوت المواشي وهي ترعى لتبعث الحياة في البلدة من الجديد، الأطفال يلعبون هنا وهناك وبعضهم كان يدور ويلعب حوله، ويقدم له الورود التي تنموا على جانب الطريق كعربون امتنان على تخليصهم من ذلك الكابوس، بينما كان يتجول جولته الأخيرة برفقتها، قبل رحيله أخيرا الى الأبد.

انتهى كابوس ديابولو سولتيرو، بإعلان قتل جون داستن لأوين كوبر وثوماس ميلر، لقد تم إحضار جثة أوين امام الملأ بينما سقطت جثة ثوماس من أعلى ذلك الجبل أثناء مواجهتهما لتضيع في أعماق الثلوج فتتحلل هناك، وتختفي لوحدها الى الأبد. أضحى جون بطلا في نظر سكان بلدة سيكرد فالي البعيدة بين الهضاب، ليقف بجوار والده الذي لطالما أحبوه واعتبروه مخلصهم الأول والأخير.

كانت نساء البلدة تمطره بالورود من أعلى بلكونات المنازل بينما كان يسير مع الآنسة جوليا، والأطفال يهتفون باسمه بينما يلاحقونه ليخبروه بأنهم يريدون ان يصبحوا مثله عندما يكبرون، لكنه لم يكن متفرغًا لكل ذلك، فكان مستعجلا ليغادر بسرعة، لذا خرج مع جوليا الى أعلى أحد الهضاب الخضراء الخالية، ليتجولا تحت سماء الصباح الصافية، وليستمتعا بجولتهما وسط المساحات الخضراء الواسعة وحدهما..

ـ يا لها من ملحمة.. اليس كذلك؟

ابتسم جون لحديثها بينما كان يستمتع بالرياح اللطيفة التي كانت تتلاعب بشعره كالعادة، وقال لها..

ـ يبدو انه لدي الكثير من القصص التي أرويها لابنتي عندما نرحل من هنا، يا للهول، كم أشتاق اليها حقًا.

ـ بل سوف يروي عنك الناس القصص باستمرار لأبنائهم واصحابهم، تماما مثل والدك.

ضحك الاثنان مستمتعان بتلك الجولة اللطيفة التي من بعدها سيسلكان طرقا متفرقة، منتقلين بها الى فصولٍ مختلفة بحياتهما، وبما انها الجولة الأخيرة، أرادت جوليا ان تشفي فضولها بما يتعلق عن جون..

ـ على ذكر أمر ابنتك، ما هو اسمها؟ فأنت لا تتحدث عنها كثيرا.

اعتلت تعابير الشوق والحنين في وجه جون بينما رد عليها..

ـ انها يونا، لقد أسمتها أمها تيمنا باسم أحد الشخصيات التي أحبتها في روايةٍ قديمة، لقد كنا صغارًا جدا لنصبح أبوين، لكن أرجوا اننا بذلنا قصارا جهدنا لأجل

ابنتنا.
ـ إذا سترحل مع يونا عما قريب بعيدا الى الشمال...
وصلا بقرب حقلٍ أزهارٍ كانت الفراشات تملأه، انحنى جون ليجلس وسط
الازهار بينما حطت فراشةٌ على اصبعه وقال بينما يتأملها..
ـ لقد كان ذلك حلمنا انا وزوجتي الراحلة.. ما زالت أعيننا تلتقي عندما أنام،
أحلامًا جميلة ليتها لا تنتهي، أبنتنا يونا تشبهها الى حدٍ كبير، مجرد النظر اليها
يبعث في قلبي الحنين والاشتياق لرؤيتها تلعب معي وسط حقول الأزهار، حقولٌ
كهذه كنا نتسابق فيها عندما كنا صغارا، ما زلت حزينًا لرحيلها، ولا أظن ان هذا
الحزن سيغادر قلبي مطلقًا، لكنني مؤمن تماما بأن اين ما كانت هي الان، سيقف
طيفها المقدس فخورا.

استشعرت جوليا جمال كلمات جون وصدقها، كل ما فعله حتى الان كان
لسببٍ واحدٍ فقط، وهو العيش حياةً مسالمة بعيدا خلف الجبال مع فتاته الصغيرة،
لقد كانت في غاية السعادة لبلوغه غايته، فجلست بالقرب منه بينما كانت
الفراشات تطوف حوله وقالت..
ـ ألن تزور المأمور لمرةٍ أخيرة؟
ـ لم يعد هناك حاجةٌ لذلك، لقد أرسل الخطاب بالفعل، وتم إسقاط حكم الإعدام
أخيرا، كما انه لا يبدو في حالةٍ جيدة، يبدو انه بدأ يفقد ذاكرته، لكني حصلت على
مرادي منه على أي حال، لم يعد يثير اهتمامي بعد الان.

كانت حزينة على حال المأمور، يبدو ان غرقه بالقلق والتفكير حول ديابولو
قد أضر بعقله، لم يعد كما كان في السابق، فأصبح متعبًا طوال الوقت، وحواسه قد
ضعفت كثيرًا، حتى انه بدأ يفقد الذاكرة بسرعة، لكن عليها هي أيضا ان تمضي
قدمًا مع الجميع، وتبدأ حياةً جديدة، ولا تبقى غارقةً في رماد ديابولو سولتيرو مثل
لوبيز ميلتون.

أخذت جوليا تحاول ان تجعل فراشةً تحط على اصبعها كما كان جون يفعل،
لكنها كانت تخيف الفراشات وتبعدها، فسحب جون انتباهها اليه من جديد
بسؤالها..
ـ ماذا عنكِ يا جوليا، ماذا ستصنعين الان.
ابتسمت جوليا لسؤال جون بحماسة كأنها كانت راجيةً ان يسألها..
ـ أخطط لأن أرحل انا بدوري أيضا، بعيدا الى نيويورك ربما، أريد أن أصبح
كاتبة، وأروي هذه الحكاية للناس، حكاية ديابولو سولتيرو.
تبسم جون لطموحها، كان سعيدا لأنها ستستأنف حياتها بطموحٍ جديدة،
عكس ذلك المأمور العجوز، فشجعها قائلًا..

205

هذا رائعٌ بحق يا آنستي، لكن أرجوكِ لا تذكري أسمي بالرواية، فلا أخطط ـ
.بأن يتم العثور عليّ أبدا بعد مغادرتي
ضحكت جوليا قليلا، ضحكةً ممزوجة بالحزن والانزعاج، سكتت قليلا بينما
.تفكر في كلام جون، ثم سألته ببراءة.
جون.. هل سأراك من جديد؟ ـ
ماذا هل وقعتي في حبي الان؟ ـ
الأمر ليس كذلك.. لكني أكره هذه الفكرة كثيرا، ان تفترق سبلنا ولا نرى ـ
.بعضنا من جديد، وكأننا لم نخض كل تلك العقبات، كأننا لم نعرف بعضنا يومًا
قام جون من مكانه بينما امتلأ رداء الكنيسة الكاتدرائية الفاخر الذي كان
.يرتديه بالفراشات وقال ليهون على الانسة جوليا بينما يتأمل منظر الحقل البديع
قد تكونين محقة، لكن مع ذلك، أظنني سوف أستمر بتذكر كل تلك ـ
.الذكريات، ولن أنساها طوال حياتي، حتى أموت ربما في يومٍ ما
قامت جوليا متبسمةٍ في وجه جون داستن، مودعةً اياه الوداع الأخير، فالان
سيغادر سيكرد فالي نهائيا، ولن يراه أحدٌ مرةً أخرى، شكرها لمرةٍ أخيرة بعد،
ومضى ليمتطي حصانه الأبيض ويخرج من البلدة، ثم أنطلق من امام الانسة
جوليا ساندلر وغادر نحو مخرج البلدة، وقبل ابتعاده عنها بما فيه الكفاية لتختفي
من مجال نظره، توقف والتف ناحيتها ليلقي نظرةً أخيرة على بلدة سيكرد فالي
الجميلة، يتفكر بتلك الرحلة التي خاضها هناك، وكل الأشخاص الذين قابلهم، ثم
.التف ليكمل طريقه من جديد، وغادرها الى الأبد

ثوماس ميلر

صوت موجات البحر الهادئة التي تضرب الميناء بكلِ لطفٍ كان باعثا لراحة القلب، رياح الغروب العليلة التي كانت تلامس وجهه بكل رفق، رائحة المحيط المنعشة الندية المالحة التي كانت تذكره بطعم أشهى الأطباق البحرية التي كان يتناولها في أرقى المطاعم بعد عناء مهمة صيدٍ مع رفيقه أوين الراحل، كان كل ذلك موجودًا منذ بداية الزمان، لكنه تظاهر بعدم وجود كل ذلك الجمال، ليته أدرك كل ذلك مبكرا، كانت الفرص مطروحة أمامه بكثرة، لكنه أبى ان يستغلها، اما الان فتحتم عليه الهروب الى أرضٍ بعيدة ليبدأ كل شيءٍ من جديد، لكن لا بأس حقا، فهناك انتصارٌ في ذلك أيضا، فغيره لم يحظى بهذه النعمة اطلاقًا

ألقى نظرةً على الميناء، كانت الناس تروح ذهابا وإيابا بين السفن الباهرة التي يرفعها موج المحيط، لقد بدأ يشعر بالحياة حقا وكأنه ولد من جديد، يا ترا ماذا يفعل المأمور الان؟ هل ارتاح أخيرا من عناء مطاردة ديابولو سولتيرو؟ فقد تم الإعلان في جرائد اليوم الماضي ان ديابولو سولتيرو قد قضى نحبه أخيرا بموت أوين كوبر وسقوطه هو من أعلى جبل ويتني العظيم، حتى ان كان ذلك لم يحدث بالفعل، لكنه أصبح يعرف الإجابة على كل حال

وبينما كان يمشي بسكينة على سطح السفينة متجولا بين العاملين والأمتعة وشباك الأسماك، لمح جون داستن من بعيد وهو يحدث ذلك المدعو بالسيد أندرسون، لقد كان يلبس ذلك اللباس الأسود الفاخر الذي يعود للكنيسة الكاتدرائية، يبدو انه أنجز مراده وسيغادر قريبا الى مكانٍ لن يُرى فيه بعد الان، لكن كان من الغريب حقا قدومه الى هنا، لعله قدم الى هنا ليودعه، او يعقد صفقةً مع ذلك التاجر الإنجليزي، ثم يغادر تاركا كل شيءٍ خلفه كما سيفعل هو، لكنه بدأ بالقدوم صوب السفينة بعد ان انهى حديثه مع ذلك التاجر، فعرف انه هنا لأجله

نزل من على السفينة من خلال الجسر الذي يصل بينها وبين الميناء، وراح متجهًا الى جون، و عندما قابله، رحب به جون بابتسامة قائلًا..
ـ مرحبا يا ثوماس، يبدو ان هذه هي النهاية اذًا.
ـ أجل.. لم أتخيل يومًا ان أجد نفسي متحمسًا للحياة.

بالرغم ان قصة ديابولو سولتيرو كانت لغزا معقدا، الا ان ثوماس ميلر أصبح يعرف كل شيءٍ الان، بالرغم ان معرفته لم تعد ذو قيمةٍ ابدا، لكن بما ان هذه هي آخر مرة يرى فيها جون داستن، أراد تأكيد له ذلك، ليعرف انه ليس مجرد أحمق..

ـ في الحقيقة يا جون، لطالما تساءلت عن سبب حدوث كل هذا، منذ بداية كل شيء وكان هذا السؤال يدور في ذهني، لكنني أدرك ذلك الان، كان الامر صعب

208

التصديق في البداية، لكن عند التفكير بالأمر قليلا، كان الامر واضحا طوال الوقت، أنت هو ديابولو سولتيرو يا جون.

صمتا قليلا احتراما لهبوب الرياح بينما كانا ينظران لبعضهما، وبعد مرور الرياح، أشاح جون نظره بلا اكتراثٍ لليمين قائلا..

ـ إذا.. لقد اكتشف أحدٌ الأمر أخيرا، يا له من إنجازٍ عظيم، مباركٌ لك.

ـ لدي الكثير من الأسئلة بصراحة، لا أعرف ماذا أقول بالضبط لكن..

قاطعه جون قبل ان يكمل حديثه..

ـ هناك شيءٍ يجب ان تعرفه يا ثوماس، شيءٌ في غاية الأهمية، كل ما فعلته حتى الان لم يكن بسبب "رغبةٍ أنانية" بل كانت أشياء ضرورية لتحقيق غايةٍ أسمى من ان تفهمها.

ـ عن طريق قتل أدم جرين مثلا؟

أراد ثوماس ان يواجه ديابولو سولتيرو، لا جون داستن، أراد مواجهته بشأن كل الأشياء التي اقترفها، ويطالبه بتفسيرٍ عن طريقة إنجازه لهذه "الخطة المقدسة"

ابتسم جون في وجهه بمكرٍ وقال..

ـ لقد كان قتل أدم هو الطريقة الوحيدة لتحفيز ذلك المأمور.

ـ تحفيز؟

ـ لا تتظاهر بعدم معرفة ذلك يا ثوماس، تعلم ان أوين كان على حقٍ دائما، لقد كان ذلك الوغد العجوز جبانا بالفعل، ان استمر الوضع على ما كان عليه، لما زلنا نتناقش حول طريقة العثور على فيونا كلارك في مكتبه الان، كان يجب ان يكره ديابولو سولتيرو ويسعى لحصد رأسه بنفسه عوضًا عن ترك رجاله يموتون بينما ينتظر اللحظة المناسبة للتحرك، حتى ان قتل أدم جرين بالكاد حفزه. كما أنك معي في هذا، فلم أكن أتوقع بان تقتل أوين يا ثوماس، فلقد كنت أخطط ان تكونا سويةً على هذه السفينة.. لكن كما قلتَ سابقا، القرارات الصعبة تتطلب تضحياتٍ ثقيلة، والتضحية بأدم جرين، كان ثمن جبن المأمور على مدار السنين.

أخذ ثوماس يفكر بأوين كوبر وأدم جرين بينما كان يتأمل السماء المتوهجة بغروب الشمس، ضحيتان لقاتلان مختلفان قتلا لنفس المبدئ، فلم يكن هناك أي وسيلةٍ أخرى لأوين سوى الاستمرار بالعذاب ان عاش، كان شيءٌ لابد له من فعله، ربما كان جون يفكر بنفس الطريقة عند قتله للنائب أدم..

ـ ماذا عن فيونا كلارك؟ من كانت؟ وما علاقتها بك؟

زالت الابتسامة بشكلٍ غريب من وجه جون، وكأنه لا يريد الحديث عنها..

ـ لا أمانع ان أخبرك بشأنها، لكن ربما من الأفضل ان تبقى الأسرار أسرارا

يا ثوماس.

رد جون عليه بنبرةٍ توحي بالتشاؤم، فعرف ثوماس ان مسألة فيونا كلارك أكبر مما كان يعتقد، مما زاد فضوله بشأنها، أراد ان يعرف حقيقة تلك المرأة التي دمر رفيقه حياته بسببها..

ـ أخشى أني أصر عليك..

أخذ جون شهيقا بينما كان يعدل ترقوة معطفه البارزة ثم قال..

ـ حسنا، ان كنت مصرا... في الحقيقية، فيونا كلارك لم تُعجب أبدا بأوين كوبر، بل كانت تراه كمهووسٍ مزعج، لقد ذهبت للحديث معه في ذلك اليوم والأيام التي تليه تنفيذا لأمرٍ مني بأن تجمع عنكما أكبر قدرٍ ممكن من المعلومات قبل رحيله لسيكرد فالي لكونكما صياديّ نخبة هناك، لكنها تفاجأت بوقوع ذلك المهرج في حبها، وقطعه وعدا لها بالزواج عند عودته من جديد لوايت ريفر، لكنها قد أنجزت مهمتها بالفعل لذا غادرت البلدة عودةً اليّ بالكنيسة الكاتدرائية، لقد كانت تعرف عن نوايای بتدمير كل من جعلوها تتعذب في حياتها، وتعرف رغبتي بتحقيق العدالة لها ولعائلتها ولكل الأبرياء الذين ماتوا في ذلك الحصار المشؤوم، لقد كان وعدا قطعته لها منذ ان كنت طفلا، بعد ان قابلتها لأول مرةٍ مع أبي في أثناء رحلتنا.

ـ والذي استقبلها من نيويورك.. كان..

ـ أجل، لقد كان أنا بالفعل..

أخذ ثوماس يتلفت يمينًا وشمالًا من هول ما سمعه، وبعد ان أعاد ترتيب أفكاره قال..

ـ يا إلهي... هذا يعني أن فيونا كلارك لم تقع في حب أوين أبدا.. بل كانت واقعةً في حبك أنت يا جون.

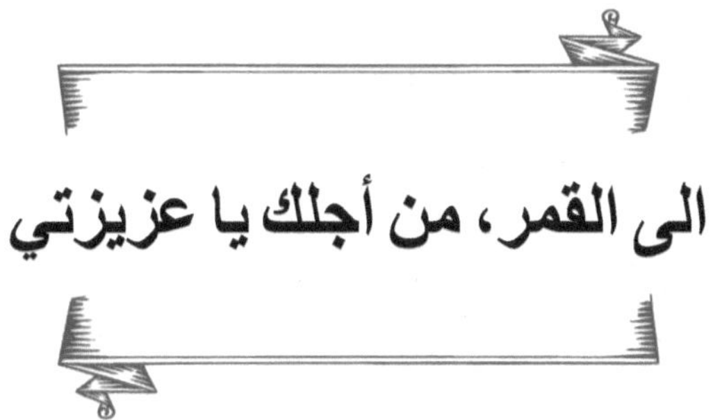

الى القمر، من أجلك يا عزيزتي

فيونا كلارك

جبل ويتني العالي الذي يزهر في الربيع، وكأنه حديقةٌ مقدسة شاهقة تطل على باب النعيم، كان ذلك حلمها منذ ان كانت صغيرة، منذ ان رأت صور الجبل في الجريدة لأول مرة في طفولتها، حلمت ان تعيش في قمته الى الأبد، لكن كل تلك الكوارث التي حلت بحياتها جعلت الامر مستحيلا بالنسبة لها، وجعلتها تتنسى حلمها الذي شاركته مع ذلك الفتى الصغير الذي كانت تلعب معه لتنسى ألم الحرب بعد هروبها من فيكسبرغ، والذي وعدها انه سينتقم لها ولكل سكان البلدة.

يا لبراءة الأطفال، نفوسهم النقية تظهر في طيبة معاملتهم للآخرين، الا ان ذلك الفتى الصغير كان مختلفا كليا، فوعده بالانتقام لم يحمل أي نفسا نقية، فلطالما اعتنق فكرة ان فعل الأشياء السيئة للناس السيئين أمرٌ جيد، وهذا ما أدركته لاحقا بعد اربعةَ عشرَ سنة، بعد ان التقت به مجددا، وها قد أصبح شابا يافعا محملا بمآسي الماضي وجروحه الخاصة.

لقد عادت اليه بعد ان مات صاحب دار الأيتام الذي أرسلها اليه والده، لقد تم قتله عن طريق أيادٍ خفية لامتلاكه وثائق وخطاباتٍ قرر نشرها من الحرب الأهلية التي شارك بها في الماضي، التي لم يستطع أبدا ان يمضي قدما بحياته بعد كل ما أرتكبه بها، لذا قرر ان ينشرها ويفضح كل من معه كنوعٍ من التكفير بعد ان تدهورت صحته النفسية بسبب عدم تحمله لكل تلك الكوابيسُ والهلوسات.

وبعد موته، استطاعت الحصول على كل تلك الوثائق والأوراق، وأخفتها قبل هدم الدار بالكامل، وتشردت بالشوارع سنين طويلة قبل ان يستطيع ذلك الفتى الذي اضحى شابا ان يعيدها الى ألاباما ومن ثم الى كاليفورنيا.

لقد وقعت في حبه بالفعل، ولم تكن تنوي إخفاء ذلك طويلا عنه، فبالرغم من مضي السنين، الا انه ما يزال يحتفظ بتلك الشخصية التي استلطفتها به عندما كان طفلا، لكن بعد ان رافقته الى الكنيسة الكاتدرائية حيت يعيش، تفاجأت بفتاةٍ صغيرة كانت قد تعلمت المشي للتو، تجري بأقدامها القصيرة اليه بينما تنادي بكل حماسٍ وشوق "بابا" لترتمي اليه ويحملها بين أحضانه، كان يقبل رأسها ويربت على رأسها الصغير، كانت نظراته لتلك الطفلة كافية لتأكيد الامر لها، لقد تزوج وأنجب منذ زمن بالفعل.

حتى مع علمها بوفاة زوجته الشابة، أدركت انها لن تستطيع ان تهنأ حتى في حب الشخص الوحيد الذي وقف معها أبدا، فكما كانت صديقة طفولته سيلينا مارسيل تقول، أنابيل ختمت على قلب جون ولعنته للأبد، فلن يقع في حب امرأةٍ غيرها مهما حدث.

جون داستن

أنتهى كل شيءٍ على فيونا فعله الان، وبقي وعد جون لينفذه أخيرا بتحقيق أمنيتها تحت ضوء البدر المكتمل والسماء المزينة بالنجوم، بينما كانا على ذلك الخيل الأبيض الجميل الذي لطالما أرادت امتلاكه وركوبه بين الجبال العالية، يصعدون وسط ربيع ذلك الجبل الشامخ الى قمته العالية، كانت فيونا ولأول مرةٍ في حياتها تشعر بالسعادة الحقيقية، وهي متيقنة بأنها لن تعاني بعد الان أبدا، فقد انتهت الكوابيس أخيرا، وما بعد الحزن والضيق الا الفرح والخلاص، سوف تتحرر، وستتحقق حلمها أخيرًا بإمضاء الأبدية على قمة ذلك الجبل.

وصلا الى القمة العالية، نزلت فيونا من على حصانه الأبيض وراحت تطالع كل ما حولها من تلك القمة العظيمة، رفعت يدها على وشك ان تلتقط بعض النجوم، نزل جون خلفها بينما كان ينظر اليها تحت نور القمر، لقد كان مشهدا ملائكيا بالفعل، وبعد ان استعدت نفسيًا، التفتت فيونا اليه مبتسمة بينما كانت دموع الفرح والراحة تنهمر من عيناها..

ـ هيا يا جون، لقد حان الوقت، انا مستعدة.

كان الامر صعبا جدا على جون، كان يحارب دموعه جاهدا لكيلا ينهار هو بدوره امامها، كانت يده ثقيلةً بالكاد يستطيع تحريكها، حتى لسانه استثقل الكلام بشدة من غصته التي كان يحاول ابتلاعها..

ـ الا يمكن ان تكون هناك طريقة أخرى يا فيونا؟

مسحت فيونا دموعها، فلا تستطيع التخفيف على ذلك الطفل الذي أحبته في الماضي وهي غارقة بدموعها هكذا، ثم رفعت رأسها وقالت..

ـ أرجوك يا جون، لقد وعدتني أتذكر؟ رجاءً، فأنت الوحيد الذي وقف بجانبي حتى النهاية وأسعدني حقا، لا تخذلني الان.

رفع جون مسدسه الذي لم يسبق له وكان بهذا الثقل من قبل، ووجهه على ابتسامة فيونا التي كانت تتلألأ بينما كانت تنظر اليه بكل امتنان، ومع نزول دمعته، أطلق رصاصة الرحمة التي خلصتها أخيرا من ألمها، فما كانت حياتها الا دائرة من العذاب اللا متناهي.

جثا على الأرض يبكي في قمة ذلك الجبل، لقد حقق حلمها لتمضي ما تبقى من أبديتها هناك، وتتركه ليعيش مرارة الموقف وألمه وحده، فهو من أراد ان يفي بوعده لها عندما كان طفلا، هو من طمح للتحقيق العدالة والسعي خلفها، المسؤولية العظيمة التي اختار ان يتحمل تضحياتها ومرارتها وألمها في نفسه، كان هذا هو المقابل الذي عليه ان يضحي به، الثمن الذي سيدفعه في مقابل أهدافه النبيلة.

فيونا.. هل ستسقط رؤوس العظماء حقا... على يد روحٍ مشوهة.. خسرت"
"القدرة على رؤية النور؟

ثوماس ميلر

كان ينظر اليه غير قادرٍ على النطق بينما كان يبدي ملامحًا مذهولة، كانت هناك مئات الأفكار تدور في عقله بمجرد النظر اليه، ذلك الشاب الذي لا يبدو مؤذيا بتاتا، استطاع فعل كل هذا؟ لم يكونوا يطاردون ديابولو سوليترو على الإطلاق، بل كانوا يدورون حول أنفسهم كالحمقى، بل حتى حلم أوين و هدفه كان مجرد كذبة طاردها لسنين طويلة، خدعةٌ أعدها له ديابولو كي يخدره ويفترسه بالنهاية. لم يتحمل جون نظراته التي كادت ان تجعله ينفجر من الضحك فقال لا تنظر الي هكذا، ليست مشكلتي انه كان أحمقا ليصدق ان فيونا ستحبه ـ بمجرد انه صياد نخبةٍ أخرق

ظل ينظر اليه وما زالت معالم الصدمة على وجهه، غير مستوعب حقيقة كل الأحداث التي عاشها حتى الان، وضع جون يديه في جيبه وقال بينما يسير متأملًا البحر..

ـ ربما كان قتلك لأوين هو القرار الصحيح بالفعل.

مشى قليلا الى حافة الميناء ليتأمل البحر أيضا، كي يسحب نفسه خارج تلك الأفكار، وقال بينما كانت شمس الغروب تنعكس على عينيه..

ـ لم أتخيل قط ان يتلاعب بنا شخصٌ هكذا، بل يكون بيننا طوال الوقت، ويفوز في النهاية، إذا كانت القصص التي كنت أقرؤها سابقا حول الجرائم الكاملة التي لا تشوبها شائبة موجودة بالفعل، بالرغم ان الحل كان واضحا امامنا طوال الوقت.

قهقه جون قليلا من حديثه، وقال بسخرية..

ـ هل ظننت ان هذه رواية أطفالٍ حيث يفوز البطل على الشرير يا ثوماس؟ هذا ليس واقعنا أبدا، فلطالما كان الطرف السيء هو الفائز دائما، لكن في النهاية، سيشهد التاريخ ان ديابولو سولتيرو قد هُزم فوق ذلك الجبل فعلا، وسيصدق الناس ذلك لأن عليهم ان يصدقوا ذلك، لتُحكم السيطرة عليهم جيدًا، وتثبط أي محاولة تمرد بامتعاض الناس من هذه القصص الموثقة، فهذا هو أساس "الخطة المقدسة" منذ البداية، ان لا تنجح أبدًا، ويموت ديابولو سولتيرو.

سرح ثوماس أثناء مشاهدة السماء تظلم بظلام الليل مفكرًا بما قاله جون، ثم قال بينما يتأمل الأمواج التي تهاجم الميناء..

ـ أظنك على حق..

دق البحارة جرس السفينة، معلنين ان وقت الرحيل قد حان، قام ثوماس من مكانه لكنه وجد ان جون قد مشى مغادرا بالفعل، كانت لديه المزيد من الأسئلة التي لم يجب عليها جون داستن، او بالأصح ديابولو سولتيرو، فصرخ مناديا جون..

ـ الى اين انت ذاهب! مازلت لم تخبرني بكل شيءٍ بعد، ماذا عن رؤية المأمور لي بجوارك؟ وما الذي حصل حقا للمحافظ باتريك هولدن؟ عد الى هنا، فأنت ما تزال مدينا لي بالإجابات!

ألتفت جون اليه، منزعجًا من عجرفته..

ـ هل إجابة هذه الأسئلة تهمك أنت؟ ام تهم ثوماس ميلر؟ ان كان الامر كذلك فقد مات ثوماس في قمة ويتني.

رحل مغادرًا بينما كان ثوماس ما يزال واقفا ينظر اليه يسير مبتعدا للمرة الأخيرة أثناء تدافع طاقم السفينة الى داخلها، ودفعهم معه اليها، وبعد دخول الجميع، أسقط الطاقم الجسر، ورفعوا السارية، وتحركت تلك السفينة العظيمة

لتشق البحار، وترحل الى أرضٍ بعيدة

فكر مليًا بكلمات جون الأخيرة له، ربما كان محقًا، فما الفارق الذي سيشكله فضوله غير استمرار تعلقه بديابولو؟ لقد كانت رحلة الصيد طويلة وقاسية، مليئة بالدماء والظلام، شهد فيها العديد من رفاقه يسقطون واحدا تلو الاخر، بدايةً من ثيودور مافريك، ونهايةً بأوين كوبر، ورأى الأبطال يخسرون نفسهم وصوابهم في سبيل هذه الرحلة، ويغرقون في شهوة سفك الدماء حتى تحولوا الى أبشع السفاحين، كانت رحلةً لن ينساها أبدا طالما عاش، لكنها قد انتهت الان، ويجب عليه ان يمضي قدمًا ويسعى خلف هدفٍ أسمى من مطاردة الموت، لقد اعتاد ان يخفض رأسه بحثًا عن مكانه تحت التراب، والان سيرفع رأسه ليرى انعكاسه بين النجوم.

صعد على السطح يتأمل البحار الواسعة، جاعلا الميناء خلفه، كانت النوارس تغادر أيضا فوق السفينة، والرياح تزفها الى المحيط، بينما كان القمر يتلألأ في عينيه، لم يحتج الى اي إجاباتٍ بعد الان، فتلك الإجابات لا تهمه أساسا، فقد غادر الى حياةٍ جديدة بالفعل، ولن تشكل معرفة تلك المعلومات فارقا. رفع رأسه الى السماء بينما كان يستنشق الحياة من نسيم البحر متفائلا بما هو قادم، تاركا كل ما مضى خلفه، وبنسمةٍ أخرى من الهواء الطلق، أنتهى معها كل شيء.

فرانكلن نيلسون

أحيانا ينبغي للمرء مواجهة أشخاصٍ من الماضي ليعيد ترتيب حاضره فيبني مستقبله، لكن الطبيعة البشرية تتغير باستمرار مع مرور الزمن، لكن تلك لم تكن الحالة معه، فكان الامر مختلفًا كليًا هذه المرة، فذلك الطفل البريء كبر تحت ذراعه على وشك ان يلقي بنفسه الى التهلكة، ويريد منه ان يساعده في هذا لكنه لن يقبل أبدًا ان يرى ذلك الفتى الذي كان له أخًا صغيرا يرمي نفسه في تلك الحفرة ابدا، لذا ذهب ليواجهه بعد سنينٍ طويلة من تلك المذبحة، ليردعه ويعيد اليه رشده، وكان يعرف أين يستطيع العثور عليه كنيسة القديسة لوسي الكاتدرائية، حيث كانا يضحكان معا في رواقها الملكي، ويخيما تحت سماء الليل بجوارها، كانت الذكريات تعصف عليه من كل مكان بينما كان يتأملها من بعيد، شعورٌ بالحنين الى الماضي، حيث كان كل شيءٍ بخير،

حيث كان يتسكع مع جون وأنابيل ورفيقتهم سيلينا يشاهدون طفلتهما يونا الصغيرة تحاول الوقوف على قدميها لأول مرةٍ في مشهدٍ بريءٍ ودافئ. لكن كل ذلك قد تغير الان، وبقي جون لوحده ليتحمل كل عواقب تلك المذبحة لوحده بالرغم ان العديد قد شاركوا معه فيها، كان أحيانًا يستمع للقصص والشائعات التي تدور حوله، ويقرأ أخبار الحكم عليه بالإعدام في الجرائد، لقد كان صغيرًا ليتحمل كل هذا، لم يكن ذلك عادلًا أبدا.

شعر بالمسؤولية تجاهه لكونه من كبر جون بجواره، ولذلك لم ينفك عن لوم نفسه لتركه يعيش كل ذلك الألم وحيدًا، خصوصًا بعد خبر وفاة أنابيل داستن، فلم يبقى لجون أي أحدٍ من بعدها سوى ابنته الصغيرة، الذي تحتم عليه ان يعتني بها لوحده، بينما كان يحمل كل ذلك الألم والحزن في فؤاده.

لكنه أدرك فعلًا انه قد وصل لحدوده بعد ان أرسل له رسالةً مفزعة، لا يمكن له ان يكون جادا عندما كتبها، فلا يمكن لأي احدٍ عاقل ان يفكر بهذه الفكرة الحمقاء، لذا كان عليه ان يتحرك بنفسه ليقابله من جديد، بعد ان تركه فريسةً لكل تلك النقم.

دخل الى الكنيسة، وأخذ يبحث عنه في كل مكان، لكن حجم الكنيسة العملاق جعل الامر شبه مستحيلٍ عليه، لذا سأل أحد القساوسة عن شخصٍ يدعى جون داستن، ولحسن حظه انه كان معروفًا، فقال له القس ان جون الشاب متواجدٌ حاليا بحديقة الملك إسيديس، الحديقة التي أقيم فيها حفل زفافه بأنابيل داستن هرع مباشرةً الى تلك الحديقة، وعندما وصل الى هناك، وجده واقفٌ في الأرجاء يرعى خيله الأبيض بين الورود والفراشات، لقد مرت سنواتٌ عدة منذ ان رآه، لقد بعث منظره مع ذلك الجواد الراحة في قلبه، فقد أشتاق الى رفقته كثيرًا، لكنه لم يعد ذلك الفتى المغفل الذي عهده بعد الان، ليس بعد كل ما عاشه.

أنتبه جون لوجوده عند مدخل الحديقة المؤدي الى داخل الكنيسة والتفت اليه ليبصر وجهه بعد كل تلك السنوات، كانت عيناه كافيةً لتعكس كل الرعب والألم الذي عاشه ورآه في السنوات الماضية، مما زاد شعوره بالذنب لتركه وحيدًا، ابتسم جون في وجهه، ثم عاد لينظف فرسه، وقال مرحبًا به..

ـ مرحبًا يا صديقي القديم، سعيدٌ لرؤيتك سالمًا من جديد، كنت لأحضر يونا لتمرح معك، فهي مشتاقةٌ لك كثيرًا، لكنها نائمةٌ الان.

كان صوته مؤلما لأذنه، بحةٌ متعبة ممزوجة بنبرةٍ حزينة، لطالما تظاهر بالقوة منذ صغره، ولم يتجرأ على البكاء والانكسار امام أي احدٍ سواه، وبعد كل تلك السنوات، يبدو انه لم يعد يملك أحدًا سوى نفسه الثكلى ليتكئ عليها، كان يريد ان يجلس بجواره ويتحادث معه بشأن كل تلك السنوات، بشأن المذبحة التي لم

يدفع أحدٌ ثمنها سواه، لكن كان عليه ان يباشر في شأن تلك الرسالة، لكي يردعه
عن الجنون الذي كان يريد ارتكابه، فسأله دون مقدمات..
- ما خطب تلك الرسالة يا جون؟ ما معنى كل هذا؟!
التفت جون اليه بينما كان ما يزال يرعى جواده، ثم عاد لتنظيفه قائلا..
- كما أخبرتك يا فرانكلن.. عندما أرسل لك رسالةً مشفرة تحتوي على كلمة
"فيونا" عن طريق البريد في المرة القادمة، ستعطي كل تلك الصور والرسائل،
الى أحد الفتية الذين يبيعون الجرائد لتُنشر لعامة الناس، انها ليست النسخ الأصلية
من هذه الوثائق والخطابات، فهي نسخٌ نسختها وكتبتها بنفسي، بالإضافة الى أنني
قد اكتب لك رسائل أخرى لتنشرها، هذا كل ما في الأمر.. آسف لطلب شيءٍ كهذا
بعد ان انقطع التواصل بيننا كل تلك السنوات، لكنك الشخص الوحيد الذي أستطيع
الوثوق به لهذه المهمة.

لم يكن فرانكلن يتحمل سماع اعتذار جون بينما هو من كان عليه الاعتذار
لأشياءٍ كثيرة، لكن جون كان يتصرف عكس المتوقع، فهو هادئٌ ويتكلم بنفس
الأسلوب الذي اعتاد عليه، لم يبدو عليه التسرع او التهور، كأنه كان يعي ما كان
على صدد فعله، لكن حتى مع كل ذلك، مازال لا يستطيع السماح له بارتكاب كل
هذا ببساطة..
- هل أنت مدركٌ لثقل الأسماء الموجودة في كل تلك الرسائل والوثائق؟
- أجل..
- وتخطط لابتزازهم وقتلهم ببساطة؟!
- أجل، لكن سيستغرق الأمر كثيرًا من الوقت، قد أغيب لعدة سنوات..
كان يقول كل ذلك ببساطة وهدوء بينما كان يطعم فرسه ويربت على رأسه،
كأنه يتحدث عن نزهةٍ هادئة تحت ضوء الشمس، وفي الجهة المقابلة فرانكلن بدأ
يفقد السيطرة على اعصابه، وبدأ يشعر باليأس، فلم يكن يبدو على جون انه ينوي
العدول عن قراره، فصرخ عليه ليردعه عما كان ينوي فعله..
- ما الذي تقوله بحق الجحيم؟! تريد تصفية محافظين وشخصياتٍ تملك نفوذا
قويًا؟ تعلم ان هذا مستحيل! لا يوجد جدوى من ترك ابنتك الصغيرة خلفك
والمغادرة للسعي وراء هدفٍ لا يمكنك تحقيقه أبدًا!
توقف جون عن تنظيف فرسه بعد ان أنهى فرانكلن صراخه، وقال بينما
مازال معطيًا ظهره له..
- يا لك من مزعج..
- ماذا قلت؟!
التفت جون اليه، ليستطيع رؤية وجهه، وقال له..

- أنت تستطيع فعلها يا فرانكلن صحيح؟
- ما الذي ترمي أليه؟

- أجل، صحيح.. مازلت أتذكر كل مهمات السرقة والتصفية التي خضناها معا في الماضي، التخطيط لأشياءٍ كهذه كانت معجزتك التي دائما ما تبهرني بها، لكن مع ذلك.. انت تحاول الان اقناعي بانه من غير الممكن لي فعل شيءٍ ما، بينما هو ممكنٌ لك.

استمر بالسكوت بينما توقف جون عن تنظيف جواده وتابع..

- ما أرمي اليه هو انه لو كنتَ معي لأستفيد من دهائك وخبرتك في التخطيط لأمورٍ كهذه لأصبحت هذه الفكرة الجنونية عقلانيةً أكثر.. الا تعتقد ذلك؟

عجز عن الرد واستمر بالنظر اليه بكل غضب، كان يريد ان يساعده في خطته تلك، لكن هذا تجاوزٌ لكل الحدود، كيف خطرت هذه الفكرة على باله أساسا؟ ولماذا قد يريد فعل شيءٍ كهذا الان؟ أراد ان يستمر بمجادلته، لكن سلوك جون كان هادئًا وكان يتصرف على طبيعته، فلم يستطع استغلال ضعف عزمه وحزنه للأقناعه بالعدول عن خططه.

امتطى جون جواده الأبيض وقال لفرانكلن العاجز..

- أعرف ما تفكر فيه يا فرانك، وأنت مخطئ.. ليس للأمر علاقةٌ بوفاة أنابيل، ولا ألومك على تركي وحدي كل هذه السنوات، فتلك هي مشكلتي انا، لديك فضلٌ كبيرٌ علي، فأنا حيٌ اليوم بسببك، قد أكون لا أستحق ان اطلب منك شيئًا كهذا، لذا الخيار لك بالكامل، اما ان تلبي ندائي او تتجاهله فحسب، ولن ألومك ان فعلت ذلك.. اما الان، فيجب عليّ ان ارحل، فهناك شخصٌ يجب ان استقبله من محطةٍ في ولايةً أخرى، لكني أمل ان أراك أكثر في المستقبل، كما أرجو ان تبقى قليلا لتمضي الوقت مع صغيرتي، فقد كبرت وهي الان مشتاقةٌ اليك، وداعا يا رفيقي القديم.

أنطلق جون الى مخرج الحديقة تاركًا فرانكلن خلفه لينظر اليه بينما كان يبتعد عنه مجددًا حتى تلاشى من مجال رؤيته، ليملأ القلق قلبه من جديد بأن لا يرى صديقه مرةً أخرى، لقد كبر حقًا، وأصبح شخصًا ناضجًا، لقد ارتاح عندما عرف انه لا يلومه في أي شيءٍ حدث له، لكن بقي عليه ان يتحمل لوم شخصٍ أخر، لومه لنفسه على خذلان ذلك الفتى، وعدم تأدية واجبه تجاهه حتى النهاية، وسيقبى يتحمل هذا اللوم والندم لما تبقى من حياته.

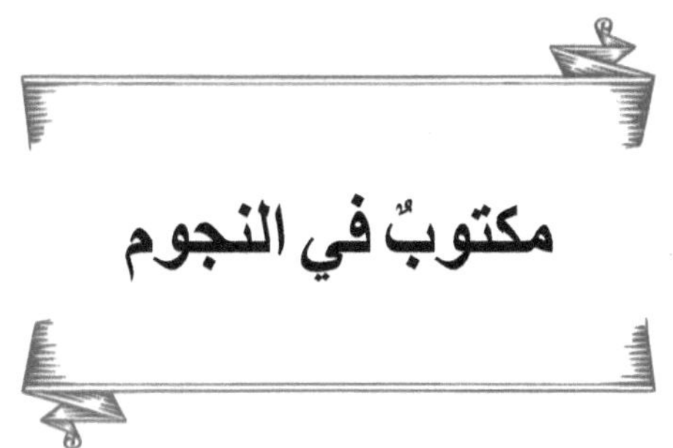

مكتوبٌ في النجوم

ديابولو سولتيرو

حتى بالرغم انه كان شخصا واحدا فقط، الا انه استطاع فتح بوابات الجحيم على كل ذي منصبٍ وسلطة في البلاد، فلن يتجرأ أحدٌ بعد الان على ترك الشيطان يفعل ما يحلو له، لأنه وبدون أدنى شكٍ سوف يستمتع فيما يفعل، ويتجاوز كل الحدود. لكن ذلك الشيطان قد مات سلفا ولم يعد له وجود، وقد انتهى رعبه الى الابد، ولم يبقى سوى رماده السام ليستنشقه من هم أمثالهم برعبٍ وخوف.

حان الان وقت مغادرةِ ذلك العالم، بعيدا خلف الجبال العالية، حيث الهدوء والسكينة والسلام، لقد عاد الى الكنيسة الكاتدرائية أخيرا، وقد نفذ وعده لابنته بالعودة، محققا حلم زوجته الحبيبة التي رحلت قبل ان تهنأ بذلك السلام معهما، ولكن في داخله كان يؤمن بأنها تعلم، وأنها سعيدةٌ لانتهاء هذه المعاناة التي خيمت عليه، ليستطيع امضاء ما تبقى من حياته بجانب ابنتهما في أمانٍ وسعادة.

اما بالنسبة لمن حاولوا إيقافه، فقد انشغلوا عنه لأسبابٍ مختلفة، منهم من مات شهيدا في سبيل هذه الكذبة التي قدمها له، ومنهم من كتب طموحا جديدا مستلهما نجاحه منه ومن قرونه المهيبة، ومنهم من غادر الى ارضٍ بعيدة ليكوّن نفسه من جديد في أراضٍ هادئة بعيدا عنه، ومنهم من لم يشفى ابدا من سمه، ومازال يهرب منه حتى بعد موته، ويطارده في أحلامه، حتى يضيق الدنيا به، ويقوده الى مسراه الأخير.

لكن عند التفكير بالأمر مليا، لم يكن الأمر سيئا الى هذا الحد، فهكذا تسير الأمور على كلِ حال في ذلك العصر من الزمان، فحتى بعد موته، سيظهر شيطانٌ غيره، ليس بالضرورة ان يكون مثله بالضبط، قد يكون ذو لقبٍ مختلف او صاحب مبادئ مغايرة او حتى أهدافٍ أخرى، الأهم هو ان الفكرة ستبقى ذاتها، سيرى دائما انه يفعل الشيء الصحيح، فهذه هي طبيعة الجنس البشري، لا أحد على خطإٍ ابدا، سيستمر الانسان بالقتل والتدمير وتجاوز ما قد يكون أسوأ حتى من ذلك، دفاعا عن فكرةٍ ما، تمثل قيمه ومبادئه، وما يقرره هو بنفسه انه صحيح.

لقد حل الظلام بالفعل، وأصبحت عربتهما جاهزة، كان فقط ينتظر بأن تجهّز الخادمة ملابس ابنته وتحزم امتعتها لكي يغادرا معا الى أرضٍ بعيدة، بعيدةً عن ضجيج الصيد والعصابات، بعيدًا عن دوائر الانتقام التي لن تنتهي أبدا، ليمضيا باقي حياتهما بهدوءٍ وسلام، وفي أثناء انتظار ابنته لترحل معه بعيدا، كان يقتل وقت الانتظار الممل بجولة بسيطة بين حدائق الكنيسة البديعة مع صديقته سيلينا مارسيل، التي أشادت بتنفيذه لوعده، وعودته آمنا الى الكنيسة بجوار ابنته بعد ان غاب عنها طويلا..

ـ إذا لقد فعلتها حقا يا جون، وعدت بالفعل، لقد أنتهت رحلتك المريبة التي كانت تبعدك عنها.

ـ كان ينبغي عليّ فعل ذلك، كانت الوسيلة الوحيدة للتخلص من حكم الإعدام عن طريق قتل أخطر سفاح بالبلاد؟ لا تكف عن إدهاشي حقا.

قالتها بينما كانت تقهقه على المدى البعيد الذي وصل له جون ليسقط ذلك الحكم الذي أصدر عليه في حق المجزرة التي ارتكبها، استمرا بالتجول في ممرات الكنيسة القوطية حتى توقفا عند بستانٍ صغير، وانحنى ليقطف أحد الازهار الارجوانية..

ـ تستطيعين القول بأنني ارتكبت أكبر حماقةٍ يمكن للمرء ارتكابها، لكني نجوت في النهاية، وهذا هو المهم.

انحنت سيلينا بجواره لتقطف لنفسها زهرةً هي الأخرى، ثم سألته عن الأشخاص الذين سعوا معه لحصد رأسه..

ـ وما الذي حدث للبقية؟

ـ كل ما أعرفه ان المأمور عاد الى نيفادا، ليس لي علمٌ بالبقية.

ـ لوبيز ميلتون.. لقد كان صاحب سمعةٍ في حكومة نيفادا، أنت محظوظٌ حقا لكونه هو المأمور بسيكرد فالي وقتها ليكتب ذلك الخطاب لحكومة نيفادا، من المؤسف ان يتقاعد.

قام جون من الحديقة وتابع السير قائلا وهو يفكر بالمأمور العجوز..

ـ أجل.. أظن أنني محظوظٌ حقا..

جاءت الخادمة اليهما برفقة يونا داستن بعد طول انتظار، وقد أصبحت مستعدةً للرحيل أخيرا..

ـ سيدي، لقد أصبح كل شيءٍ جاهز في عربتكما الان.

ـ شكرا لكِ..

وضع جون الزهرة الأرجوانية التي قطفها بين خصلات ابنته، لقد كانت تبدو مثل أنابيل حقا، عانقت يونا الصغيرة صديقتها سيلينا عناقا حارا كوداع أخيرٍ لها، ثم ارتمت الى حضن ابيها ليقبل رأسها، ثم رفع رأسه نحو سلينا قائلا..

ـ شكرا لك على الاعتناء بها يا سيلينا، لا أظن أني أستطيع رد الجميل لك ابدا.

ابتسمت سيلينا له لمرةٍ أخيرة..

ـ الوداع يا جون داستن، لقد كان شرفا عظيما الالتقاء بك، لن انساك ما حييت.

غادر جون الكنيسة الكاتدرائية، وراح عند عربته ووضع ابنته يونا فيها ثم صعد معها، أخذ يتأمل السماء المرصعة بالنجوم، لقد كانت جميلة على غير العادة في تلك الليلة، لكن يونا قاطعت تأمله بقبلةٍ بريئةٍ على خده، لتعبر له عن اشتياقها

..له، وسعادتها بعودته أخيرًا، فعانقها وقال لها

- لوسي، هل ترين تلك النجوم المتتابعة؟

..اقتربت يونا من وجه ابيها لترى من حيث يرى

- أجل.

- يوجد نجمٌ ساطع أمامهم يقود الى الشمال، حيث سنرحل هناك بعيدا.

- وإذا ضعنا ستدلنا النجوم على الطريق الصحيح.

..ضحك جون وعانقها عناقا حارا

- أجل يا صغيرتي، سنسير مع النجوم حتى تقودنا الى أعلى تلك الجبال الشامخة.

ربت على رأسها من جديد، وشد رسن حصانه ليستعد للانطلاق تحت سماء الليل المعتمة المستنيرة بنور القمر المكتمل، وفي اثناء عليل نسائم الرياح الباردة، انطلقا في طريقهما رفقة النجوم لتدلهما على الطريق، مضيا معا في سبيلهما، وغادرا بعيدا.

لن يكون قلقا بشأن معرفة ابنته لقصة ديابولو سولتيرو أبدا، فمع مرور العقود سيظهر المفكرون والمحللون العباقرة الذين سيعارضون تلك القصة بقوة، لعدم وجود دليلٍ حقيقي على كون ذلكما الصيادَين هما من كان خلف شخصية ديابولو سولتيرو، وستبدأ الشائعات والقصص بالانتشار حوله من جديد، كونه مجرد صنمٍ استخدمته الحكومة لقتل شخصياتٍ مهمة لأسباب سياسيةٍ او ما شابه، وسيستلهم المؤلفون والشعراء خامة أعمالهم وفنهم من تلك الشخصية الخرافية التي لا يصدق وجودها الا أحمق، ليصبح رمزيةً شيطانية في الكتب والروايات ومختلف الأعمال الفنية على مدار عقودٍ طويلة، ومع مرور الزمن.. وبعد ان تصبح تلك القصة مجرد روايةٍ عتيقة، سيغدو ديابولو سولتيرو مجرد أسطورةٍ في النهاية.

..النهاية